वाणी
प्रकाशन

# निरुत्तर

( कहानी-संग्रह )

# निरुत्तर

प्रतिभा राय

अनुवाद
राजेन्द्र प्रसाद मिश्र

वाणी प्रकाशन ग्रुप
भारतीय ज्ञानपीठ

वाणी प्रकाशन : भारतीय ज्ञानपीठ की पुस्तकों के एकमात्र प्रकाशक एवं वितरक

Email : sales@vaniprakashan.in

सजिल्द तीसरा संस्करण : 2019
सजिल्द चौथा संस्करण : 2024

राष्ट्रभारती लोकोदय ग्रन्थमाला : ग्रन्थांक 744

प्रकाशक
वाणी प्रकाशन ग्रुप
4695, 21-ए, दरियागंज, नयी दिल्ली-110 002
फ़ोन : 011-23273167, 23275710
ईमेल : sales@vaniprakashan.in

ISBN : 978-93-5775-435-4

निरुत्तर
(कहानी-संग्रह)
प्रतिभा राय
अनुवाद : राजेन्द्र प्रसाद मिश्र



NIRUTTAR
(Short-Stories)
by Pratibha Ray
Translated by Rajendra Prasad Mishra

मुद्रक : आर. टेक ऑफ़सेट प्रिंटर्स, दिल्ली-110 032

Price : INR. 295

# अनुक्रम

# पादुका-पूजन

राम जैसा पितृभक्त कौन है या लक्ष्मण-भरत जैसा भ्रातृभक्त और कौन जनमा है इस दुनिया में! पादुका-पूजन में भरत से आगे निकल जाए—ऐसा कोई आदमी नहीं है इस दुनिया में। विधानबाबू के घर पर पादुका-पूजन देख कोई-कोई ऐसा सोचता है तो कोई-कोई हँसता है। सोचते हैं यह सब दिखावटी भक्ति है। पादुका-पूजन वह भी पिता की नहीं, ना ही माँ की, बल्कि पिता के छोटे भाई और विधानबाबू के चाचा की। माँ-बाप की पादुका की बात छोड़ो, उनकी तो कोई तसवीर तक नहीं है विधानबाबू के घर पर; पर चाचा की पादुका की पूजा हो रही है। उन दिनों फोटो नहीं खिंचता था, भला यह कैसे कहा जा सकता है? बात है ही कितनी पुरानी? विधानबाबू का बचपन अभी तीस-पैंतीस साल पहले की ही तो बात है। तब तक शहर के लोगों द्वारा अपनी तसवीर मँढ़वाकर दीवार पर टाँगने का फैशन आ चुका था। लेकिन निपट गाँव में रहनेवालों के घरों की दीवारों पर जिन्दा लोगों के फोटो खिंचवाकर दीवार पर टाँगना नहीं देखा गया था। भगवान की तसवीर छोड़ इनसान की तसवीर दीवार पर टाँगकर रोज दर्शन करना—भला कोई क्यों ऐसा अनर्थ करेगा? एकाध लोगों की तसवीर और भगवान की तसवीरें टाँगी जातीं जमींदार-साहूकारों की दीवारों पर। फूल-माला पहना धूपबत्ती जलायी जाती थी मरे लोगों की तसवीरों के सामने। इसलिए विधानबाबू के पिता, माता, चाचा, चाची किसी की कोई तसवीर नहीं। उनके चेहरे सब मर-खप चुके। सिर्फ स्मृति-पटल पर जितना कुछ बचा है, उतना ही। आज विधानबाबू के घर में फोटो खींचने का फैशन दिन-प्रतिदिन इस कदर बढ़ता जा रहा है कि खाना खाकर हाथ धोते समय का भी फोटो खींचा जाता है। विधानबाबू को इस बात का अफसोस था कि माँ, बाप, चाचा, चाची का कोई फोटो वे नहीं रख पाये। लेकिन सिर्फ चाचा की चमड़े की दो चप्पलें पूजा की चौकी

पर रखकर पूजने की वजह क्या है?

बच्चों के पूछने पर वे कहते, "पिताजी की आँखें मुँदते समय मैं पढ़ता था नौवीं कक्षा में। चाचा ने ही बचपन से गोद में खिलाकर बड़ा किया था। पिताजी ने जीते जी अपने बच्चों को गोद में उठाया हो, यह याद नहीं। पिताजी थे एक गर्म मिजाज वाले आदमी। इसलिए मैं पिताजी की अपेक्षा चाचा को अधिक चाहता था..."

यह बच्चों के सवाल का सन्तोषजनक उत्तर नहीं था—यह जानते हैं विधानबाबू; पर क्या बच्चों को सब कुछ बताया जाता है? बताने पर भी बच्चे उनकी भावुकता पर उतना ध्यान नहीं देंगे, जितना देती है चित्रा—उनके बच्चों की माँ। बल्कि बच्चे सोचते हैं कि उनके पिता बहुत कंजूस और अकृतज्ञ व्यक्ति हैं। इनके चाचाजी ने इनके लिए इतना कुछ किया पर...

विधानबाबू के घर का पादुका-पूजन बन्धु-बान्धवों के बीच एक चर्चा का विषय बन गया था। इसका मतलब यह नहीं कि विधानबाबू चाचा के प्रति अपनी भक्ति का प्रचार कर रहे थे। बल्कि विधानबाबू ने अपन शयन-कक्ष के एक कोने में रखी चौकी पर मखमल का एक लाल कपड़ा बिछाकर उस पर चमड़े की दो पुरानी चप्पलें रखी हुई हैं। उन पर चन्दन के छींटे सूख चुके हैं। हर साल चाचा का श्रीबदन चन्दन और धूप से पूजते हैं। क्योंकि भतीजा होने के कारण वे चाचा का पिण्ड नहीं पूज सकते। हर रोज नहाने के बाद भगवान की तसवीर को प्रणाम करते समय पिता, माता, चाचा की पादुका को प्रणाम करते हैं। बात सिर्फ इतनी-सी है; लेकिन वह बात छिपी नहीं रही। आजकल जन्म देने वाले माता-पिता के नाक में भी योग्य सन्तानों ने दम कर रखा है। मरने पर चाचा-चाची को भला कौन पूछता है। परन्तु मृत चाचा का पादुका-पूजन करना क्या कलियुग में पितृपुरुष के प्रति भक्ति का एक ज्वलन्त उदाहरण नहीं है? बात-बात पर पास-पड़ोस, बन्धु-बान्धव अपने बिगड़ैल बेटा-बेटी से कहा करते, "जाकर देख आओ विधानबाबू का घर। कितने महान व्यक्ति हैं—कितने विद्वान, कितने ख्यातिप्राप्त, पर चाचा का पादुका-पूजन करते हैं। पितृपुरुष की भक्ति के कारण वे दिनोंदिन ऊपर से ऊपर बढ़ते जा रहे हैं, जाओ देखो, जरा-सी सद्बुद्धि तुम लोगों को भी मिलेगी..."

विधानबाबू के सामने कोई उनकी इस तरह प्रशंसा करता तो वे उदास हो उठते। सीने में एक अजीब-सी पीड़ा होने लगती। अस्सी साल तक चलते-चलते थक चुके चाचा के दो मैले पतले पाँव दिख जाते। आँखें भर आतीं। लोग क्यों दूसरों की बातों में दिमाग खपाते हैं? उनके असह्य दुःख पर बार-बार चोट करने की क्या जरूरत है? कोई किसी को पूजे न पूजे, यह उसका निजी मामला है। इसमें दूसरे

लोग सिर क्यों खपाते हैं ?

जो लोग विधानबाबू के निकटतम बन्धु-बान्धव हैं, उन्होंने विधानबाबू में महज पितृपुरुष के प्रति अगाध भक्ति का ही नमूना पादुका-पूजन नहीं देखा—करुणा का एक विचित्र रूप भी देखा है। कोई कुछ मदद माँगने आता तो पहले वह उसके पेट-पीठ की ओर न देख उसके पैरों की ओर देखा करते हैं। एक लम्बी साँस छोड़ते हैं। कुछ मदद करें या न करें, पूछते हैं—''तुम्हें एक जोड़ी चप्पलें चाहिए क्या ? मेरी चप्पलें लोगे ? या फिर रुपये देता हूँ एक जोड़ी चप्पलें खरीदकर पहन लेना। देखो, तुम्हारे पैर कितने जलते हैं। बहुत तकलीफ होती होगी गर्मियों में—गर्म रेत पर, पक्की सड़कों पर।''

रोगी, भिखारी, गरीब छात्र और मदद माँगने आनेवालों तथा वयस्क अभावग्रस्त रिश्तेदारों को उन्होंने नयी चप्पलें खरीदकर दी हैं। पूछने पर कहते, ''सिर्फ अन्नदान या वस्त्रदान ही पुण्यकार्य नहीं है; गर्मियों में, जाड़ों में पादुका-दान करना महान पुण्य है। मेरे बचपन में चाचा ने एक बार कहा था... ।'' इतना कहकर कहीं खो जाते विधानबाबू। इससे पता चलता है कि चाचा की बात को वेदवाक्य मान लिया है विधानबाबू ने। वे बड़े विनयी और भावुक भी हैं। विधानबाबू जो कुछ कहना चाहते हैं, नहीं कह पाते। आँखों के आगे उभर आते चाचा के दो सफेद, फूले हुए मृत पैर। वे ही दो पैर किसी दिन विधानबाबू के पैर बने थे। चाचा के पैरों से विधान नामक उस बालक ने उस दिन राह न चली होती तो क्या आज वह इस मुकाम तक पहुँच पाता ?

उन दिनों के संयुक्त परिवार की बात पर आज विधानबाबू के बच्चे विश्वास नहीं करते। विश्वास कर भी लें तो पसन्द नहीं करते। परिवार का मतलब क्या गाय-बैल का झुण्ड है ! बाप रे बाप ! दादाजी, पिताजी, ताऊजी, चाचा, चाची, बड़ी माँ, दादी माँ, सबके बच्चे, आने-जाने वाली बुआ, मौसी, दीदी और उनके बच्चे, दूर के रिश्तेदार, बन्धु-बान्धव, नौकर-चाकर, हलवाहे सभी खाएँगे एक ही हाँडी में। इसका मतलब दिन-रात चूल्हा जलता रहेगा शादी-विवाह की तरह। किस तरह इतने लोग इकट्ठे रह लेते हैं एक छत के नीचे मुँह बन्द करके—गाय बैलों की तरह ! जिनकी अपनी कोई इच्छा, आग्रह, पसन्द यहाँ तक कि कोई खाद्य रुचि तक नहीं होती।

बच्चे एक जैसी पैण्ट-शर्ट पहनते हैं। औरतें सधवा, विधवा के अनुसार एक जैसी साड़ियाँ पहनती हैं। हालाँकि मायके की साड़ियाँ अलग होती हैं; लेकिन कभी किसी को एक-दूसरे की साड़ी-गहने पहनने की कोई मनाही नहीं थी। मानो घर न हो, अखाड़ा हो। दिन-रात हो-हल्ला, शोर-शराबा। हर कोई कार्य में व्यस्त।

किसी को किसी काम से परहेज नहीं। कोई सब्जी काटती तो कोई पानी भर लेती—इस गोद से उस गोद तक बच्चों की आवाजाही की तरह इस हाथ से उस हाथ तक काम भी हो जाता आसानी से। हो सकता है औरतों के मन में एक-दूसरे के प्रति कुछ दुराव-छिपाव या ईर्ष्या हो। पर वह बात मर्दों के कान तक नहीं पहुँचती। मानों दो राज्य हो, औरतों का, मर्दों का। किशोर विधान मर्दों के राज्य की खबर से परिचित हैं। क्योंकि उसके पिता, चाचा की तरह उसने भी कभी औरतों के राज्य की खबर नहीं रखी। उसने देखा है अपने पिता को। बहुत कड़े मिजाज, कर्मठ, सच्चे, सत्यवादी और गम्भीर। विधान उनके पास नहीं जाता। पिता भी बच्चों को गोद में नहीं लेते। सिर्फ कचहरी के काम से जब कटक जाते, कन्दरपुर का नामी रसगुल्ला एक हाँडी ले आते बच्चों के लिए। विधान को रसगुल्ला प्रिय है। भला कौन-सी अच्छी चीज उन दिनों ताड़-से बढ़ते विधान नामक बालक को प्रिय नहीं थी। एक-एक रसगुल्ला आता सबके हिस्से में। बच्चों के दो-दो। पिताजी उसी हिसाब से लाते हैं शायद। हालाँकि माँ और चाचा को कभी रसगुल्ला खाते नहीं देखा विधान ने। माँ जबर्दस्ती अपना रसगुल्ला दादी को दे देती। कहती हैं बाल-वृद्ध बराबर हैं। पर चाचा के हिस्से का रसगुल्ला अक्सर विधान के हिस्से में पड़ता है। बाड़ी की ओर बुला ले जाकर चाचा अपना रसगुल्ला विधान के मुँह में डाल देते। कहते, झटपट खा ले। वरना चिल्लर पार्टी पहुँच जाएगी। चील की तरह झपट लेगी। देखता रह जाएगा। विधान वह रसगुल्ला जल्दी-जल्दी खा लेने के बाद सोचता—चाचा अपने हिस्से का रसगुल्ला उसे न देकर अपने बेटे विराज को भी दे सकते थे। क्योंकि खाने में वह भीम है। पर अपने बेटे और भाई के बेटे में अन्तर करने जैसी कोई बात जब इस घर में होती ही नहीं थी तो फिर रसगुल्ले को लेकर क्यों हो?

चाचा पिताजी की तरह बुद्धिमान और कमेरे नहीं थे। जिस काम में भी हाथ डालते, वह डूब जाता। पिताजी का काफी पैसा डूब गया चाचा के हाथों। क्रमशः चाचा निकम्मे साबित हुए। चाचा का काम था खेती-बाड़ी सँभालना। संयुक्त परिवार था। कोई एक निकम्मा हो भी जाए तो भूखा नहीं रहता था। किन्तु विधान ने चाचा को कभी निकम्मा नहीं समझा। चाचा जितना काम करते हैं, सम्भवतः घर में उतना काम और कोई नहीं करता। चाची के जिम्मे चूल्हा-चौका है। उनके जीवन का सारा समय बीत गया रसोईघर में। खा-पीकर चौका-बर्तन समेटते-समेटते आधी रात हो जाती है। चाची की कमर जकड़ जाती। सुबह उठ नहीं पाती। विधान ने कितनी बार देखा है चाचा को चाची के पैर दबाते, घुटनों पर मलहम मलते। कहते हैं वह सब जोरू के गुलाम का काम है। लेकिन विधान जानता है कि चाचा जोरू

के गुलाम नहीं हैं। ऐसा हुआ होता तो इतने बड़े संयुक्त परिवार की नींव डोल गयी होती। चाची की तबीयत का ध्यान चाचा नहीं रखेंगे तो कौन रखेगा। चाची सारा काम निपटाकर माँ के पैर दबा देती। चाची छोटी बहू जो ठहरी। लेकिन माँ इतने सारे काम नहीं करती। बड़ी बहू होने के कारण नियमानुसार पल्लू में चाबियों का गुच्छा लटकाये घर की देखरेख करती। चाची रहती जी-हजूरी बजाने में; लेकिन यह माँ का चाची पर अत्याचार नहीं है। संयुक्त परिवार का नियम है। पर चाची को खाने-पीने की कमी नहीं थी। माँ और चाची एक ही बर्तन में खाना खातीं। चाचा-चाची के बच्चों के प्रति कोई भेद-भाव नहीं था। चाची सुबह जल्दी नहीं उठ पाती, इसलिए चाचा सुबह से चूल्हे के पास जाकर एक पतीला चाय चढ़ा लेते हैं। घर के सभी लोगों, यहाँ तक कि नौकर-चाकर सबको चाय देते। उसके बाद बच्चों का नाश्ता। सूजी, साबूदाने की खीर तथा औरतों के पखाल (पानी मिला भात) खाने को सब्जी या भुँजड़ी बनाते हैं। चाची कमर दर्द के कारण देर से नहाती है। बिना नहाये रसोई में कैसे जाएगी? चाचा निकम्मे कहलाने पर भी पुरुष हैं। वे बिना नहाये-धोये रसोई में घुस सकते हैं, सब्जी-भुँजड़ी बना सकते हैं। शादी-विवाह, पर्व-त्योहार के समय चाचा दिन-रात बैठे खाजा, मालपुआ, बूँदी बनाते हैं। इस काम में वे दक्ष हैं। चाची भी चाचा की तरह इतने स्वादिष्ट व्यंजन नहीं बना पाती। मालपुआ चाचा के हाथों जितना स्वादिष्ट बनता है, चाची के हाथों नहीं बन पाता। मालपुआ खाते ही पता चल जाएगा, चाचा ने बनाया है या चाची ने। सुबह दो-तीन बार चाय बनती है। चाचा बिना नहाये चूल्हे के पास बैठे दो-तीन बार चाय पी लेते। चाय के साथ लाई या भुना हुआ चिउड़ा फाँकते जाते। बस उतना ही होता चाचा का सुबह का नाश्ता। कभी-कभी हलुआ बनाते तो उसमें से थोड़ा-सा खा लेते। चाचा का पक्षियों-सा आहार है, इसीलिए शरीर इतना कमजोर है। सुबह सभी बच्चों को नहला देते हैं चाचा। पैण्ट, शर्ट पहनाकर स्कूल भेज देते हैं। स्कूल न जाने वाले छोटे बच्चे को गोद में लिये घूमा करते हैं। इतने बड़े परिवार में चार-पाँच औरतें हैं। पर वे साल दर साल सिर्फ बच्चे पैदा करती हैं। बच्चों को पालने की फुर्सत नहीं होती उन्हें।

चाचा पूरी दुपहरी खेती-बाड़ी का काम देखते हैं। शाम के वक्त बच्चों को इकट्ठा करके कहानी सुनाते हैं, ताकि खाना बनने से पहले कोई ऊँघने न लगे। इन सबके अलावा, बन्धु-बान्धवों की आवभगत, ठाकुरबाड़ी सँभालना भी चाचा का ही काम है। गाय-बैल को समय पर पानी पिलाना, सानी करना, गोबाड़ा ठीक से साफ हुआ है या नहीं, देखना चाचा का ही काम है। सभी दूध, दही, घी खाते हैं। पर गोबाड़ा-दुआर कोई नहीं देखता। तलैया साफ करवाना, नारियल के पेड़

झड़वाना, किससे क्या लेन-देन करना है सब आसानी से करते हैं चाचा। लेकिन ये सब काम पुरुष के लिए काम में नहीं गिने जाते। जिस काम से दो पैसे न मिलें उसे भला काम में कौन गिनता है। ये सब औरतों के काम हैं। इसलिए चाचा के काम में कोई यश नहीं होता। पिताजी कचहरी में काम करते हैं। घर पर दामाद मेहमान हैं। पिताजी नौकरी करते हैं इसलिए या बड़े बेटे हैं, उनकी खातिरदारी चाचा से अधिक होती है—बच्चों का समझ पाना मुश्किल है। लेकिन सभी इतना जानते थे कि पिताजी घर के मुखिया हैं और चाचा हैं वयस्क आश्रित। घर में यदि पिताजी और चाचा का चूल्हा-चौका और जमीन-जायदाद अलग हो जाए तो चाचा के हिस्से से जितनी आय-आमदनी होती, पिताजी के हिस्से की जमीन से उतनी नहीं होती। इसके बावजूद चाचा जी-हजूरी करते। पर इससे चाचा के मन में कोई दु:ख नहीं था। पिताजी के मन में पाप नहीं था। यह भी संयुक्त परिवार का नियम है।

चाचा बच्चों को खूब चाहते थे। मन्दिर पर कबूतर बैठने की तरह बच्चे चाचा के कन्धे, पीठ पर चढ़े रहते। दो कन्धों पर दो बच्चों को बिठाये चाचा को बाहर घूमते देखना रोजाना का दृश्य था। पीठ पर चीनी बोरा बनाये घुमाएँगे बड़े बच्चों को, हालाँकि बच्चों में उन दिनों के विधान और आज के विधानबाबू थे चाचा के सबसे प्रिय। उसकी एकमात्र वजह थी कि विधान उन सबसे अलग थे। संयुक्त परिवार के हो-हल्ले में पढ़ाई की ओर किसी का ध्यान नहीं था। न मुखिया का, न बच्चों का। गाय-बैल की रखवाली के लिए जिस तरह एक चरवाहा बालक नियुक्त किया गया था, उसी तरह बच्चों की रखवाली के लिए एक मैट्रिक फेल ट्यूशन मास्टर नियुक्त किया गया था। नाम के लिए पढ़ाई। बाकी का समय बच्चों के झगड़े और फौजदारी की गवाही देने के लिए मास्टर जी सजग रहते थे। तालाब में बच्चे ज्यादा देर तक डुबकी नहीं लगाएँगे, इसके लिए मास्टर जी छड़ी लेकर खड़े रहेंगे। खाना खाते जूठन नहीं छोड़ना है, इसके लिए मास्टर जी छड़ी लेकर खड़े रहेंगे। दोपहर बाड़ी-बरामदे में घूमने को मना करते हुए उन्हें चुपचाप सुलाने के लिये मास्टर जी छड़ी लेकर पहरा देते हैं, शाम को खेलते समय मार-पीट करके बच्चे आपस में सिर-होठ न फोड़फाड़ डालें इसलिए मास्टर जी छड़ी लिये खड़े रहते थे। शाम को भी मास्टर जी के हाथ में खड़िया नहीं होती थी, छड़ी होती थी। गरीब मास्टर के सिवा इन शरारती बच्चों को और कौन सँभालेगा? माँ-बाप भी बच्चों की शरारत खुद न सँभाल पाकर मास्टर जी को बुलाएँगे—''मास्टर जी, जरा इधर आइए तो—लगाइए इस लड़के को दो छड़ी। जरा पूछिए तो इससे बात क्यों नहीं मान रहा...।''

लेकिन चाचा बच्चों के सारे उलाहने सह जाते हैं। कभी किसी को उँगली तक नहीं छुआते। हो सकता है इसीलिए चाचा के चारों लड़के आवारा हैं। विधान बचपन से ही शान्त-शिष्ट है। पढ़ाई में मन लगाता है। मास्टर जी की बेंत उस पर नहीं पड़ती। हर कक्षा में फर्स्ट। इसलिए विधान है चाचा के गले का हार। हमेशा विधान-विधान करते रहते हैं। पहले विधान फिर विराज। यदि पहले विराज को पूछते फिर विधान को तो लोग कहते चाचा ने पक्षपात किया है। पर विधान पहले, विराज पीछे होने के कारण लोग चाचा को कहते देवता समान। अपने बेटे को पीछे करके भाई के बेटे को आगे रखा है। अपनी बदमाशी के लिए विराज को चाचा से अक्सर डाँट पड़ती। विधान को हमेशा वाहवाही और शाबाशी। शायद इसीलिए विराज अधिक बदमाशी करने लगा है। विराज दिन-प्रतिदिन बिगड़ता चला जा रहा है। उसके चेले बने हुए थे अन्य सभी भाई। विधान को माइनर कक्षा की छात्रवृत्ति परीक्षा देने पाँच मील दूर हरिपुर स्कूल जाना था, पर जाएगा कैसे? गाड़ी-मोटर नहीं चलती थी उन दिनों। चाचा को साइकिल चलानी नहीं आती थी। पिताजी को साइकिल चलानी आती थी पर कचहरी का काम छोड़कर वे नहीं जा सकते।

चाचा ने कहा, ''कोई चिन्ता नहीं, विधान कमजोर है, चल नहीं सकता। मैं उसे कन्धे पर बिठाकर ले जाऊँगा।'' केवल परीक्षा के दिनों में ही नहीं, बल्कि महीना भर पहले हरिपुर स्कूल के एक शिक्षक के पास छात्रवृत्ति परीक्षा के सम्भावित प्रश्न हल करने के लिए विधान को कन्धे पर बिठाकर चाचा हरिपुर गये। गर्मियों के दिन, गर्म रेत, पैर जलते रहते थे। चाचा को जरूर कष्ट होता होगा, क्योंकि नंगे पैर हैं। चाचा चप्पल नहीं पहनते। पिताजी चप्पल पहनते हैं, क्योंकि वे कचहरी में काम करते हैं। खेती-बाड़ी का काम करने वाला कौन-सा गाँवली आदमी चप्पल पहनता था उन दिनों। यदि किसी ने पहनी होती तो लोग कहते फैशन दिखा रहा है। इसलिए चलते-चलते चाचा के पैरों में छाले पड़ जाने पर भी चाचा ने चप्पल पहनने की इच्छा नहीं दिखायी। चाचा के लिए एक जोड़ी चप्पल न खरीद पाने जैसी हालत नहीं थी घर की। किन्तु किसी के दिमाग में यह बात घुसी ही नहीं। घुसती भी क्यों। चाचा तो कारोबार करने वाले कमाऊ आदमी नहीं थे। पाँच लोगों के बीच उठना-बैठना तो होता नहीं। फिर क्यों पहनते चप्पल?

विधान चाचा के कन्धे पर बैठा था सिर पर छाता लगाये। चाचा उचक-उचककर चलते गर्म रेत पर। हरिपुर पहुँचने तक चाचा के पैरों की दुर्गति हो जाती। विधान की पढ़ाई खत्म होने तक चाचा स्कूल के चबूतरे पर बैठे थकान मिटाते। विधान के आने पर उसे बाजार में नाश्ता करवाते। खुद चाय पीते—कभी-कभार

साथ में दो सूखे बड़े।

विधान को कन्धे पर बिठाकर लौटते समय पूछते—"कोई परेशानी तो नहीं है बेटे?"

"मुझे क्या परेशानी होगी? चल तो तुम रहे हो दिन में दस-बीस मील गर्म रेत पर। मैं तो मजे से बैठा हूँ कन्धे पर।"

"पर पढ़ाई तो तू ही कर रहा है। दिमाग खपाने में बहुत कष्ट है। भाई भी उसी तरह कचहरी में काम करते हैं दिमाग खपाकर। भला मेरा क्या काम? गया, आया, खाया, पिया बस। दिमाग गर्म होने जैसा कुछ नहीं। कष्ट क्यों होगा?"

"किन्तु चाचा—तुम्हारे पैरों को तो कष्ट होता होगा। गर्म रेत से तुम्हारे पैरों में फफोले भी निकल आये हैं।"

चाचा ने अपनी लम्बी ठोड़ी पसारते हुए मुस्कुराकर कहा था, "कोई बात नहीं—हमेशा तो रहेगा नहीं यह कष्ट? तेरे इम्तिहान तो खत्म होने ही वाले हैं। छात्रवृत्ति पाने के बाद तू हरिपुर हाईस्कूल के हॉस्टल में रहकर पढ़ेगा। बड़ा आफीसर बनेगा भविष्य में। हमारे वंश का नाम उजागर करेगा...।"

विधान ने रुँधे स्वर में कहा था, "लेकिन चाचा, मुझे कन्धे पर ढोते-ढोते तुम्हारे दोनों पैरों में फफोले पड़ने का बहुत दुःख है मेरे मन में।"

"दुःख क्यों है रे पगले। बड़ी नौकरी करने पर क्या मुझे एक जोड़ी चप्पल नहीं खरीद देगा?" चाचा ने कहा था।

चकित उल्लास में विधान ने पूछा था, "तुम्हें चप्पलें खरीद देने से तुम चप्पलें पहनोगे चाचा?"

"क्यों नहीं पहनूँगा रे? निकम्मा होने के कारण किसी और के पैसों की चप्पलें पहनने से लोग हँसेंगे, बेटे के पैसों की पहनने से भला कौन हँसेगा?" चाचा ने आत्मविश्वास के साथ कहा था।

विधान को छात्रवृत्ति मिली थी। छोटे से गाँव के और भी छोटे बाजार में तहलका मच गया कि महान्ति परिवार के एक बच्चे को छात्रवृत्ति मिली है। पिता जी की मालिश करते-करते नाऊ ने पूछा, "मालिक, सुना है आपके भतीजे को छात्रवृत्ति मिली है? कुछ भी हो, मालिक के वंश का नाम रौशन हो गया।"

पिताजी ने एक ब्रह्मतमाचा जड़ दिया नाऊ के गाल पर। आँखें लाल करते हुए कहा था, "क्यों बे स्साले, आज तक नहीं जान सका कि विधान मेरा बेटा है, कहता है भतीजा...जा, बाजार में घूम-घूमकर कहना कि मेरे भतीजे को नहीं, बेटे विधान को छात्रवृत्ति मिली है...।"

पिताजी ने दस रुपये बख्शीश दिये थे नाऊ को। नाऊ ने दाँत निपोरते हुए कहा

था, ''छोटे मालिक कन्धे पर बिठाकर हरिपुर ले जाया करते थे, इसीलिए समझा था आपका भतीजा है।''

''तो क्या हो गया? बेटे और भतीजे में फर्क ही क्या है? क्या भतीजे को कन्धे पर बिठाकर नहीं ले जाया जाता? मुझे फुर्सत ही कहाँ?'' पिताजी ने गुस्से में कहा था।

चाचा ने जब सुना बहुत हँसे थे। कहा था, ''विधान को जन्म देने के बाद शोर मच गया कि भाभी बस जानेवाली हैं। भैया ने खुद मेरी बीवी को बुलाकर कहा, आज से यह लड़का पहले तुम्हारा है। बाकी सबका बाद में। इसकी माँ के बचने की कोई उम्मीद नहीं। और आज जब विधान को छात्रवृत्ति मिली है तो कहते हैं विधान उनका बेटा है! खुशकिस्मती से भाभी बच गयी। किन्तु भैया की बात मानें तो विधान मेरा पहले है, बाकी लोगों का बाद में।''

पिताजी के जाने के काफी दिनों बाद तक चाचा नाऊ का ब्रह्मतमाचा याद करके मुस्कुराते। फिर लम्बी साँस छोड़ते कि ''विधान कितना मेहनती था। मन लगाकर पढ़ाई की। बड़ा आफीसर बना। हजारों रुपये कमाये। भैया कुछ देख नहीं पाये।'' सचमुच विधानबाबू के पिता बावनघाटी इलाके में चल बसे। उस समय विधानबाबू की उम्र तेरह या चौदह साल थी। उसके बाद उन्होंने अपनी निष्ठा और बुद्धि के बल पर पढ़ाई की और नाम कमाया। ऊँचे ओहदों पर रहे। लेकिन क्या यह कहा जा सकता है कि चाचा ने कुछ नहीं किया? यह सच है कि विधानबाबू को छात्रवृत्ति मिली थी। पर क्या सिर्फ उतने में ही उनका गुजारा हो गया। चाचा गाँव से चिउड़ा, चावल, लाई, गुड़, नारियल, घी, बड़ियाँ लेकर उसके पास जाया करते थे। विधानबाबू मेस बनाकर रहते थे। नौकरी पाने के बाद भी चाचा ने चावल बन्द नहीं किया था। विधानबाबू चाचा को मानते थे। चाचा के साँस रोग के लिए च्यवनप्राश, विटामिन के साथ-साथ मिठाई और फल गाँव भेजा करते। चाचा उतने से ही खुश हो जाते। आशीर्वचन उँड़ेल देते विधान बाबू पर।

देखते-देखते विधानबाबू बूढ़े हो गये, चाचा थुलथुल बूढ़े। अब शहर नहीं जा पाते। बेटे-बहू से जितनी सेवा-शुश्रूषा मिलनी चाहिए, नहीं मिल पाती। रोज-रोज कौन पूछता है बूढ़ों को! विधानबाबू भी नौकरी के दौरान बीवी-बच्चों के साथ आज कटक तो कल कोरापुट में तैनात रहते, बूढ़ा-बूढ़ी को साथ लेकर कितनी जगह घूमेंगे? चाचा-चाची भी गाँव छोड़कर हमेशा के लिए शहर नहीं जाएँगे। भला उन्हें शहर अच्छा लगेगा? आज कल चाचा चल-फिर नहीं सकते। चाची उन्हें ढो रही थीं। साँस रोग बढ़ गया था। शरीर कमजोर—उम्र काफी—पका आम। विधानबाबू भी दायित्व-जंजाल छोड़कर गाँव में महीना-पन्द्रह दिन नहीं रह पाते। मिठाई

वगैरह लेकर गाँव जाते हैं। दूसरे दिन लौट आते हैं। पिछली बार चाचा की तबीयत उतनी अच्छी नहीं थी। पास-पड़ोस, बन्धु-बान्धव ने अच्छी-अच्छी खाने की चीजें लेकर उन्हें देखने जाना शुरू कर दिया था। अर्थात् इस बार ऊपर से बुलावा आने का वक्त आ गया था। खबर पाकर विधानबाबू भी गये थे। कन्दरपुर का रसगुल्ला एक हाँड़ी ले गये थे। चाचा को रसगुल्ला बहुत अच्छा लगता है। लेकिन चाचा के हिस्से के रसगुल्ले विधानबाबू को ही खाने पड़े थे। चित्रा चाचा के पास बैठकर उन्हें रसगुल्ला खिलाने लगी। मुँह में रसगुल्ला लेने से पहले चाचा ने पूछा, "विधान को रसगुल्ला दिया है ना?" मानो विधानबाबू अब भी बच्चे हों! विधानबाबू की आँखें भर आयीं।

"और किसी चीज की इच्छा हो तो मन खोलकर कह दो—भतीजा आया है। पैसों का अभाव नहीं। जो भी कहोगे कटक से ले आएँगे। गाड़ी से आये हैं। चिन्ता क्या है?" टोला-पड़ोस के लोग पूछ रहे थे बुढ़ऊ से?

चाचा की अन्दर धँसी आँखों के कोनों से कीचड़ मिले आँसू निकल आये। काँपते स्वर में कहा, "विधान मेरा भतीजा नहीं, बेटा है। मेरा बेटा, भाई का भी बेटा। बेटे के सिवा वह किसी का भतीजा हो ही नहीं सकता..."

"चलो ठीक है, वह तुम्हारा बेटा है, यह हाट-बाजार में सभी लोगों को मालूम है। इसीलिए नाऊ ने भाई साहब से ब्रह्मतमाचा खाया था, याद नहीं?" चाची ने कहा।

चाचा के चेहरे पर मुस्कान उभर आयी। अतीत को याद करते हुए बोले, "भैया ने भी बच्चों को मात दे दी थी उस दिन..."

"चलो, अब बताओ। क्या है तुम्हारी इच्छा?" किसी ने पूछा।

"इच्छा... ? हाँ, बहुत दिनों से एक इच्छा थी, एक जोड़ी चप्पल पहनने की। भैया जैसा मैं नहीं बन सकता। पर उनकी तरह एक जोड़ी चप्पल पहनकर चलना चाहता हूँ। विधान ने कहा था। बचपन की बात है। शायद भूल गया। वरना क्या वह मामूली चप्पलें नहीं खरीद सकता था? अब क्या करूँगा? पैर फूलकर इतने मोटे हो चुके हैं, अब चप्पल नहीं घुसेगी...सम्भव है सूजन कम जाए...वैद्य ने तो कहा है..."

फीलपाँव की तरह फूले पैरों और पिण्डलियों की ओर व्याकुल हो देखा चाचा ने। मौत के दरवाजे पर खड़े होने पर भी भला मरना कौन चाहता है? चाचा की बातें सुनकर विधानबाबू का मन भीतर से करोर गया। सचमुच वे चाचा के पूरे जीवनकाल में उनके लिए एक जोड़ी मामूली चप्पल तक नहीं खरीद सके!

विधानबाबू ग्लानि से उदास हो उठे। ऐसा नहीं था कि वे चप्पल खरीदने

की बात भूल गये थे, भला कैसे भूलते ? चाचा के कन्धे पर बैठकर परीक्षा देने जाने की बात—छात्रवृत्ति पाने की बात भला कैसे भुलायी जाएगी ? लेकिन उन्होंने कभी सोचा तक नहीं था कि चप्पल पहनने की अभिलाषा उनके मन में लगातार बनी रही है। सोचा था, चाचा ने बच्चे का दिल बहलाने के लिए ऐसा कहा होगा। यदि चाचा के मन में सचमुच ऐसी कोई अभिलाषा थी तो चाचा ने कम-से-कम विधानबाबू या चित्रा को याद क्यों नहीं दिलायी ? चाची तो खुलकर बातें करती हैं—गरम चादर, दवाइयाँ, छाता जो भी चाहिए, याद दिलायी हैं, पर...सम्भवतः संकोच कर गयीं। शायद इसलिए कि विधानबाबू बेटा नहीं भतीजा है ? क्या बेटा होते तो माँगा होता उन्होंने ? विधानबाबू ने भी सोचा था एक-दो बार, चाचा को चप्पल खरीद देंगे। फिर सोचा, चाचा चप्पल पहनकर जाएँगे कहाँ ? क्या सचमुच पहनेंगे ? कहीं सबकी तरह विधानबाबू ने भी तो यह नहीं मान लिया था कि चाचा जैसे निकम्मे आदमी को चप्पल नहीं पहननी चाहिए ! वादा करके चप्पल न खरीदना क्या इस बात का सबूत नहीं है कि विधानबाबू ने भी चाचा को पिताजी से नीचे ही रखा ? मन मारकर विधानबाबू लौट आये। किन्तु उसी दिन चाचा के लिए एक जोड़ी चप्पल भी खरीद लाये। ईश्वर चाहेंगे तो पैरों की सूजन कम हो जाएगी। कम-से-कम एक बार तो चप्पलें डाल ही लेंगे चाचा पैरों में।

चाचा के पैरों की सूजन सचमुच कम हो गयी थी। चाचा खुश हो रहे थे अपने झुर्रीदार पैरों को देखकर। विधानबाबू को चाचा के पैरों में चप्पलें पहनाते देख शरारती नाती-नतनी खिलखिलाकर हँसने लगे। उनमें से किसी ने कहा, ''दादाजी बेंत लेकर कचहरी जो जाएँगे...''

गनीमत थी—चाचा को ठीक से सुनाई नहीं देता। किन्तु औरतें होठ दबाकर धीरे-धीरे मुस्कुरा रही थीं। किसी ने फुसफुसाकर कहा, ''मरते समय बुढ़ऊ को शौक चर्रा रहा है।''

विधानबाबू खुद को अपराधी समझ रहे थे। क्यों किया उन्होंने यह मजाक ? खुद को ग्लानिमुक्त करने के लिए वे चप्पल खरीदकर लाये हैं, चाचा के पहनने के लिए नहीं, यह बात उन्हें खुद को नहीं, वहाँ उपस्थित सबको साफ-साफ दिख रही थी। क्या जरूरत थी, मौत के मुँह में जाते चाचा के लिए चप्पल खरीद कर लाने की ?

चाचा चल बसे। चप्पलों की जोड़ी वहीं रखी थी पैरों के पास। मरते दम तक कहते रहे, ''उन्हें वहीं रहने दो, मेरे विधान ने खरीदी हैं। शायद फिर उठकर चलने लगूँ। शायद विधान की खरीदी चप्पलें पहनकर चलने के लिए ही भगवान मुझे जिला दें !'' मरते समय बहुत बेचैन हो उठे थे जीने के लिए। विधानबाबू की

खरीदी चप्पलों में इतनी शक्ति कहाँ थी कि वे चाचा की लौटती गाड़ी को रोक सकें?

चाचा के क्रियाकर्म के बाद विधानबाबू चाचा की वे चप्पलें माथे से लगा कर बगल में दबाकर वहाँ से ले आये जिन्हें चाचा के पैरों का स्पर्श सिर्फ एक बार मिला था।

चौदह वर्ष के बाद लौट आने का वचन भरत को दिया था रामचन्द्र ने। चाचा ने ऐसा कोई वचन नहीं दिया। लेकिन उदास गर्मियों में—धू-धू करती दुपहरी में जब धरती जल रही होती है, चाचा उन्हीं चप्पलों को पहनकर थप-थप करते विधानबाबू के सीने पर चल रहे होते हैं।

# घुन

गोपकृष्ण को दोष देने से क्या लाभ ? लक्ष्मण जैसा भाई वही बन सकता है जिसकी उर्मिला जैसी पत्नी होगी। अरे बाबा, पुरुष घोड़ा ही तो है—स्त्री तो साईस होती है। लगाम जितना कसोगे, घोड़ा उतना ही चलेगा। लगामबँधे घोड़े और विवाहित पुरुष की इच्छाएँ क्या अलग-अलग होती हैं ? रामकृष्ण का छोटा भाई गोपकृष्ण ही नहीं, शास्त्र-पुराण खोलकर देखो—वेद की रेखा की तरह पत्नी की बात सदा मानता आया है पति!

भ्रातृभक्त लक्ष्मण से ही बात की शुरुआत करें। उस दिन उर्मिला ने लक्ष्मण की राह रोककर जिद नहीं की थी, ''भाई के साथ-साथ तुम क्यों जाओगे वन ? भाई तो पिता की आज्ञा का पालन करने वन जा रहे हैं। तुम किस सत्य का पालन करके राजभवन, नवविवाहिता पत्नी, वृद्ध पिता, शोकातुर माता को छोड़ ब्रह्मचर्य अपनाकर चौदह वर्ष वनवास जा रहे हो ? कहे देती हूँ मैं, तुम वन नहीं जा सकते—यदि गये, सच कहती हूँ मैं अपनी जान दे दूँगी।'' इस तरह की बातें किसी रामायण में नहीं लिखी हैं। बेचारी निरीह, सहिष्णु दूसरे के दुःख में दुःखी नारी। मुँह बन्द करके, छाती पर पत्थर रख पति की इच्छा मान गयी। यदि जिद करके पति की राह रोक भी लेती तो लक्ष्मण की भ्रातृभक्ति निरर्थक होती या नहीं देखा जा सकता था। उसी तरह भ्रातृभक्त भरत को देखिए। नवविवाहिता पत्नी के साथ रहकर, गेरुए वस्त्र धारण कर, राजसुख त्यागकर चौदह वर्ष तक पत्नी की ओर नहीं देखा—ब्रह्मचर्य का पालन करते हुए भाई की पादुकापूजन की। सारा जग उन्हें धन्य-धन्य कहने लगा। पर क्या माण्डवी के बारे में कभी किसी ने कुछ सोचा ? यदि माण्डवी ने नारी के अमोघ सम्मोहन मन्त्र का उपयोग करते हुए भरत को वशीभूत कर लिया होता तब उनका ब्रह्मचर्य व्रत डगमगाया होता या नहीं, देखा जा सकता था।

माण्डवी ने कहा भी नहीं, ''तुम्हें यदि चौदह वर्ष ब्रह्मचर्य पालन करना था तो मेरा हाथ क्यों थामा ? पिता की आज्ञा का पालन करने के लिए आपके भैया चौदह वर्ष ब्रह्मचर्य पालन करेंगे, आपको क्या गरज पड़ी है ? सांसारिक धर्म का निर्वाह करते हुए भी क्या भ्रातृभक्त नहीं कहलाया जा सकता ? यदि आप चौदह वर्ष तक मेरी ओर नहीं देखेंगे, तो फिर मैं क्यों रहूँ यहाँ। मायके चली जाती हूँ, फिर अयोध्या नहीं लौटूँगी। जिधर आँखें ले जाएँगी, उधर निकल जाऊँगी। मुझसे फिर कोई आशा मत करना...'' नहीं, माण्डवी के इस तरह कहने का कहीं कोई उल्लेख नहीं है। उसने भी बिना दुविधा के पति का साथ देते हुए स्वयं चौदह वर्ष ब्रह्मचर्य का पालन किया। भरत के साधना-पथ पर विघ्न नहीं डाला। यदि माण्डवी ने इस तरह की प्राणघाती धमकी दी होती तो भरत क्या करते, ईश्वर ही जानते हैं। रामचन्द्रजी की स्थिति भी देखें। उन्होंने सीता को मना किया, अनुनय-विनय की, ''तुम मेरे साथ वनवासिनी मत बनो। घर पर वृद्ध माता-पिता हैं—रुग्ण और शोकाकुल—उनकी सेवा करना ही तुम्हारा धर्म है। तुम घर की बड़ी बहू हो...इसके अलावा वन में तरह-तरह की विघ्न-बाधाएँ और संकट भी तो हैं...।''

सीता अन्ततः नहीं मानीं। बड़ी जिद्दी हैं। जनी हुई जो नहीं हैं—पाली गयी कन्या हैं, दिल में कहीं ठेस न पहुँचे इसलिए माता-पिता ने बड़े लाड़-प्यार से पाला होगा। किसी तरह की बन्दिश नहीं रखी होगी शायद! आसमान से चाँद तोड़ लाने को कहने पर सारी सेना स्वर्ग की ओर कूच कर जाती होगी। इसलिए सीता की जिद रह गयी। श्रीराम के सारे तर्क निरर्थक गये। सीता ने कहा—''पिता ने विदाई के समय उपदेश दिया था—पति की अनुगामिनी बनना। जहाँ राम हों, वहीं तेरी अयोध्या हो। तुम पिता की आज्ञा का पालन करने वन जा रहे हो। मैं कैसे कर दूँ अपने पिता की आज्ञा की अवज्ञा ?'' राम ने हूँ-हाँ कुछ नहीं किया। अकाट्य तर्क था। रामचन्द्र तो कह सकते थे, ''तुम चारों बहनें एक ही परिवार की हो—एक ही खून है तुम सबकी देह में। एक ही दिन विवाह हुआ—इकट्ठे विदा होकर आयीं हम चारों भाइयों की धर्मपत्नी बनकर। पिता का उपदेश क्या सिर्फ तुम्हीं पर लागू है ? बाकी बहनों को भी तो यही उपदेश मिला है। उर्मिला कैसे रुक गयी लक्ष्मण को छोड़कर सास-ससुर की सेवा करने ? सास-ससुर की सेवा करने तथा उनका शोक कम करने का उपेदश क्या तुम्हारे पिता ने नहीं दिया ?'' नहीं—ये तर्क राम ने नहीं दिये। सीता के तर्क के आगे चुप रहे और सीता को साथ लिवा गये। अब इससे आगे की घटनाएँ देखते हैं।

जनकनन्दिनी, दशरथ की पुत्रवधू, रामचन्द्र की पत्नी सीता सोने के मृग के लिए अड़कर बैठ गयीं। रामचन्द्र समझाने की कोशिश करके हार क्यों गये ? क्या

रामचन्द्र कह नहीं सकते थे, ''तुम यह जानती हो कि सृष्टि में स्वर्णमृग असम्भव है, सीते! भ्रम के पीछे तुम्हारा मन भागता है तो भागे, पर मैं नहीं भागूँगा भ्रम के पीछे। मैं अपने विवेक के निर्देश की अवमानना नहीं कर सकता...'' सिर्फ इतनी ही बातों से सीता चुप हो जातीं। किन्तु अन्त में नारी की जिद को रामचन्द्र जैसे मर्यादापुरुष तक ने मान लिया और धनुष तीर लेकर भ्रम के पीछे भागने लगे।

अब वृद्ध राजा दशरथ को देखें। रात बीतने पर रामचन्द्र राजा हुए होते; किन्तु वन चले गये। किसके कारण? पत्नी कैकेयी के कारण। पुत्र शोक में प्राण गवाँ बैठे, पर क्या पत्नी की बात का खण्डन कर पाये? ऐसे अनेक उदाहरण हैं। जब महात्मा बुद्ध को लगा कि पत्नी के सामने संन्यासी बनकर गृहत्याग नहीं कर सकेंगे तो वे पत्नी को निद्रितावस्था में छोड़कर आधी रात को घर से चुपचाप निकल गये...। बहुत कम समय के दाम्पत्य जीवन में वे पत्नी के दम्भ और पति की कमजोरी अच्छी तरह समझ गये थे। इसलिए पत्नी के प्रति भले ही अन्याय हो, बिना कुछ बताये रातों-रात चोर की तरह खिसक लिये। तुम्हारी हमारी तरह ऐरे-गैरे नत्थू-खैरे ही नहीं, राजा-महाराजाओं की भी यही दशा है। इसलिए शादी के बाद यदि गोपकृष्ण पूरे के पूरे बदल गये तो इसमें आश्चर्य होने जैसी कोई बात नहीं। उन्हें दोष देना भी ठीक नहीं। ओछे घर की लड़की यदि बड़े भाई का महत्त्व समझ गयी होती, तो थोड़े से तुच्छ नारियल के लिए क्या बड़ा भाई रामकृष्ण पितृअर्जित सम्पत्ति को छि: करके छोड़ देता छोटे भाई के लिए, और खुद पूरी उम्र हाट से चावल खरीदकर खाता? एक ही पेट से जनमे हैं—पर घर तोड़ने वाली छोटी बहू ने घर में पाँव रखते ही खून से खून को जुदा कर दिया। जितने भाई उतने घर। कोई नयी बात नहीं है। किन्तु सम्बन्ध इतने बिगड़ गये कि मरने तक दोनों भाइयों ने एक-दूसरे को नहीं देखा। यहाँ तक कि बड़े भाई का मरा चेहरा देखने भी गोपकृष्ण नहीं गया। भाई के मरने के बाद छह महीने तक भाभी अन्नपूर्णा ने चारपाई पकड़ ली और पति के शोक में आँखें मूँद लेने पर भी बेटे की तरह जिस देवर को पाल-पोसकर बड़ा किया था वही अपनी भाभी को कन्धा देने तक नहीं गया। भतीजे-भतीजियों का विवाह तक देखने नहीं गये चाचा—इसके लिए क्षमा है। किन्तु भैया-भाभी के अन्तिम दर्शन करने नहीं आये—इसके लिए क्षमा नहीं है। जबकि अन्नपूर्णा ने गोपकृष्ण को बेटे की तरह पाला था, पहले गोपकृष्ण, पीछे रामकृष्ण। गोपकृष्ण को खिलाये बिना पानी तक नहीं पीती थीं। जीवन भर देवरानी को भले ही दोष देती रही हों, गोपकृष्ण को कभी दोष नहीं दिया अन्नपूर्णा ने। जब भी गोपकृष्ण की चर्चा चलती, लम्बी साँस छोड़ते हुए कहतीं, ''मेरे पास सोया करता था, कान में बातें बताता, भला वह मुझसे झूठ कहेगा?'' रामकृष्ण ने भी छोटे भाई

के विरुद्ध एक शब्द नहीं कहा। दूसरे लोग उस बारे में सवाल करते तो बात को टालते हुए कहते, ''छोड़ो ये बातें—सम्पत्ति क्या मेरे अकेले की है या मैंने अर्जित की है। गोप इतने सालों तक परदेस में था, मैं सम्पत्ति का उपभोग करता रहा। अब उसके बच्चे गाँव में रहने लगे हैं, बाकी का जीवन वह सम्पत्ति उसके बच्चे खाएँ। हमारा तो गुजारा किसी तरह चल ही जाता है। ऐसा कौन-सा दिन है जिस दिन भात की हाँडी चूल्हे पर नहीं चढ़ी गाँव के चावल के अभाव में।'' यह बात सच है, किन्तु गाँव के चावल और हाट के चावल का फर्क जितना मुँह नहीं जान पाता, उतना जान जाता है मन। हाट के चावल में कंकड़ होते हैं, भात बनाने पर भात से एक तरह की अजीब-सी गन्ध आती है! गाँव के चावल की मिठास और आत्मीयता की सुगन्ध हाट के चावल में कहाँ? गाँव के नारियल का पानी मीठा होता है—बाजार के नारियल का पानी नमकीन। गाँव के पोखर की गड़िशा, मागुर, कउ, गुआचिपि, सिंगी मछलियों से हाट-बाजार में मिलने वाली भाकुर-रोहू मछलियाँ टक्कर नहीं ले सकतीं। गाँव के पोखर की मछलियों में होता है एक अन्तरंग स्वाद। गाँव की सब्जियों, मूँग-उड़द का स्वाद भी न्यारा है। यह बात रामकृष्ण भी महसूस करते हैं; किन्तु परोसी हुई थाली के पास वे उदास नहीं बैठे कभी। हमेशा बस यही कहते, ''खाना कभी अच्छा-बुरा नहीं होता, जब जैसा मिल जाए, खुशी से खा लो।''

जिसमें तेरे-मेरे की भावना होती है, उसके मुँह में हाट के चावल-सब्जियों और गाँव के चावल-सब्जियों में फर्क मालूम पड़ जाता है। धान तो खेत में उपजता है—तेरे खेत और मेरे खेत में क्या फर्क है? यही कहा करते वे सबसे। किन्तु अन्नपूर्णा जानती हैं कि परिस्थितिवश रामकृष्ण गाँव से चार मील दूर शिक्षक बनकर रहने पर भी अपने गाँव को सीने से चिपकाये हुए हैं। गाँव से वे मन से, प्राण से, ध्यान से, चैतन्य से अलग नहीं हो पाये हैं। अन्नपूर्णा से माँगेंगे तरह-तरह के साग, उड़द की दाल, जीरा, हल्दी, पनिया मछली, और मूँग-सहजन साग की दाल। गरम मसाले, तली चीजों और पुलाव-मांस की इच्छा उन्हें कभी नहीं रही। इसका मतलब है उन्हें गाँव की याद आती ही रहती है, याद आती रहती है असमय परलोक सिधारी माँ के हाथ के बने खाने की। सबसे अधिक याद आती है गाँव के इष्टदेव गोपालजीउ के प्रसाद की। प्रसाद, वह भी लाल अरुआ चावल का भात, मूँग की दाल, अरबी-सीताफल की मिलवा सब्जी, और चावल ज्यादा दूध कम वाली भगवान जी की खीर। बीच-बीच में गाँव के पुजारीजी पीतल की परात में प्रसाद रख अँगोछे में बाँधकर धूप में दो कोस खेत ही खेत चले आते हैं, क्योंकि वे रामकृष्ण की प्रसाद के प्रति प्रीति जानते जो हैं। जिस दिन से गाँव से चावल

आना बन्द हुआ है, उसी दिन से प्रसाद आना भी बन्द है। गोपकृष्ण ही तो नौकरी की जगह है, गाँव में अब इच्छामणि ठाकुरजी के भोग-प्रसाद का ध्यान रखती है, इसलिए मन्दिर का प्रसाद पहुँचता है उनके घर। चाचा की इच्छा होती होगी बीच-बीच में प्रसाद भाई के पास भिजवाने की, पर चुप रहते होंगे चाची के डर से। चाचा की रेलवे की नौकरी है। परिवार के साथ बाहर रहा करते थे। बच्चों की पढ़ाई में दिक्कत हुई। जब चाचाजी का बार-बार तबादला होने लगा तो चाची बच्चों को लेकर गाँव में रहने लगी। गोपकृष्ण ने कहा, ''भैया के हाथों ढेरों बच्चों का कल्याण हो चुका है। जिसे भी उन्होंने छुआ, वह सोना बन गया। गाँव के स्कूल से माइनर पास करने के बाद भैया के पास रहकर हाईस्कूल में पढ़ेंगे बच्चे। अपनी रेलवे की नौकरी में क्या अब मैं आदमी रह गया हूँ? मैं तो एक रेलगाड़ी बन चुका हूँ। रेलगाड़ी जिधर, मैं उधर। बच्चे अपने ढंग से बढ़ रहे हैं। क्या होगा उनका भविष्य? भैया-भाभी ने मुझे पाल-पोसकर बड़ा किया था, भला मेरे बच्चों को नजरअन्दाज कर देंगे? मैं कितना शरारती था, सँभाल लिया मुझे भाभी ने। उन्हीं की वजह से तो मैट्रिक तक पहुँच गया। वरना माइनर फेल होकर आवारों की तरह मारा-मारा फिरता गाँव भर में। भाभी में अपने-पराये का भेद नहीं है...।''

यह अपने-पराये का भेद ही मनुष्य को बहुत कष्ट देता है। ईर्ष्या, द्वेष, दूसरे में कमी ढूँढ़ना, दूसरे का बुरा सोचना अपने ही मन को विषाक्त करता है। विषाक्त मन दूसरे को जितना कष्ट नहीं देता खुद को उतना कष्ट देता है। कौन जाने अपने-पराये के भेद-भाव में आकण्ठ डूबी चाची खुद कष्ट पा रही हैं या नहीं, पर गोपकृष्ण को निश्चित रूप से काफी कष्ट मिला है। क्योंकि गोपकृष्ण का स्वभाव बड़ा स्नेही, सरल व संवेदनशील है। किशोरावस्था में माँ को खोने के बाद की उदासीनता के कारण पढ़ाई जरूर गड़बड़ा गयी, पर खुद बिगड़ गया हो ऐसा कोई कभी नहीं कह सकता। भाभी अन्नपूर्णा के प्रति उसमें अपार श्रद्धा है, पर डर भी बहुत है। किसी तरह मैट्रिक पास कर जाता तो गाँव के स्कूल में मास्टर बन सकता था। यही इच्छा थी रामकृष्ण की भी। किन्तु गोपकृष्ण मैट्रिक में लुढ़क गया। रामकृष्ण ने डाँटा-फटकारा तक नहीं—लेकिन गोपकृष्ण का आत्मविश्वास लौट आया। वह नौकरी में जी-जान से जुट गया—नाम भी खूब कमाया। किसी से बतानेवाली बात नहीं है, किन्तु सिर्फ एक ही अवसर पर गोपकृष्ण ने झूठ का सहारा लिया था और बड़े भाई की बात ठुकरा दी थी। दरअसल रेलवे की नौकरी मिली थी ताऊजी के बेटे गतिकृष्ण को। उसी के नाम नौकरी में हाजिर होने का पत्र आया। गतिकृष्ण की इच्छा थी नौकरी करने की। परन्तु ताऊजी ने एक ही बात कहकर उसे मना कर दिया, ''तू इस खानदान का सबसे बड़ा बेटा है। ठाकुरजी की पूजा-अर्चना

करना तेरा कर्तव्य है। तू परदेस चला गया तो प्रभु गोपालजीउ का ध्यान कौन रखेगा? इसके अलावा तेरा स्वास्थ्य भी रेलवे की नौकरी के लिए बिल्कुल अनुकूल नहीं है। नौकरी के लिए आवेदन-पत्र भेजने से पहले मेरी अनुमति लेना तेरे लिए उचित था या नहीं?" गतिकृष्ण ने पिता की बात सुनकर सिर नीचे करके अपनी गलती मान ली। फिर कभी नौकरी का नाम नहीं लिया। लेकिन गाँव के बड़े-बुजुर्गों में इस बात पर विचार-विमर्श हुआ। इस गाँव से रेलवे की नौकरी में अभी तक कोई नहीं है। क्या गतिकृष्ण नौकरी पाकर छोड़ देगा? यह तो परोसी हुई थाली को ठोकर मारने जैसी बात है। किसी और के लिए थूककर चाटना सम्भव हो सकता है, परन्तु ताऊजी के लिए सम्भव नहीं कि अपनी कही हुई बात वापस ले लें। गतिकृष्ण नौकरी करने नहीं जाएगा, यह तय है। किन्तु नौकरी भी हाथ से न जाए, भला यह कैसे सम्भव है? किसी कूटबुद्धि सम्पन्न बुजुर्ग ने सुझाव दिया कि "गतिकृष्ण के बदले गोपकृष्ण नौकरी पर चला जाए। गोपकृष्ण की जगह गतिकृष्ण लिखकर दस्तखत करने में कोई परेशानी भी नहीं है। जी.के. दास। यदि सरकार ने इस गाँव को एक नौकरी दी है, तब देखा जाए तो गतिकृष्ण से अधिक योग्य है गोपकृष्ण। गोपकृष्ण का मन भी घर-गृहस्थी में लगने लगेगा। आदमी बन जाएगा।" ऐसा करना अन्याय है या नहीं, उस बारे में काफी वाद-विवाद होने के बाद तय हुआ कि यह अन्याय नहीं है। क्योंकि सरकार ने गतिकृष्ण नाम के युवक को नौकरी नहीं दी है, उस नौकरी के लिए उपयुक्त प्रार्थी को नौकरी दी है। गोपकृष्ण एक उपयुक्त प्रार्थी है। इसलिए सरकार का काम भी बाधित नहीं होगा, और गाँव के एक आदमी को रेलवे में नौकरी करने का अवसर भी मिल जाएगा। सबसे अच्छी बात तो यह है कि तनख्वाह के पैसे आएँगे उसी परिवार में। सर्वसम्मति से यह बात स्वीकार कर ली गयी। सिर्फ बड़े भैया शिक्षक रामकृष्ण इससे सहमत नहीं हुए। उन्होंने इसका घोर विरोध किया था। तर्क के बल पर अन्याय को दबाया तो जा सकता है, पर उससे अन्याय न्याय नहीं बन जाएगा। झूठ पर पर्दा डाल देने से झूठ सच नहीं बन जाता। उनका भाई नौकरी की लालच में पूरा जीवन एक झूठा जीवन नहीं बिता सकता। विवेक के दंश से बड़ी सजा और क्या होगी? ऐसा करके उनके छोटे भाई को आजीवन सजा दी जा रही है। रामकृष्ण ने सोचा था कि गोपकृष्ण उनका समर्थन करेगा। पर देखा गया कि गोपकृष्ण कपड़े-लत्ते सजाकर तुरन्त नौकरी को निकल पड़ा। रामकृष्ण को प्रणाम करते हुए बोला, "जानता हूँ, आप मेरे इस काम का समर्थन नहीं करेंगे। पर मेरे लिए और कोई चारा भी तो नहीं है। नौकरी के दौरान मैं सच्चा और ईमानदार रहूँगा, इतना वादा करता हूँ।" वाकई गोपकृष्ण ने अपना वादा पूरा किया था। उसके जैसा सच्चा और

ईमानदार कर्मचारी रेलवे में शायद ही कोई होगा, ऐसी चर्चा लोग किया करते थे। किन्तु शुरू से ही गोपकृष्ण दफ्तर के कागजात, पत्रों और टेलीग्राम में गतिकृष्ण बन चुका था। कभी गलती से भी अपना नाम गोपकृष्ण कहीं नहीं लिखा। सारा जीवन बेधड़क नौकरी की। किसी भी दिन यह शक तक नहीं हुआ कि कहीं कोई सरकार को गुमनाम खत लिख देगा कि गतिकृष्ण की जगह गोपकृष्ण नौकरी कर रहा है। ब्रिटिश सरकार ने ऐसे अपराध के लिए क्या सजा दी होती, आज सोचा नहीं जा सकता। लेकिन गाँव के बुजुर्ग व डाकिया यह बात जानते हुए भी गुमनाम खत लिखने की कल्पना किसी की बुद्धि में नहीं घुसी थी। एक योग्य बालक को हर महीने कुछ तनख्वाह मिल जाती है। इससे किसी को क्या नुकसान है? यह भाई नौकरी में जाता, वह भाई चला गया—किसी को क्या परेशानी है? मजदूर हलवाहे की तबीयत ठीक न हो तो काम पर न आकर अपनी जगह छोटे भाई, बेटे, भतीजे को भेजने की परम्परा यदि गाँव में है—सरकार में भला क्यों नहीं होगी? सर्वसम्मति से गतिकृष्ण के बदले गोपकृष्ण रेलवे की नौकरी में गया है। महज इतने में ही राम-लक्ष्मण जैसे दो भाइयों में मनमुटाव हो जाएगा, यह सोचना गलत है। दरअसल दोनों भाइयों में शुरू से ही कोई गलतफहमी नहीं रही। जो भी अभिमान जीवनभर रह गया, उसकी वजह घर तोड़नेवाली वह छोटी बहू ही थी।

विवाह के बाद घर लौट आने के दिन नयी नवेली दुल्हन की सूरत सुहागरात वाले कमरे में, ढिबरी की रोशनी में देखते ही गोपकृष्ण किवाड़ खोलकर बाहर भाग आया। घनी अँधेरी रात बीतने तक बाहर सिर्फ इसीलिए बैठा रहा कि भाभी से यह कहकर जाएगा, "भाभी, अगर मैं तुम्हारा बेटा होता तो क्या तुम इसी तरह की काली-कलूटी, दँतली, भेंगी दुल्हन लातीं? मैं उसे देखकर सकपका गया। उसके साथ गृहस्थी कैसे बसाऊँगा? तुम उसे अच्छी तरह देखकर बहू बनाकर लायी हो ताकि अपनी दासी बनाकर रख सको। रखो अपनी दासी बनाकर, मैं चलता हूँ, अब नहीं लौटूँगा घर।"

गोपकृष्ण ने किसी की बात नहीं मानी। चौठी-अष्टमंगला आदि की रस्में पूरी होने से पहले ही गाँव छोड़कर परदेस चला गया। मण्डप में दूल्हे की जगह लोढ़ा रखकर चौठी, अष्टमंगला की रस्में पूरी की गयीं, गाँव में सभी कानाफूसी करने लगे "बिन माँ के देवर के लिए भाभी ने देख-समझकर भी ऐसा किया? राजपुत्र जैसे लड़के के लिए दासी जैसी दुल्हन? कहीं छोटी बहू बड़ी बहू से अधिक सुन्दर न हो जाए, शायद इसी डर से ऐसा किया होगा...।"

हाँ, यह सच है कि गोपकृष्ण लम्बा, चौड़ा, गोरा और सुदर्शन है। तो फिर उसे राजपुत्र क्यों कहते हो? मानो सभी राजपुत्र सुन्दर ही होते हों। हाँ—इच्छामणि

साँवली है, दँतली है। पर उसे दासी क्यों कहते हो? क्या दासियाँ सुन्दर नहीं होतीं? सुन्दर असुन्दर क्या मालकिन और दासी का भेद रखकर भगवान गढ़ता है! यह सच है कि गोपकृष्ण जैसे लड़के के योग्य नहीं है इच्छामणि। अन्नपूर्णा ने देखभाल करके की होती तो ऐसा नहीं होता। पर किससे कहें कि उन्होंने इच्छामणि को पहले देखा ही नहीं था! वे तो इच्छापुर गाँव गयी थीं लड़की देखने और लड़की के हाथों में अपने हाथों से उतारकर सोने के कंगन पहना आयीं। उस वक्त सोने के कंगन का रंग लड़की की कलाई के रंग से मिल गया था—चिकने सुगठित हाथ, हल्दी जैसा गाढ़ा सुनहरा रंग। पान पत्ते-सा मुखड़ा—अगस्ती की कली जैसे होठ, सीधी नाक, बड़ी-बड़ी आँखें, बनायी हुई-सी भौंहें, पीठ पर लहराते घने केश। साड़ी खिसकाकर देखा था अन्नपूर्णा ने पैरों में कहीं बड़े-बड़े बाल तो नहीं। यहाँ तक कि छरहरी-सी लड़की को कमर से पकड़कर आलिंगन करते समय परख ली थी उसके बदन और छाती की गठन। पैरों के पंजे भी देखे थे—बीचवाली अँगुलियाँ कहीं बड़ी तो नहीं! पंजों के नीचे फाँक रहती है या पूरे के पूरे जमीन से सट जाते हैं—हथेली और अँगुलियों को सहलाकर, दबाकर देखा है, मुलायम हैं या रूखी—भरी-भरी हैं या हड़ीली उभरी शिराओंवाली। सास होतीं तो जिस तरह अपने बेटे के लिए बहू देखतीं सिर से पैर तक देख-परखकर, ठीक उसी तरह लड़की देखी थी अन्नपूर्णा ने अपने पुत्र-समान देवर के लिए। किन्तु उन लोगों ने लेन-देन में तो जो ठगना था ठगा ही, लड़की के मामले में भी बाज नहीं आएँगे, यह कौन जानता था? वे लोग छोटी बेटी दिखाकर बड़ी बेटी से ब्याह कर देंगे, यह बात सपने में भी नहीं सोची थी अन्नपूर्णा ने। ऐसी घटना नयी नहीं है—बहुत-सी जगहों पर एक को दिखाकर दूसरे से ब्याह देने के उदाहरण हैं। किन्तु उन्हीं के देवर के नसीब में ऐसा घटित होगा, यह नहीं सोचा था उन्होंने। अन्नपूर्णा के कंगन जबकि बहू की कलाइयों में हैं, कैसे कह दें अन्नपूर्णा कि वे किसी दूसरी लड़की को कंगन पहनाकर आयी थीं, जिसकी कलाइयों में कंगन खूब फब रहे थे! अन्नपूर्णा के सिवा और किसी ने भी लड़की को नहीं देखा था सिर्फ बिचौलिये के सिवा। बिचौलिये को बुलवाकर जब अन्नपूर्णा ने पूछा तो बिचौलिये ने पलटकर उन्हीं पर हावी होते हुए कहा, "वे लोग गरीब जरूर हैं—लेन-देन ठीक से नहीं किया, यह मैं मानता हूँ, किन्तु कन्या के मामले में हेर-फेर की है, आपका ऐसा कहना उचित नहीं है। वे लोग भद्र हैं। आपने जिस कन्या को देखा था, यह वही कन्या है। शादी के बाद से महीने भर तक हाय बाबूजी—हाय मेरी अम्मा—कहकर रोते रहने, दुल्हन कहकर पुकारे जाने की लाज के कारण पेट में भूख रखकर खाने के पास नाम के लिए बैठने की वजह से सूखकर काली हो गयी है—गाल की हड्डियाँ, मसूड़े बाहर

निकल आये हैं। छाया में रहने से—अच्छा खाने-पीने से रंग लौट आएगा, चेहरा भर जाएगा—देखिएगा, वरना मेरे नाम का कुत्ता पालिएगा।''

''किन्तु उस लड़की की पीठ पर तो लहराते घने केश...''

''लो भला—आप क्या कभी दुल्हन नहीं बनीं? मँगनी के बाद जिसके घर कन्या खाना खाने जाएगी उसके घर अपना जूड़ा खोलेगी, जूड़ा बनाएगी, अलता, सिन्दूर लगाएगी। नयी साड़ी पहनेगी। दिन में तीन-चार घरों में कन्या का जूड़ा बाँधा जाता है, क्या खोलने-बाँधने में बाल नहीं टूटते? देखिएगा, ठण्डा तेल लगाकर धृतकुमारी घिसने से बाल फिर वैसे घने और सुन्दर लगने लगेंगे...।''

''पर उस लड़की के हाथों में कई काले तिल थे, कंगन पहनाते समय मैंने देखा था।'' अन्नपूर्णा ने तैश में आकर कहा।

''हाँडी की कालिख जो होगी—अँधेरे में आपने काले तिल समझे होंगे। बड़ी कमेरू लड़की है...विलक्षण प्रतिभा सम्पन्न...घर-गृहस्थी के मामले में आपसे बीस साबित होगी...मेरी बात सच है या झूठ आप खुद ही समझ जाएँगी। पर मेरी और कन्यापक्ष की इस तरह बदनामी न करें...'' बिचौलिया अपना पावना लेकर चला गया। अन्नपूर्णा खामोश रहीं। दो कारणों से अन्नपूर्णा ने कन्यादान में धोखा होने की बात किसी से नहीं बतायी। बतायी थी सिर्फ पति को। पहला कारण था...जिस कन्या को बड़ी चालाकी से गोपकृष्ण से ब्याह दिया गया, उस बेचारी का क्या कसूर है? उसे अब लौटाया तो जा नहीं सकता...दूसरा, गोपकृष्ण ने तो झट कन्या को अस्वीकार कर दिया और यदि उसे सच्चाई का पता चल गया तो ससुराल से उसका मन पूरी तरह टूट जाएगा। यदि जान गया कि वह किसी षड्यन्त्र का शिकार हुआ है तो फिर कभी मन बदलकर पत्नी की ओर नहीं देखेगा। भले ही अन्नपूर्णा देवर की नजरों में सारा जीवन दोषी बनकर रहें, पर वह किसी निर्दोष कन्या के साथ अन्याय नहीं होने देंगी।

इच्छामणि को बाँहों में भरकर खूब रोयी थीं अन्नपूर्णा। कहा था, ''मेरी देह छूकर बोल, गोप के आगे कभी नहीं कहेगी कि मैंने तेरी छोटी बहन के हाथों में कंगन पहनाये थे। गोप वैसा लड़का नहीं है—कोई ग्रह-दोष था। माथा गरमा गया, घर से चला गया। लौट आएगा—उसे धर्म का ज्ञान है। रूप तो दो दिनों का है। गुण हमेशा का। अपने मधुर स्वभाव और गुणों से एक दिन तू गोप को वश में कर लेगी—यह मेरा विश्वास है। महीना भी नहीं बीतेगा, गोप लौट आएगा। मैं उसकी नस-नस पहचानती हूँ।''

अन्नपूर्णा ने दुल्हन के सुन्दर गुणों का वर्णन करते हुए देवर को बड़ी-बड़ी चिट्ठियाँ लिखीं। सुन्दर बीवी हमेशा सुख देनेवाली नहीं होती, इस बारे में तरह-

तरह के उदाहरण देना नहीं भूलतीं। किस तरह इच्छामणि उसके पादुका-पूजन के बिना जलस्पर्श नहीं करती, किस तरह वह जान गँवाने जा रही थी और बोली—"मेरी सूरत देखने पर उन्हें दुःख होता है। क्या मैं उन्हें सारा जीवन दुःखी देख सकती हूँ? मैंने जान दे दी तो वे दुबारा अपनी मनपसन्द लड़की से विवाह करके सुख से रहेंगे। यही मेरा सुख होगा। मेरा तो यही सौभाग्य है कि मैंने उनका हाथ थामा। मुझे भला और क्या चाहिए?" अन्नपूर्णा ने उसे किस तरह समझाते हुए कहा था, "तू आत्महत्या करेगी तो इसका पाप सिर्फ तुझे नहीं लगेगा, मेरे देवर गोप पर भी नारी-हत्या का पाप चढ़ेगा। इसलिए कम-से-कम गोप को पाप से बचाने के लिए तुझे आत्महत्या का ख्याल अपने मन से निकाल देना चाहिए। क्या तू चाहती है कि तेरा पति तेरे इस काम की वजह से नरक में जाए?" इतनी बातों से तुम्हारी इच्छामणि सब समझ गयी। बोली, "दीदी, मेरे पति देवता हैं, उन्हें नरक में डालकर मैं और पाप क्यों अर्जित करूँ? पति के लिए मैं जिन्दा रहूँगी। पर उनके रास्ते का काँटा नहीं बनूँगी। आप फिर से उनका ब्याह किसी सुन्दर कन्या से करवा दें। मुझे कोई शिकायत नहीं होगी। मैं उसकी नौकरानी बनकर जी लूँगी। यदि इससे भी उनके सुख में बाधा पड़ी तो मायके चली जाऊँगी। भतीजे-भतीजियों की सेवा करने पर भाई मुझे खाना-कपड़ा दे ही देंगे। मैं सचमुच उनके योग्य नहीं। मेरी वजह से भला वे क्यों दुःख पाएँ।"

ऐसी न जाने कितनी-कितनी मनगढ़न्त झूठी बातें लिखकर देवर को भेजा करती थीं अन्नपूर्णा। सोचती थीं, अच्छे उद्देश्य के लिए झूठ बोलना पाप नहीं है। और यदि पाप लगता भी है तो उसे परवाह नहीं, दो-दो जिन्दगी बचा पायी तो उनका भाभी बनना सार्थक हो जाएगा। अन्नपूर्णा ने इच्छामणि को कान में फुसफुसाकर सिखाया कि चिट्ठी में लिखी बातों के बारे में पति पूछे तो हामी भर देना। उन कुछ दिनों तक इच्छामणि ने अन्नपूर्णा की बातों को वेद वाक्य मान लिया था। अन्नपूर्णा की दवा असर कर गयी। गोपकृष्ण लौट आया। अन्नपूर्णा ने इच्छामणि को यथासाध्य सजाया। कई देवी-देवताओं को स्मरण कर देवर को सुहागरात वाले कमरे में भेज दिया। कान में फुसफुसायीं, "लड़की बहुत गुणी है। सोने की खान है। रूप चिकना होने से क्या मिलेगा? महीने भर से रो-रोकर आँखें फोड़ रही है। माँ काली भी तो शिव की पत्नी थीं! शिव से सुन्दर इस दुनिया में और कौन-सा पुरुष है?" इच्छामणि के कान में भी फुसफुसायीं, "पति कमरे में घुसते ही ढिबरी धप से बुझा देना। अँधेरे में पति के चरणों में सिर रख देना। आगे भगवान का भरोसा है।" भाभी की बड़ी-बड़ी चिट्ठियाँ पढ़कर गोपकृष्ण का मन पहले से ही दब चुका था। कमरे में घुसने से पहले मन और भी पसीज गया। आँखों

के आगे माँ काली का रूप उभर आया। भक्ति से प्रणाम करके कमरे में डग रखते न रखते अँधेरा हो गया। चरणों में अंजुलि भर फूल चढ़ गया—फूलों पर बारिश की बूँदें! पैर भीग रहे थे उष्ण-उष्ण अश्रु-जल से। कमरे में चम्पा, बेला और पारिजात फूलों की महमह सुगन्ध—गोपकृष्ण का सरल मन पूरा का पूरा महक उठा। आँखें भीग गयीं अपने ही आँसुओं से। अपने आँसुओं से इनसान अपनी ही आँखें गीली करता है—इनसान खुद ही खुद को दुःख देता है। चाण्डाल कहीं के! कितना दुःख दिया इस निष्पाप कन्या को, और खुद को। माँ समान भाभी क्या तेरी दुश्मन है! भला वह तेरा बुरा चाह सकती है? कन्या में सारे सद्‌गुण न देखतीं तो क्या अन्नपूर्णा उसे घर में बहू बनाकर लातीं? एक बार इतना तक सोचे बिना कितनी जगहँसाई करवायी इस नयी नवेली दुल्हन की? गोपकृष्ण ने खुद ही को धिक्कारते हुए अंजुलि भर फूल उठा लिये पैरों से—रात के फूलों का रंग नहीं सिर्फ सुगन्ध समाती चली जा रही थी नस-नस में। मन रंग नहीं ढूँढ़ता, ढूँढ़ता है सुगन्ध।

छह महीने के भीतर क्वार्टर लेकर इच्छामणि को साथ लिवा जाने को कहा था अन्नपूर्णा ने। गोपकृष्ण ने बात मान ली थी। तीन बच्चों की माँ बनने तक इच्छामणि को साँस तक नहीं लेने दी गोपकृष्ण ने। हर बात पर ताने कसता था—"भाभी की तरह बनो। उनकी तरह बच्चों की परवरिश करो—रिश्ते-नातेदारों का ध्यान रखो—दीन-दुखियारों को कुछ दो—भाभी को भैया क्या सिर्फ सुन्दरता के कारण चाहते हैं? रूप तो भगवान का दान है—इनसान का इसमें क्या वश? भाभी जैसा रूप ही तो तुम्हें नहीं मिला, उनके गुण तो तुम सीख ही सकती हो।" इच्छामणि भीगी बिल्ली-सी चुपचाप रहती थी। ऊँ-चूँ तक नहीं। लेकिन धीरे-धीरे गोपकृष्ण को न जाने क्या सम्मोहन सुँघा दिया कि गोपकृष्ण चूहा बन गये। इच्छामणि पति पर हावी रहने लगी। गोप तनख्वाह लाकर पत्नी की हथेली में रख देते। अपने लिए पाँच रुपये माँगने पर हिसाब देना पड़ता। भैया-भाभी, भतीजा-भतीजी, बड़े भैया के पास रहने वाले बूढ़े पिता, विधवा बहन, भानजे-भानजी की शादी, पर्व-त्योहार आदि में लेन-देन का सवाल ही कहाँ उठता है। बूढ़े पिता बीमार पड़े—उस पार चले गये—शुद्धि क्रिया हुई। पचास रुपये भी नहीं दे सका गोप। गोप के मुँह खोलते ही, इच्छामणि चिड़चिड़ा उठी, "हमलोग तो परदेस में पड़े हर चीज खरीदकर खाते हैं। जो गाँव में धान-चावल, पेड़-मछली का उपभोग कर रहे हैं वे दें पैसे।" भतीजा-भतीजियों की शादी हुई। लेन-देन कोई बड़ी बात नहीं। चाचा होकर ऐसे में आकर खड़े नहीं हुए, इसका बड़ा मलाल है। कैसे इतने बदल गये गोप चाचा? क्या सचमुच बड़े भाई के प्रति भक्ति, भाभी के प्रति श्रद्धा और भतीजे-भतीजियों के प्रति स्नेह-ममता का सोता सूख चुका है? किस वजह

से? इच्छामणि के डर से? इच्छामणि भी क्यों जेठ-जेठानी के प्रति इतनी कठोर हो गयी? क्या इसमें अन्नपूर्णा का दोष है! नहीं—अन्नपूर्णा का दोष उनके दुर्गुणों के कारण नहीं है, बल्कि अन्नपूर्णा के सद्‌गुणों की वजह से इच्छामणि जिठानी से खफा है। जेठानी से खफा होने की वजह से जेठ और भतीजे-भतीजियों से खफा है। अन्नपूर्णा के रूप-गुण की प्रशंसा पति से लेकर बन्धु-बान्धव, परिजन, पास-पड़ोसी सबके मुँह में है। कौन-सी औरत यह सब सहेगी! और यदि जेठानी हुई तो कलेजे में छुरी चल जाएगी। इच्छामणि चाहे जितना करें, अन्नपूर्णा के सामने निष्प्रभ-जुगनू के समान हैं। मानो इच्छामणि को सचमुच निष्प्रभ रखने के लिए ही अन्नपूर्णा में इतनी सुन्दरता और अच्छाइयाँ हैं...मामूली रसोई बनाने में भी अन्नपूर्णा की बराबरी नहीं कर सकी...तरकारी अच्छी बनने से गोपकृष्ण कहेगा—आज कुछ-कुछ भाभी के हाथों से बनी जैसी लग रही है, पर मालूम तो पड़ ही जाता है। इच्छामणि की किसी बात से खुश हो जाने पर गोप चाचा कहते, "आज इतने दिनों बाद तुमने भाभी जैसी बात कही है..." इच्छामणि भी भाभी की अच्छाइयों को स्वीकारती है। इसका मतलब यह नहीं कि अन्नपूर्णा उसे राहूग्रस्त चाँद की तरह अपनी उपछाया में ही रखे रहे जिन्दगी भर। शायद यही बात देवरानी-जेठानी के बीच कडुवाहट का कारण बनी हुई है।

लेकिन उम्र बढ़ने के साथ-साथ गोप चाचा पत्नी के समक्ष इतने कमजोर पड़ गये कि अब उन्होंने बड़े भाई के घर जाना तक बन्द कर दिया। जिस पत्नी का चेहरा देखते ही वे घर से भाग गये थे, उसी के कान भरने के कारण उन्होंने खून का रिश्ता तक तोड़ डाला!

भले ही सभी चाची को दोष दें पर सविता का सारा गुस्सा चाचाजी पर है। गुस्सा नहीं बल्कि प्रचण्ड अभिमान। चाची ने रुपये-पैसों पर ही तो ताला ठोंका है—पर क्या स्नेह में भी ताला लगाया है? सविता छोटी भतीजी होने की वजह से चाचा की लाडली है। हमेशा कुछ न कुछ लेकर आते थे उसके लिए परदेस से।

बस से उतरकर गाँव जाने के रास्ते में पड़ता है बड़े भाई का स्कूल। स्कूल के अहाते में उनका मकान है। वहीं खा-पीकर, भतीजे-भतीजियों के साथ एक पहर बिताकर चाचा गाँव चले जाते हैं तरह-तरह के वादे करके। फिर आएँगे, बच्चों के साथ पिकनिक करेंगे, सविता की बनायी तसवीरें देखेंगे, उसकी लिखी कविताएँ पढ़ेंगे। लेकिन एक बार चाची के पास पहुँच गये तो कुछ और ही हो जाते हैं चाचा। पिछली बातें मानो मन से मिट जाती हैं। फिर से नौकरी की जगह खामोश लौट जाते हैं, चिट्ठी लिखेंगे, किताबें भिजवाएँगे, रेलवे के पास से भारत भ्रमण करवाएँगे इत्यादि झूठे वादे करके। बच्चे भी धीरे-धीरे समझ चुके हैं कि गोप चाचा अब

पहले वाले चाचा नहीं हैं। माँ-बाबूजी कहते, ''गोप का कोई दोष नहीं है। उसका मन खुला है, उदार है, स्नेह-ममता से भरा है, पर क्या करे? बेचारा लाचार है...''

सभी बच्चों का चाचा पर से भरोसा उठ गया।

किन्तु सविता का नहीं टूटा था। क्योंकि चाचाजी का सबसे सम्बन्ध और सविता से सम्बन्ध एक जैसा नहीं था, न्यारा था। चाचा सविता को एक न एक बार रेलगाड़ी में घुमाने जरूर ले जाएँगे—इसमें सन्देह नहीं। अभी तक सविता ने रेलगाड़ी देखी भर थी, बैठी नहीं थी उसमें कभी, और सविता को लगता था कि रेलगाड़ी ही पृथ्वी पर विस्मयभरी सबसे बड़ी गाड़ी है। इतनी बड़ी गाड़ी, इतना शोर मचाती, इतनी तेजी से कैसे भागती है? एक आदमी इतनी बड़ी गाड़ी कैसे खींच लेता है? तरह-तरह के सवाल किया करती चाचा से। चाचा ने कहा था एक दिन उसे ले जाकर दिखाएँगे रेलगाड़ी कैसे चलती है, क्या खाती है, क्या पीती है, सब दिखा देंगे। सविता धीरे-धीरे बड़ी हुई, रेलगाड़ी के बारे में उसका कुतूहल खत्म हो गया, पर चाचाजी से दिल नहीं टूटा। वह बाट जोहती रहती है वर्ष में एक बार चाचाजी की छुट्टी के समय की। भले ही चाचा कुछ न दें, पर जितना समय साथ रहते हैं, बहुत अच्छा लगता है। चाचा झूठी दिलासा दे गये थे, यह बात चाचा का चेहरा देखते ही भूल जाती थी। चाचा तो वही पहले वाले चाचा हैं, सविता को यही लगता था। अब सविता को और कोई उम्मीद नहीं है चाचाजी से, सिवा इसके कि साल में एक बार गाँव जाते समय वे उनके घर पर रुकें और उसकी शादी में जरूर आएँ। बस इतनी-सी आशा का दीपक जलाये बैठी थी वह। किन्तु बड़ी बहन की शादी के बाद से अब चाचाजी गाँव जाते समय बड़े भैया के घर नहीं रुकते। रुकने जैसा कोई रिश्ता बनाकर रखा ही कहाँ उन्होंने?

दीदी की शादी के समय एक आदमी गाँव भेजा था अन्नपूर्णा ने नारियल लाने के लिए। शादी-विवाह में ढेरों नारियल की जरूरत होती है। गाँव में अपना ही घर भरा पड़ा है नारियलों से। परिवार में पहली लड़की का विवाह है। वेदी कर्म के लिए बाजार से नारियल क्यों खरीदें? लेकिन चाचीजी ने साफ-साफ कह दिया, ''जाओ, भाई जी और जेठानी जी से कह देना, जितने सालों तक उन्होंने गाँव की सम्पत्ति का उपभोग किया है, हम भी उतने सालों तक कर लें, तब आकर अपना हिस्सा ले जाएँ।'' खाली हाथ लौट आया वह आदमी। लेकिन जो सन्देश लेकर वह लौटा था, उससे रामकृष्ण को गहरी ठेस पहुँची। अन्नपूर्णा तो कुछ बोल ही नहीं सकीं। मझधार में डूबती-उतराती नयी-नवेली दुल्हन इच्छामणि की नइया पार लगाकर उसे पति के सुहाने लायक बनाने में अन्नपूर्णा को क्या-क्या पापड़ नहीं बेलने पड़े। पर उसी इच्छामणि में इतनी ईर्ष्या, इतना गुस्सा, इतनी नीचता है!

आखिर क्यों? नीच कुल की लड़की इच्छामणि की जन्मजात नीचता के सिवा कोई और कारण नहीं दिख रहा था। रामकृष्ण चुपचाप बैठे रहे काफी देर तक। शायद जीवन का सबसे बड़ा झटका था छोटे भाई की घरवाली का यह सन्देश। शान्त स्वर में बोले, ''जाओ बहू को बोल आओ, मेरे जिन्दा रहने तक गोपकृष्ण ही सारी सम्पत्ति भोगेगा।'' गलती से भी साग का एक पत्ता तक लेने न भेजने के लिए उन्होंने आगाह कर दिया अन्नपूर्णा को। दीदी की शादी में शायद चाचा इसी दुःख और ग्लानि की वजह से नहीं आये। किस मुँह से आते? बैलगाड़ी में बैठकर चाची आयी थीं दीदी की शादी में। सबके सामने कान से कनपासे खोलते हुए बोली, ''इन्होंने रुपये-पैसे तो भेजे नहीं। और करूँ क्या? मेरे पास तो बस यही एक जोड़ी है। मायके की चीज है, इन्होंने क्या मेरे लिए कुछ बनवाया है इतने दिनों की रेलवे की नौकरी में। सारा पैसा बीड़ी-सिगरेट में उड़ा देते हैं। कान भले ही मेरे खाली रहें पर भतीजी को कैसे न दूँ?'' अन्नपूर्णा ने उसका हाथ पकड़ लिया। बोलीं, ''विवाह वाले घर में सुहागिन औरत क्या नंगे कान रहेगी? माँ-चाची क्या अलग होती हैं? लड़की को जो-जो कुछ दिया जा रहा है, क्या वह तेरा नहीं है? चल रहने दे, तुझे मेरी कसम है, कान से मत उतार।'' चाची ने जिठानी की बात मान ली। वादा किया, ''फिर कभी सुविधा देखकर सोने के कनपासे गढ़वा देंगी बिटिया को। मेरी बहुत दिनों से इच्छा है...'' सभी जानते थे कि चाचा की तरह यह कोई लाचारीभरा वादा नहीं है। यह छल भरा और झूठा है।

किन्तु सविता की उम्मीद अन्त तक अटूट थी कि चाचा उसकी शादी में जरूर आएँगे। अन्तस के अभिमान से भिगोकर उसने एक चिट्ठी लिखी थी, ''चाचा, तुम नहीं आये तो मैं देहरी लाँघ तो जाऊँगी, पर चौखट पर सिर पटक लूँगी। आना जरूर, तुम्हें मेरी कसम है। तुम्हारा आशीर्वाद लेकर ही जैसे घर से डग बाहर निकालूँ।''

सबको उम्मीद थी चाचा आएँगे। अब इस बार चाची नहीं रोक पाएँगी चाचा को। सविता को चाचा जितना चाहते हैं, अपनी बेटी मिलि को भी उतना नहीं चाहते। सृष्टि में प्रलय भले ही आ जाए, वे आएँगे। सविता को बचपन से ही चाचा कहते आये हैं, ''भैया बड़ी बेटी का कन्यादान करेंगे, मैं सविता का कन्यादान करूँगा। वह मेरी बेटी है...'' सारी उम्मीदें बेकार गयीं। चाचा का तार आया, ''छुट्टी नहीं मिली, नहीं आ सकता।'' बस टूट गये सारे रिश्ते। चाचा के ऊपर से भरोसे का अखण्ड दीप बुझ गया सविता के मन से। चाचा कहकर उसका कोई है, अब यह बात मिट चुकी है सविता के मन से।

खबरें मिलती रहती हैं—चाचा रिटायर हो चुके हैं। सिर्फ चाची ही नहीं, बेटे भी चाचा की दुर्गति करते हैं। चाचा के पेंशन के रुपये पर भी चाचा का अधिकार

नहीं रहता। दवा, पथ्य चाचा को नहीं मिलते। बड़ी फजीहत करके मुट्ठीभर खाना देती हैं चाची। हर वक्त उलाहना—''सिर्फ भैया-भाभी। जिन्दगी भर यही सुनते-सुनते मेरी गृहस्थी खिंचती रही। बच्चों की पढ़ाई पर ध्यान नहीं दिया, जमीन-जायदाद पर गौर नहीं किया। तनख्वाह के पैसे बीड़ी-सिगरेट-गाँजे में उड़ा दिये। बच्चे आवारा हो गये। खेती-बाड़ी उजड़ गयी। सभी बस यही जानते हैं कि मैं छोटे घर की लड़की हूँ—खेती-बाड़ी हथियाये बैठी हूँ। बड़े भाई रामकृष्ण ने सारी सम्पत्ति छोड़ दी छोटे भाई के लिए। वे ही लोग देवी-देवता हैं, मैं घर तोड़नेवाली हूँ। सिर्फ इतना ही मिला है पूरे जीवन में खसम की लापरवाही के कारण...।''

हाँ, चाचा चाहते तो जो कुछ हुआ, वह न हुआ होता। पर चाचा ने क्यों नहीं चाहा? इच्छामणि जैसी औरत उनके गले में बाँध देने के कारण उनमें काफी आक्रोश था! जीवन भर गले में अटकने जैसी हालत—न निगला जाता है, न उगला जाता है। समाज के बनाये नियम—बाल-बच्चे—घर की मान-मर्यादा—विवाह की मजबूत बेड़ियाँ...गलती से हो या जान-बूझकर, इच्छामणि को त्यागने का समर्थन कोई नहीं करता—भैया-भाभी कुटुम्ब, समाज सबने नीतिवाणी सुनायी थी। उपाय ही क्या था? न जाने कितने परिवार इसी तरह गुजारा कर रहे हैं—कितने पति-पत्नी कलाई में गाँठ बँधते ही पिंजड़े में बन्द जानवरों की तरह हो जाते हैं। चाचा की हालत वैसी ही थी।

जीवन भर रामकृष्ण को यह अफसोस रहा कि गोप के साथ घोर अन्याय हुआ है। उसकी पसन्द की न होते हुए भी इच्छमणि को उस पर थोप दिया गया। बेचारा पूरी जिन्दगी दुःख पाता रहा—गलतफहमी का शिकार हुआ। अन्नपूर्णा का सोचना था कि इसमें उसका क्या दोष? उसने तो मनपसन्द लड़की देखी थी, गोप का नसीब ही खराब था। वरना छोटी बेटी दिखाकर बड़ी बेटी...छोटी बेटी की जहाँ शादी हुई है वह घर सोना बन गया है। इच्छामणि पर भी दोष नहीं मढ़ा जा सकता। जीवनभर उसे गोप का प्यार नहीं मिला, दो बोल नहीं सुने कभी प्रशंसा के पति के मुँह से। बैल की तरह मुँह बन्द किये पत्नी के आदेश का पालन करके क्या कोई पत्नी को सुखी कर सकता है? सात बच्चों की माँ बन जाने पर क्या पत्नी का जी भर जाता है? क्या असुन्दर पत्नी के पास मन जैसा कुछ नहीं होता?

माँ-बाबूजी अब नहीं रहे। अब भी चाचा के बेटे गाँव की सम्पत्ति भोग रहे हैं। सविता का भाई हाट से चावल खरीदकर खाता है—गाँव की जायदाद से हिस्सा नहीं लिया। चाचा के बेटों की जो धाक है, कौन करेगा उनसे फौजदारी? रामकृष्ण जो नहीं कर सके, कैसे कर सकता है उनका बेटा?

किन्तु चाचाजी के तो विवेक है! अब तो भतीजे को बुलवाकर जमीन का

बँटवारा कर देना चाहिए। सविता बहुत रूठी हुई है चाचाजी से। चाचा ने खुद को इतना असहाय क्यों बना लिया, यह सोचकर गुस्सा भी आता है उन पर। कई वर्ष बीत चुके हैं। पर वह गुस्सा और अभिमान अभी कल ही की तरह साल रहा है मन को अन्दर ही अन्दर।

चाचाजी के बेटे का फोन आया—''दीदी, बाबूजी कटक मेडिकल कॉलेज के हृदय रोग वार्ड में भर्ती हैं। बुखार और खाँसी चार महीने से परेशान किये हुए हैं। मुझसे कहा है बाबूभाई को खबर करने के लिए। बाबूभाई को देखना चाहते हैं। उनके घर पर तो फोन है नहीं। आप जरा उन्हें खबर भिजवा दीजिएगा...''

खाँसी चाचाजी का पुराना रोग है। काफी अरसे से भोग रहे हैं। इस खबर से कोई खास झटका नहीं लगा। झटका लगा चाचाजी के बाबूभाई को खबर देने के निर्देश से। चाचाजी सविता को नहीं ढूँढ़ रहे, उसके बड़े भाई को ढूँढ़ रहे हैं। सविता लड़की है—दूसरे के घर से बँधी खून की डोर कमजोर जो हो जाती है। बाबूभाई परिवार के बड़े बेटे हैं—पूर्व पुरुषों को पिण्ड-पानी देंगे।

भला लड़कियाँ भी इनसान होती हैं। सविता ने भाई को खबर भिजवा दी। मन हो रहा था—क्या एक बार जाकर देख आये चाचा को? वे ढूँढ़ें न ढूँढ़ें—क्या सविता मन ही मन नहीं ढूँढ़ती चाचा को? चाचाजी का स्नेह जब तक मिला था, क्या उसकी डोर इतनी कमजोर थी! तो फिर सविता में यह पहाड़-सा अभिमान क्यों है? चाचा का हालचाल भैया से मिल जाया करता था। चाचा की हालत में सुधार हो रहा था। सविता को नहीं ढूँढ़ा? सविता कैसी है, भैया से पूछा तक नहीं? कहाँ, भैया ने तो नहीं बताया ऐसा कुछ। सिर्फ इतना कहा कि ''बहुत ढूँढ़ रहे थे उसे—अपने बेटों पर भरोसा नहीं रहा उन्हें, उनकी इच्छा है कि दिन-रात मैं ही बैठा रहूँ उनके पास। समझ नहीं रहे कि हमारे भी दायित्व हैं नौकरी के प्रति। उनके पास सुबह से शाम तक कैसे बैठ सकता हूँ? किन्तु बीच-बीच में तो जाना ही पड़ेगा। बहुत कष्ट होता है उनकी हालत देखकर।''

सविता को लगता कि उसके अभिमान का पहाड़ आहिस्ता-आहिस्ता और विशाल होता चला जा रहा है। कहीं छाती तो नहीं फाड़ डालेगा?

न बुलाएँ चाचा। सविता एक बार जाकर देख आएगी चाचा को। पर एक शब्द तक नहीं बोलेगी।

सविता जाने-जाने को सोच ही रही थी; चाचाजी के बेटे ने फोन किया—''दीदी! बाबूजी चल बसे। बाबू भैया को तुरन्त खबर भिजवा दीजिए। वे जहाँ कहीं भी हों फौरन चले आएँ। ताऊजी पहले ही चले गये थे—बाबूजी चले गये, अब से बाबू भैया ही घर के मुखिया हैं। हमें क्या मालूम है? उनके न आने तक कुछ

नहीं होगा...''

ठिठकी रह गयी सविता। भैया को खबर भिजवायी गयी। खुद भी जा पहुँची अस्पताल। बीस साल बाद जिन्हें आँखें मूँदकर बेजान लेटे देखा, क्या वे सचमुच गोप चाचा हैं, जिन पर इतने सालों से अभिमान का पहाड़ लादे बैठी थी सविता।

उम्र, बीमारी या आत्मदहन किससे, हृष्ट-पुष्ट चाचाजी की यह कंकाल जैसी हालत हो गयी थी! सविता चाचाजी की ओर देख तक नहीं पा रही थी। मानो उसकी छाती में कोई हथौड़े से प्रहार कर रहा है—''इस असहाय, अत्याचारित, पीड़ित आदमी पर भला कोई अभिमान करता है?'' चाचाजी की खाट के बगल वाले रोगी की रिश्तेदार सविता की ओर एकटक देख रही थी। उन्होंने पूछा, ''क्या तुम इनकी भतीजी सविता हो?'' सविता ने सिर हिलाकर हामी भरी। उस महिला ने दर्द भरे स्वर में कहा, ''प्राण अटके हुए थे तुम पर। तुम्हारी बचपन की बातें रोजाना एक बार अवश्य करते। तुम्हारी शादी में नहीं जा सके थे। उसके बाद भी इतने सालों की दूरी। कहते थे, किस मुँह से आज उसे बुलवा भेजूँ? बहुत नाराज है मुझसे। किन्तु मुझे विश्वास है कि जैसे ही उसे पता चलेगा मैं यहाँ भर्ती हूँ, जरूर दौड़ी चली आएगी। समय नहीं मिल रहा होगा। नौकरी करती है। बड़े जंजाल हैं। पर आएगी जरूर। कम-से-कम मेरे मरने की खबर मिलने पर वह बिना आए रह नहीं सकती। यही बेहतर होगा। वरना जीते-जी उससे मुलाकात होने पर क्या जवाब दूँगा?''

''छिः, तू मर क्यों नहीं गयी चाण्डालिन...'' सविता अपने अभिमान को ठोकर मारते हुए मुँह फेरकर चली आयी। चाचा की मृत देह से लिपटकर फूट-फूटकर रोने से क्या उसके पाप को क्षमा मिल जाएगी जो वह अन्तिम दृश्य देखने के लिए वहाँ रुकी रहती?

# केतकी-वन

शुभा से मुलाकात होने के बाद मुझे लगा कि इस बीच मैं बूढ़ा हो गया हूँ।

सरकारी नौकरी से सेवानिवृत्त होने में और एक साल बचा है। पर इस बीच अपने बुढ़ापे को लेकर मैं इतना चिन्तित कभी नहीं हुआ। उम्र में शुभा मुझसे काफी छोटी थी। उसके चेहरे पर बचपना इस तरह झलकता था कि वह कभी बूढ़ी जैसी दिखेगी, यह मैं सोच तक नहीं सकता था। लेकिन शुभा को देखने के बाद चकित और उदास हो मैंने सोचा, शुभा बूढ़ी-सी सिर्फ दिख ही नहीं रही, वह सचमुच बूढ़ी हो गयी है। इसलिए इस बीच मैं भी बूढ़ा हो गया हूँ, यह बात नकारी नहीं जा सकती। दौड़-धूप भरी जिन्दगी, अपना बूढ़ा हो जाना दिखाई देने पर भी उस बारे में सोचने की फुर्सत कहाँ! सोचो भी तो तुम्हें बूढ़ा होने देगा ही कौन? पत्नी, बेटा-बेटी, नाती-नतनी किसे नजरअन्दाज करके तुम कह सकते हो कि अब मुझे झंझटों से मुक्त करो, मैं बूढ़ा हो गया हूँ! बेटा-बहू, लड़की-दामाद, नाती-नतनी को देखकर ऐसा कौन होगा जो खुद को जवान माने बैठा होगा! दुनिया में तुम्हें कौन जवान मानेगा? सभी तो बुढ़ापे में ही झूठे माया-बन्धन में फँसे होते हैं। भला तुम कौन-से अनासक्त योगी हो! हाँ, यह सच है कि सरकार तुम्हें बूढ़ा कर देगी अट्ठावन साल में। किन्तु बाल-बच्चे तुम्हें बूढ़ा कहेंगे, राजनीतिक नेताओं की तरह, जर्जर बूढ़ा होने पर ही। इसके अलावा भला मध्यवर्गीय जीवन के सपने कभी पूरे भी होते हैं जो तुम सारे काम खत्म हो गये सोचकर झाड़-झूड़ कर बैठ जाओगे? मध्यवर्गीय परिवार में सच्चा जीवन-साथी पत्नी नहीं, अभाव है। सबकी तरह धनी बनने की आपाधापी में मैं मध्यवर्गीय बनकर ही रह गया। मेरे जैसे ढेरों लोग जानते हैं कि धनी होना दिवास्वप्न है, किन्तु मध्यवर्ग के रूप में खुद को स्वीकार कर लेना उतना आसान नहीं। इसीलिए तमाम जिन्दगी बेतहाशा दौड़ते रहने में ही सार है।

हालाँकि मैं घर बसाने से पहले यह जानता था कि मैं धनी नहीं हूँ और धनी एक अलग जाति है, क्योंकि बड़ी मुश्किल से मैट्रिक पास करने के बाद ममाने में इण्टर की पढ़ाई के समय मुझे दो-तीन ट्यूशन करनी पड़ती थीं। सिर्फ मैं ही नहीं, मेरे पिता और मामा भी जानते थे कि यदि मैं ट्यूशन पढ़ाने में समय न लगाता तो स्कूल-कॉलेज में फर्स्ट डिवीजन जरूर पाता। लेकिन फर्स्ट डिवीजन मेरे लिए सपना नहीं था, मेरा सपना था इण्टर पढ़ना और पास होकर बी.ए. पढ़ना। मुझ जैसे बहुत-से गरीब, मध्यवर्गीय छात्र ट्यूशन करके पढ़ते हैं और भविष्य में अपने बच्चों के लिए पाँच-पाँच ट्यूशन मास्टर रख सकते हैं। किन्तु भविष्य में अपने बेटे को ट्यूशन पढ़ाने में समर्थ होने पर भी मैंने यह तय कर रखा था कि उसे ट्यूशन पढ़ने नहीं भेजूँगा। बच्चों को ट्यूशन भेजने पर शुभा की तरह वे हर काम में ट्यूशन मास्टर पर निर्भर हो जाएँगे। यहाँ तक कि न केवल शुभा का गणित हल करना और कॉपी में चित्रांकन करना पड़ता था, बल्कि 'स्वयं को गाय मानकर' निबन्ध तक उसकी कॉपी में लिखना पड़ता था। नौवीं कक्षा की छात्रा शुभा को सौभाग्य से प्रतिदिन सुलेख नहीं लिखना पड़ता था, वरना वह भी मुझे ही करना पड़ता। मेरे ट्यूशन के छात्र-छात्राओं में शुभा के बारे में मुझे विशेष उच्चाकांक्षा नहीं थी। मैं जानता था, सुकुमारी बड़े घरों की लाड़ली लड़कियों का रंगोली बनाना, अँग्रेजी न पढ़े होने पर भी तकिये के गिलाफ पर 'स्वीट ड्रीम' की एम्ब्रायडरी करना, एम्ब्रायडरी के फन्दों में 'गॉड इज गुड' लिखकर भगवान का एक चरित्र प्रमाण-पत्र दीवार पर लटका देना, कशीदाकारी, पुआ-पूड़ी बनाना, जूड़ा बाँधने की तरह गिरते-पड़ते हर क्लास में चोट खाकर मैट्रिक तक की पढ़ाई करना भी एक शौक है। लड़के वाले देखने आएँ तब लड़की की योग्यता सूची में पढ़ाई शामिल होना भी एक कला है। मैट्रिक पास करने से पहले ही शुभा की शादी हो जाएगी, यह मैं नहीं जानता था, क्योंकि हर क्लास में लगभग दो वर्ष रहने के कारण दसवीं कक्षा के समय शुभा की उम्र थी बीस वर्ष। मैं भी देर से पढ़ाई शुरू करके, ट्यूशन करने में उम्र बर्बाद करके इण्टरमीडिएट में पढ़ते समय अपनी क्लास में बूढ़ा लगता था। किन्तु मैं चाहता था शुभा की शादी देर से हो। ऐसा सोचने के पीछे मेरा कोई दुराग्रह नहीं था। एक उच्चाकांक्षी युवक के स्वार्थ के सिवा यह और कुछ नहीं था। शुभा के घर से मुझे अच्छे पैसे मिलते थे और बीच-बीच में दिव्य भोजन भी। इसलिए भगवान से यही मनाया करता था कि शुभा की शादी दो-चार वर्ष देर से हो तो मेरी बी.ए. तक की पढ़ाई का खर्च आसानी से निकल आएगा। लेकिन शुभा का हर तरह से योग्य वर मेरे चाहने न चाहने का इन्तजार क्यों करेगा? मैट्रिक परीक्षा को सिर से उतारकर शुभा ने अचानक विवाह का मुकुट पहन लिया। शुभा की शादी का दिव्य भोजन

करने के बाद मैंने दूसरी ट्यूशन की खोज में खुद को लगा दिया था। शुभा के उस बड़े अफसर-वर को भी मैंने नहीं देखा था क्योंकि वर आया था आधी रात को। शादी की दावत खाने के बाद नींद खराब करके शुभा के वर को देखने जाने का मुझमें कोई खास आग्रह नहीं था। शुभा की वजह से मेरा सपना नहीं रुक गया था। किसी की भी वजह से दुनिया का कोई काम नहीं रुक जाता। केवल बी.ए. नहीं, मैंने एम.ए. कर लिया नाना संघर्षों के बीच, अपनी कोशिशों से। एक सम्मानजनक नौकरी मिल गयी थी। घर-संसार बसाया। स्वाभाविक जीवन बिताया। बच्चों की जरूरतें पूरी करने, उनके लिए देखे गये स्वप्न और स्वप्न-भंग, पत्नी का प्यार और उलाहने, नौकरी में हताशा, सामाजिक जीवन में न्याय से वंचित, रात बीतते ही महँगाई, ठगबाजी, प्रतियोगिताओं से सामना, नौकरी की नाव में बैठकर अनचाहे स्थानान्तरण, शहर बदली, घर बदली, मित्र परिवर्तन और अन्त में अवकाश ग्रहण करने की तैयारी के बीच शुभा की खबर रखने की न जरूरत हुई ना वक्त ही मिला। सिर्फ इतना जानता था, शुभा फिर से 'शोभा' हो गयी है। कुछ वर्षों पहले शुभा के बेटे का नाम अखबार में छपा था। उसमें लिखा था, श्री मदन मोहन महान्ति और श्रीमती शोभारानी महान्ति का पुत्र तथा चौधुरी जगमोहन राय का पोता दीप्तिमान महान्ति...इत्यादि-इत्यादि।

हालाँकि मैंने उसका नाम बदलकर शोभारानी से शुभा कर दिया था, यदि उसने मैट्रिक पास कर लिया होता तो उसके मैट्रिक सर्टिफिकेट में उसका नाम शुभा ही होता। शुभा और शोभा में अर्थगत अन्तर शुभा के लिए भले ही कुछ न हो, लेकिन मेरे लिए शुभा और शोभा में काफी फर्क था। लड़कियों के नाम शोभा, सुन्दरी, मेनका, उर्वशी क्यों रखे जाते हैं ? और फिर नाम के साथ जुड़ा होगा रानी। पहले तो सुन्दरी, शोभा, सुनयना नाम ही लड़कियों में घमण्ड भर देगा, यदि वे जरा भी सुन्दर होंगी। यदि सुन्दर न हुईं और नाम सुन्दरी हुआ तो हीनता का शिकार होना अस्वाभाविक नहीं। और फिर रानी बनना कितनों के नसीब में होता है ? हो भी तो रानी बनने में सचमुच कितना सुख है ! ऐसी अनेक बातें उस उम्र में मैं सोचा करता था और शोभा का नाम मैंने शुभा कर दिया था। हालाँकि शोभा को मैं शुभा कहकर ही बुलाया करता था और यदि मैट्रिक का फार्म भरा गया होता तो मैं यही नाम भरता। खैर छोड़ो, यदि शुभा अपनी ससुराल में 'शोभा' बन गयी तो मैं अपना दिमाग क्यों खराब करूँ ? पर सुना था कि शोभा 'रानी' भी बन गयी है। पति की अथाह आमदनी, शान-ओ-शौकत, शहर में मकान। चल-अचल सम्पत्ति। एक अलग कार थी शुभा के लिए। यह सब देखा मैंने शुभा के घर जाकर, तीस-बत्तीस वर्षों के बाद। शुभा अतीत में सुन्दर थी या नहीं ? याद करना पड़ा। यानी शुभा वैसी

कोई खास सुन्दर नहीं थी, जिससे कि उसके चेहरे की तसवीर खिंच गयी हो स्मृति में। परन्तु उस उम्र में जो निष्पाप ताजगी और कान्ति लड़कियों में दिखाई देती है, वह कान्ति शुभा पर भी किसी ने जोर-जबर्दस्ती पोत दी थी। हर जवान लड़की-सी शुभा भी आँखों को सुहाती थी। बस, इसके सिवा शुभा वैसी कोई खास खूबसूरत नहीं थी। बरसात में कुछ नदियाँ उफनकर तट लाँघ जाती हैं, तो कुछ गम्भीर, शान्त पड़ी रहती हैं। शुभा चपल उम्र में गम्भीर और निस्तरंग थी। नाप-तौल कर बातें कहती, हिसाब से हँसती, जबकि जानबूझकर ऐसा नहीं करती थी। गम्भीरता और मग्नता शायद उसकी आदत थी। यह भी हो सकता है कि होमवर्क न करने के कारण तथा किसी बात को बार-बार समझाने के बावजूद न समझ पाने की वजह से अक्सर वह मुझसे डाँट खाकर गम्भीर रहने को बाध्य होती। इसके अलावा भी, अधिकतर समय उसके अन्यमनस्क रहने का एक कारण और हो सकता है। उस उम्र में अन्यमनस्कता भी एक स्वाभाविक गुण होता है। बहरहाल, शुभा एक खामोश लड़की थी। शादी से पहले जिस दिन उसकी पढ़ाई बन्द हुई, उस दिन शुभा ने कहा था, ''सर, मुझे बहुत दुःख है!''

''दुःख क्यों, एक न एक दिन तो हर लड़की की शादी होती है।''

''शादी का दुःख नहीं है, सर।''

''तो क्या पढ़ाई बन्द हो जाने का दुःख है ?'' मैंने पूछा। शुभा ने तुरन्त जवाब दिया, ''पढ़ाई बन्द हो जाने का मुझे जरा भी दुःख नहीं। क्योंकि पढ़ाई मुझसे नहीं होगी, यह मैं जानती थी। अच्छा ही हुआ कि परीक्षा से पहले पिताजी मेरी शादी कर रहे हैं। दुःख इसलिए है कि मेरी ट्यूशन बन्द हो गयी।''

मैं हँस पड़ा शुभा की बात सुनकर। बोला, ''बड़ी अजीब लड़की हो तुम! पढ़ाई के लिए ही तो ट्यूशन होती है, पढ़ाई की इच्छा नहीं है पर ट्यूशन बन्द हो जाने का दुःख है!''

''सर, कहीं आपकी बी.ए. की पढ़ाई न बन्द हो जाए, इसी बात का मुझे दुःख है। लेकिन यह सब भगवान की इच्छा से हो रहा है। यदि आपके नसीब में बी.ए. पास करना होगा तो अवश्य करेंगे। सर, आप मेरे घर जरूर आइएगा।''

'मेरा घर' कहते समय शुभा का चेहरा अकारण ही लाल पड़ गया था। मैं अवाक् देखता रहा शुभा की ओर। मुझे लगा 'मेरे वर' के बजाय 'मेरा घर' बड़ा होता है लड़कियों के लिए। नीड़-लिप्सा लड़कियों की सहज प्रवृत्ति होती है। अधिकतर मामले में मनपसन्द वर न मिलने पर भी घर को मनपसन्द बनाकर लड़कियाँ उसी नशे में तमाम जीवन मग्न रहकर जी लेती हैं। मनपसन्द वर पाना लड़कियों के वश में नहीं होता, लेकिन घर को मनपसन्द बनाना लड़कियों के

कर्तृत्व की बात है। वर को चाहे बिना जीवन बिताया जा सकता है; पर छोटा हो या बड़ा 'घर' को बिना चाहे जीवन बिताना दूभर हो जाता है।

कौन जाने शुभा का वर मनपसन्द था या नहीं? किन्तु शुभा के घर में कदम रखते ही ऐसा लगा, वह घर शुभा का मनपसन्द घर होगा, इसमें सन्देह नहीं। यानी शुभा के शुभकारी स्पर्श से एक मनपसन्द घर बन गया सिर्फ शुभा को केन्द्र करके। शुभा के बिना यह घर केन्द्र से विच्छिन्न होने को बाध्य है।

उस दिन बत्तीस वर्षों बाद अचानक मुलाकात हो गयी साड़ी की दुकान में। मैं शुभा को पहचान नहीं पाया, हालाँकि दुकान में शुभा मेरा ध्यान अपनी ओर बार-बार खींच रही थी। शुभा के खिचड़ी बाल, भारी शरीर, पान चबाने वाले लाल-काले दाँत, और किनारे की दाढ़ में सोने का कैप, शुभा के वजनी हाथ और भरे-भरे गले में खप जाने लायक सोने के भारी-भारी गहने, दोनों गालों पर उम्र को दर्शाते थक्के-थक्के काले दाग, इन सबकी परवाह न करते हुए कभी भी कॉस्मेटिक का इस्तेमाल न करने वाला शुभा का भरा-भरा गोल चेहरा तथा बड़े आत्मविश्वास से कीमती साड़ियाँ देखने की उसकी भंगिमा बता रही थी कि वह कोई सम्भ्रान्त महिला होगी और अपने से अधिक महत्त्व अपनी धन-सम्पत्ति, घर-द्वार व स्टेटस को देती होगी। सेल्समैन मुझ पर ध्यान न देकर शुभा पर दे रहा था। शायद शुभा रेग्यूलर कस्टमर होगी। मैं कम दाम की साड़ी का मोल-तोल कर रहा था पत्नी के लिए। साड़ी कम दाम की थी पर थी सुन्दर। शुभा की नजर उस पर पड़ गयी, फिर साड़ी से होती हुई उसकी नजर पड़ी मुझ पर। शुभा ने तुरन्त उठकर नमस्कार किया और खुशी से गद्गद होकर बोली, "सर, नमस्कार। आप यहाँ?"

मैंने चकित हो उसकी ओर देखा, "कौन?"

"सर, नहीं पहचान पाये? मैं शुभा हूँ।"

शुभा के चेहरे से ताल मिलाकर उसका गला भी फटा-फटा सुनाई दे रहा है। मानो कफ जमकर बैठ गया है गले में। बोला, "नहीं, मैं सचमुच पहचान नहीं पाया। तुम इतनी बदल गयी हो कि..."

"सर, साफ-साफ क्यों नहीं कहते कि इस बीच मैं निपट बूढ़ी हो गयी हूँ। पोता-पोती मिलकर तीन हैं, छोटे पोते का जन्मदिन है। कपड़े खरीदने आयी थी। पोते के लिए जैसा-तैसा लेने से चल जाएगा। किन्तु बहू के लिए मनपसन्द साड़ी न लेने से उसे बुरा लगेगा," शुभा के स्वर में भरी नदी का गहरा संगीत था।

मैंने कहा, "अखबार में पढ़ा था तुम्हारे बेटे का कर्तृत्व। चलो, तुम्हारा बेटा इतना मेधावी हुआ, यह बड़े भाग्य की बात है।"

"ठीक अपने पिता की तरह है। मेरी बुद्धि तो आप जानते हैं।" शुभा के

स्वर में परम गौरव की झंकार थी पति और बेटे के लिए। चलो, शुभा सुखी है। खुशी हुई मुझे शुभा की सुख-पूर्ण समग्रता देखकर। शुभा जैसी मोटी बुद्धि वाली लड़कियाँ सहज ही सुखी रहती हैं। बच्चे अच्छा पढ़ें, पति खूब कमाएँ तो फिर उन जैसी लड़कियों को क्या कष्ट?

शुभा ने मेरी ओर देखकर धीरे से पूछा, "सर, आपने बी.ए. पास किया या नहीं?"

शुभा का प्रश्न सुनकर चौंका। सिर्फ इतना ही समझ पाया कि शुभा का रूप-रंग बदला है, शुभा नहीं बदली, वैसी ही सहज और मोटी बुद्धि वाली है। शुभा के प्रश्न से यह स्पष्ट था कि उसने मेरी कोई खबर नहीं रखी। किन्तु इसका मतलब यह नहीं कि शुभा ऐसा सवाल किसी दुकान में करे। यह सच है कि शुभा की बुद्धि नहीं बढ़ी, पर उसकी उम्र तो बढ़ी है। मैंने उसके सवाल का जवाब न देते हुए कहा, "घर का पता दो। कभी समय निकालकर आऊँगा। मुझे तो अभी छह महीने ही हुए हैं यहाँ तबादले पर आये। और एक साल बाद रिटायर हो जाऊँगा। अच्छा हुआ, बहुत दिनों बाद तुम जैसी छात्रा से मुलाकात हुई..."

शुभा ने पर्स खोलकर पति के नामवाला एक कार्ड बढ़ा दिया। मैं उससे अधिक बातें न करके दुकान से बाहर चला आया। 'आपने बी.ए. पास किया या नहीं' की तरह यदि शुभा ने पूछ लिया होता 'सर, आप अच्छी तरह कहीं खा-पी तो रहे हैं?' तो दुकान के भीतर मेरा दिमाग गर्म हो गया होता।

शुभा का अनुरोध स्वीकारते हुए एक दिन उसके घर जा पहुँचा। शुभा को कम-से-कम यह बताना होगा कि उसने जल्दी शादी करके उसकी ट्यूशन बन्द करवा देने के बावजूद मैंने बी.ए. ही नहीं एम.ए. भी पास कर लिया और एक सम्मानजनक नौकरी करता हूँ, जिसके कारण मांस, मछली, दूध, घी, फल-मूल इत्यादि खाया करता हूँ; अब मैं ट्यूशन पर निर्भर नहीं करता। क्या समझ रखा है शुभा ने मुझे? होंगे शुभा के पति धनी, पर मैं भी गरीब नहीं। भारत में मध्यवर्गीय जीवन निर्वाह करना कोई खेल नहीं।

शाम को पाँच बजे शुभा के घर पहुँचने पर शुभा एक बाल्टी दूध लिये बैठी थी। मुझे देखकर बोली, "सर, शायद आप दूध खरीदते होंगे। आपका घर करीब होता तो मेरे घर से आपको खाँटी दूध मिलता। मेरे घर में साल में चार महीने दुधारू गायें होती हैं। मैं दूध-दही के झमेले में ग्वालन बन चुकी हूँ।"

पति के स्टेटस के साथ-साथ घर में जर्सी गाय रखकर दूध का व्यापार करना, कुत्ते के पिल्लों और साड़ियों का व्यापार करना अब एक तरह के आभिजात्य में गिना जाने लगा है। शुभा ने जल्दी-जल्दी छेना बनाकर भर प्लेट छेना, मुट्ठी भर काजू

और दूसरी मिठाइयाँ बड़े आग्रह से लाकर रखीं। अतीत में शुभा जितनी भी, जो भी खाने की चीजें मेरे सामने रखा करती थी, मैं पूरा खा जाता था। अक्सर मैं रात को फिर कुछ नहीं खाता था। लेकिन आज असमय इतनी सारी खाने की चीजें देखकर मैंने बिना आग्रह के कहा, ''इतना सारा! मैं क्या बैल या कुम्भकर्ण हूँ? और फिर मुझे मिठाई, काजू सब मना है। सिर्फ ताजा छेना दो, लेकिन थोड़ा-सा...''

''आपको खाना मना है!'' मानो शुभा को विश्वास ही नहीं हुआ। एक जमाने में खाद्याभाव की वजह से मेरे खून में शर्करा, चर्बी सब कम थी। पौष्टिक आहार के अभाव में चेहरा कैसा दिखता है, मैं उसका नमूना था। डॉक्टर कहते थे सब खाओ—घी, दूध, छेना, मांस, मछली, फल-मूल सब...खूब खाने में कोई हानि नहीं। तब मैं उन चीजों के बारे मैं सिर्फ कानों से सुना करता था, आँखों से देख नहीं पाता था। पर आज सब मना है। शुभा को शायद विश्वास नहीं हो रहा था कि इस बीच मेरा खून इतना धनी हो गया है। धनी लोगों का खून धनी होना चाहिए, गरीब का खून तो हमेशा अकाल-ग्रस्त है।

शुभा का आग्रह मुरझा गया था। एक प्लेट में थोड़ा-सा छेना लेकर खाते हुए मैंने कहा, ''झूठ नहीं कहता। जब उम्र थी, खूब खाया। अब खून विरोध नहीं करेगा तो कौन करेगा? मध्यवर्गीय तो खाकर उड़ा देता है। अच्छा खाना ही मध्यवर्ग की श्रेष्ठ विलासिता है। और कोई विलास उसकी पहुँच में नहीं है। मैं धनी नहीं हूँ, पर मेरा खून धनी है।''

शुभा को जता देना चाहता था कि उसका मुझे गरीब समझना ठीक नहीं है, मैं अपनी कोशिशों से मध्यवर्ग बन पाया हूँ।

शुभा मेरे चेहरे की ओर देखकर चभर-चभर मीठे काजू चबाते हुए बोली, ''मुझे डॉक्टर ने सब कुछ मना किया है। मैं यह सब नियन्त्रण नहीं मानती। आदमी न खाए तो भी मरेगा, खाने से भी मरेगा। तो फिर खाते-खाते क्यों न मरे? खाने के शौक के सिवा मेरा और शौक ही क्या है?''

वाकई बचपन में शुभा का खाने का शौक ही मुख्य था। पहनने का गौण। आज भी यदि उसे खाने का ही मुख्य शौक है, तो ऐसा क्यों सोचूँ कि शुभा सुखी नहीं है!

शुभा के घर जाना अब मेरा नियम बन चुका था। ट्यूशन पढ़ाने जैसा कोई निश्चित कारण न होने पर भी दो-चार दिनों में एक बार शुभा के घर न जाने पर कर्तव्य की अवहेलना करने-सा लगता। एक-दो बार बीवी-बच्चे भी शुभा के घर आये हैं। शुभा भी अपने पोते-पोतियों को लेकर हमारे घर आ चुकी है, हालाँकि हमारे घर आने की फुर्सत अभी शुभा के पति को नहीं मिली है। बड़े अधिकारी

हैं, जिम्मेदारी अधिक है। घर भी लौटते हैं ऑफिस लेकर, मानो ऑफिस से परे और कुछ नहीं है इस दुनिया में! उच्च अधिकारियों का जीवन ऐसा ही दयनीय होता है। व्यक्तिगत सुख, पारिवारिक जीवन होते हुए भी नहीं होता। मैंने शुभा के पति को गलत नहीं समझा। मध्यवर्ग का पैमाना लेकर वे मेरे घर आते तो मुझे अटपटा लगता। उनके साथ अन्तरंगता तो है नहीं। शुभा के पति के तौर पर जितनी बातचीत और परिचय है, उतने से मैं जान चुका हूँ कि वे एक पारम्परिक पति हैं। पत्नी के सिर पर अपनी छोटी-सी दुनिया रखकर एक विशाल दुनिया का बोझ खुद उठा रखा है। मित्रों से मिलने का समय कहाँ?

किन्तु मेरा शुभा के घर जाना इतना नियमित था कि मुझे बाहर के लोग शुभा के तीन पोते-पोतियों का बूढ़ा ट्यूशन मास्टर समझने लगे होंगे। बच्चे भी दादी की सुना-सुनी मुझे सर-सर पुकारते थे। शुभा के पति, उसके नौकर-चाकर, यहाँ तक कि गाय-बैल भी अपनी-अपनी भाषा में 'सर' पुकारते थे। शुभा के घर पर मेरा आकर्षण कहाँ केन्द्रित था? शुभा पर तो कतई नहीं; उसके गम्भीर ऊँचे ओहदे वाले पति का तो सवाल ही नहीं उठता। शुभा के घर का स्वादिष्ट खाना भी नहीं, क्योंकि मैं शुभा के घर अधिक कुछ खाता भी नहीं था। सिर्फ शुभा के घर की चाय पीता था। शुभा के घर शायद वे लोग ग्रीन लीफ़ चाय पीते थे। बाहरवालों को डस्ट टी पिलाते थे, सभी बड़े लोगों की तरह। लेकिन मुझे शुभा के घर पर घरवालों जैसी चाय मिलती थी। क्या महक होती है उसकी! पूरी माप-तौल से दूध और चीनी। मेरे जैसे मध्यवर्गीय घर की डस्ट चाय में भरपूर दूध और चीनी के कारण जिस तरह चाय की महक बर्बाद हो जाती है, शुभा के घर ऐसा कभी नहीं होता। शुभा के घर की चाय ही मुझे दूध पीने वाले बछड़े की तरह दफ्तर से घर लौटते रास्ते से ही खींच ले जाती थी। कभी-कभी मैं माँगकर और एक कप चाय पी लेता था। शुभा के पोता-पोती मुझे चाय वाले सर कहकर बुलाते थे। किन्तु चाय के आकर्षण से नहीं, शायद शुभा के पोते-पोतियों के आकर्षण से मैं शुभा के घर जाया करता था। मेरे पोता-पोती मेरी साथ न रहने के कारण मैं शुभा के पोता-पोतियों को धीरे-धीरे अधिक चाहने लगा था। मेरा जाना इतना नियमित हो गया था कि जिस दिन नहीं जा पाता, शुभा पूछती, "कल क्यों नहीं आये? बच्चे बहुत ढूँढ़ रहे थे। आप क्यों नहीं आये, इस बारे में पूछ-पूछकर बच्चों ने मुझे परेशान कर दिया। मैंने आपके इन्तजार में शाम की चाय भी रात आठ बजे पी। कोई तकलीफ तो नहीं है आपको?"

अरे वाह, यह तो अच्छी जबर्दस्ती है। क्या एक कप चाय पिलाकर मुझे खरीद लिया है! जैसे कि मैं इनके घर ट्यूशन करता हूँ, रोजाना हाजिर होने को बाध्य

हूँ! और फिर मैं अपनी इच्छा से जाता हूँ, उसकी इच्छा से नहीं। जिस दिन मन नहीं होगा, नहीं जाऊँगा, यह कौन है पूछने वाली। शुभा की बातों का जवाब दिये बगैर मैं कहता, "आज दो-तीन कप चाय पीने की योजना है। पहले चाय बने, बच्चे कहाँ हैं?" फिर सब कुछ सहज हो जाता चाय की महक में।

धीरे-धीरे मुझे लगने लगा कि गुमसुम स्वभाव वाली लड़की शुभा आजकल औरतों की तरह बहुत बतियाती है। उसकी बातों में अतीत बेहद चमकीला और वर्तमान धुँधला लगता। शुभा याद करती अपना गाँव, नदी, अमराई और केतकी-वन, संगी-साथी और उस समय को। बात शुरू होती खाने के प्रसंगों से। शहर में आम, अमरूद, पके केले, यहाँ तक कि जामुन, बेर भले ही खरीदे जा सकते हैं, पर झड़बेरी नहीं मिलती। यहाँ तरह-तरह के फूलों के अम्बारों में केतकी, नीली कुमुदिनी दिखाई नहीं देती। यहाँ खुला आसमान दिखाई नहीं देता। गगनचुम्बी इमारतों के बीच, चाँद खो जाता है बिजली के प्रकाश में, पक्षियों का कलरव सुनाई नहीं देता शहर की घरघराती गर्जना में, माटी की सोंधी गन्ध खो जाती है धूल और धुएँ के आगोश में, इनसान खो जाता है निजी स्वार्थ की विकटता में, रिश्ते खो जाते हैं अजनबीपन में...इतने निकट होते हुए इनसान इतनी दूर कैसे है! दीवारों से सटे दीवार वाले मकान हैं, लेकिन यहाँ दीवारें इनसान से अधिक ताकतवर हैं। यहाँ सुबह नहीं, शाम नहीं, समय नहीं, यहाँ एकाकी मन नहीं।

"सर, आप बिना किसी काम हमारे लिए समय निकालकर आ जाते हैं, यह हमारा सौभाग्य है। आपको देखने से मुझे विश्वास हो जाता है कि हमारे गाँव का वह केतकी-वन अभी सूखा नहीं है, नीली कुमुदिनी खिल रही है हमारे गाँव की गढ़ैया में, छप्पर दर छप्पर धुआँ मिल रहे हैं, तरकारी का लेन-देन चल रहा है, सबके पास सबके लिए समय है। एक अरसा हो गया गाँव गये। है ही कौन गाँव में? हमारे तो सभी लोग दूसरे-दूसरे शहरों में हैं, सुना है गाँव बूढ़ा हो गया है। वहाँ सिर्फ बीमारी, गरीबी, लाचार बूढ़ा-बूढ़ी बचे हैं। सर, क्या आप अब भी गाँव जाते हैं?" मैंने शुभा की ओर आश्चर्य से देखा। इस वयस्का महिला को शहर में चर्बी और बुढ़ापे के सिवा शायद और कुछ नहीं मिला। आज बे-वजह केतकी वन को याद कर रही है। याद आया, मैं अक्सर शुभा के लिए केतकी फूल ले जाया करता था, उसकी दादी के केतकी कत्थे के लिए। केतकी फूल तोड़ने में मैं धुरन्धर था। मुझसे केतकी फूल लेते समय एक बार शुभा ने कहा था, "केतकी कत्थे की महक से केतकी फूल की महक ज्यादा अच्छी होती है। नाहक ही दादी जी कत्थे के लिए फूल बर्बाद कर देती हैं।"

इतने प्राचुर्य और परिपूर्णता के बीच शुभा को कमी ही क्या है! शुभा जैसी

मोटी बुद्धिवाली महिला की स्थूल दृष्टि में कोई अभाव दिखाई ही नहीं देता। भारी-भरकम शरीर और स्थूल चिन्ताओं में डुबकी लगाने वाली इस नारी का क्या कोई सूक्ष्मातिसूक्ष्म अभाव कहीं गोपनीय रूप से जिन्दा है, अतीत से लेकर अब तक? असम्भव है—शुभा की रोजमर्रे की जिन्दगी गौर से देखने पर उसमें कोई सूक्ष्म भावना है, यह विश्वास नहीं होता। शुभा की बातें सुनने पर कोई भी बाहरी व्यक्ति यह सोचेगा कि शुभा गाँवली की गाँवली रह गयी।

अब मैं शुभा के घर नहीं जाता। तय किया है कि अब नहीं जाऊँगा। अब शुभा के सामने न जाना ही बेहतर है। शुभा के पोते-पोतियों का उत्साही स्वर 'लो चाय वाले सर आ गये' और शुभा के घर की चाय की महक कभी-कभी याद आती है। हमारे घर की चाय में चाय की महक नहीं होती, हमारे घर में परदेसी पोते-पोतियों का हो-हल्ला सुनाई नहीं पड़ता। इसलिए मन बार-बार शुभा के घर की ओर पैरों को खींचता, किन्तु विवेक और सोच मेरे पैरों को लौटा लाते। उस दिन तेज बारिश के समय शुभा के हाथों की चाय की महक का जी भर स्वाद लेते वक्त अनजाने में जो घटना घटी, क्या उसके बाद मेरा शुभा के घर जाना उचित होगा? क्या लाभ! हालाँकि जो घटना सहसा घटी, उस बारे में कोई और नहीं जानता, भविष्य में किसी के जानने की सम्भावना भी नहीं है। शुभा के पति, उसका ऊँचे पद पर कार्यरत प्रतिष्ठित बेटा, बेटी-दामाद, बहू किसी को भी उस घटना की भनक नहीं लगेगी। भविष्य में वह घटना दुबारा नहीं घटेगी। उस घटना के बाद और बचा ही क्या है जो घटेगा। वह घटना तो पूरी की पूरी घट ही चुकी। जो पानी बह चुका है क्या उसे फिर से लौटाया जा सकता है? कोई भले न जाने, मैं तो जानता हूँ, शुभा तो जानती है, हमारे मन, हृदय, विवेक और विचार तो जानते हैं। और फिर एक भद्र पुरुष-सा कुछ न जानने-सा, शुभा के स्वच्छ छवि वाले निरीह बूढ़े ट्यूशन मास्टर-सा उसके घर में ठाठ से बैठकर सुड़सुड़ कर चाय सुटकना क्या अपराध जैसा नहीं है? शुभा के पति से बहुत कम मुलाकात होती है, वह मुलाकात इतनी संक्षिप्त और सतही कि हम दोनों एक-दूसरे के टकले सिर देखते हैं, परिपक्व चेहरे देखते हैं, परन्तु आँखों से आँखें नहीं मिलती थीं। अकारण ही रास्ता काट कर चले जाने जैसी थी हम दोनों की दृष्टि। लेकिन शुभा की आँखों से तो मिलेंगी मेरी आँखें। दोनों के मोटे चश्मे के पीछे अस्पष्ट हो सकती हैं आँखें, दृष्टि तो अस्पष्ट नहीं होगी। क्या अब मैं शुभा की ओर पहले की तरह देख सकूँगा? क्या शुभा भी! हे भगवान, श्मशान की ओर पैर बढ़ने वाली उम्र में ऐसी अघटनीय घटना क्यों घटी?

उस दिन वह घटना अचानक घटने से क्या हमारा जीवन बदल गया या बदल जाएगा? वह घटना न घटी होती तो क्या हमारा जीवन अधूरा रह गया होता? क्या

उस घटना के बिना जीवन की एक विशेष उपलब्धि अधूरी रह गयी होती? इसका मतलब इस उम्र में उस तरह की घटना का घटित होना शोभनीय है? क्या उस घटना को रोका नहीं जा सकता था? कौन रोक सकता था—शुभा या मैं? उस घटना के लिए जिम्मेदार कौन है, शुभा या मैं? हालाँकि वह घटना शुभा की ओर से घटी है, लेकिन मेरी सहमति के बिना क्या शुभा जैसी सहज ही सन्तुष्ट मोटी बुद्धिवाली, वयस्का महिला एक ऐसी अनचाही घटना घटित कर सकती थी? शुभा मोटी बुद्धिवाली नहीं है, शुभा के भारी-भरकम शरीर में भी सूक्ष्म भावनाएँ मन्द, मधुर ध्वनि से गुंजरित हैं, आज यह बात मेरे सिवा और कोई नहीं जानता, यहाँ तक कि शुभा का उच्च पद पर बैठा पति भी नहीं, जो पिछले बत्तीस वर्षों से शुभा के साथ, एक ही छत के नीचे रहते हैं, एक ही बिस्तर पर सोते हैं।

मनुष्य का मन है एक केतकी-वन। वहाँ पहुँचना कठिन है—कितनी कँटीली-झाड़ियों, तेज धार से होकर पहुँचना होता है। पर केतकी की मदमस्त महक छिप नहीं सकती। केतकी ढोल बजा-बजाकर यह क्यों कहेगी कि मेरी महक मदमस्त है, मुझे सूँघो।

उस घटना के बाद मेरी यह धारणा बन गयी है कि दुनिया की कोई भी लड़की थोड़े से सन्तुष्ट नहीं होती, कोई लड़की मोटी बुद्धि की नहीं है, कोई लड़की वयस्का नहीं होती। लड़कियों से सम्बन्धित मेरी बँधी-बँधायी धारणा को शुभा ने क्षण भर में झकझोर दिया। सिर्फ इतना ही नहीं, शुभा ने मुझमें अपने ही बारे में बने दम्भ और दृढ़ धारणा को भी हिला दिया। हम दोनों बूढ़े-बूढ़ी नहीं हैं, यह साबित कर दिया है शुभा ने। बूढ़े-बूढ़ी हैं ऊपरी आवरण—आवरण निकाल देने से भरपूर रस छलक उठेगा। उस घटना के लिए मैं शुभा को दोष नहीं दे रहा। दोष सिर्फ इतना है कि जो घटना बत्तीस साल पहले घटित होनी थी, उसे अब घटित करने से किसी को क्या लाभ हुआ? आखिरकार यही हुआ कि शुभा के घर का रास्ता मेरे लिये हमेशा के लिए बन्द हो गया। शुभा ने दरवाजे बन्द नहीं किये, किन्तु शुभा यह जरूर चाहती होगी कि उस घटना के बाद अब मैं उसके घर न जाऊँ। उसके साथ अनजानी-सी सुख-दुःख की बातें न करूँ। मैं जानता हूँ, यदि अब मैं गया, शुभा मेरे साथ पहले जैसी स्वच्छन्द नहीं हो पाएगी। मैं भी पहले की तरह खुलकर बातें नहीं कर सकूँगा।

उस दिन शाम को जो कुछ घटित हुआ, सम्भवतः वह मूसलाधार बारिश ही उसके लिए जिम्मेदार है। घर में कोई नहीं था। पोता-पोती ममाने गये थे। इतना बड़ा घर लग रहा था गर्मी की छुट्टियों के स्कूल जैसा वीरान, खाँय-खाँय। तभी शुरू हो गयी तेज बारिश। मुँहजली बारिश ठीक बत्तीस साल पहले की बारिश की

तरह हर-हर बरस रही थी। नदी के तट टूट जाएँ, फसल बर्बाद हो जाए, घर-द्वार बह जाएँ, बारिश को कोई परवाह नहीं। ऐसी घनघोर बारिश में बीस वर्षीय शुभा ने अपनी शादी की बात स्पष्ट स्वरों में बतायी थी। उसने कहा था कि ट्यूशन बन्द हो जाने का उसे अफसोस है। उसने अनुरोध किया था मुझसे ससुराल आने का। शादी के बाद ससुराल जानेवाली बाकी लड़कियों से जरा भी अलग नहीं दिख रहा था शुभा का चेहरा। गरीब छात्र ट्यूशन मास्टर की ट्यूशन बन्द हो जाएगी, उसे चाय-नाश्ता नहीं मिलेगा। बी.ए. पढ़ने का सपना अधूरा रह जाएगा, यह सोचकर उस दिन शुभा नामक उस सरल युवती का चेहरा करुणा से सजल दिखाई दे रहा था। आज जब दूर-दूर तक वीरान बारिश का उपभोग करने के लिए गर्म-गर्म पनीर के पकौड़े बनाकर शुभा ने मेरे सामने लाकर रखे, मैंने साफ-साफ कह दिया, ''तली हुई चीजें खाने की मनाही है मुझे, अब उन दिनों की तरह पनिया नहीं है मेरा खून, बहुत गाढ़ा है''—सुनकर शुभा के चेहरे पर 'अहा, परोसी हुई थाली तक का खाना इस आदमी के नसीब में नहीं है' जैसा व्यथित भाव उभर आया था। बस, यही व्यथा थी? कितना स्थूल है उस व्यथा का स्वरूप! यदि यह बात सच है, तो सहसा शुभा एक ऐसा काण्ड क्यों कर बैठी?

पकौड़े की प्लेट वापस ले जाते समय मुझे लगा शुभा की आँखें छलछला आयी हैं। शायद आँसू नहीं, बारिश के छींटे हों। बिना चीनी की चाय लेकर मेरे पास आते वक्त शुभा के ललाट और चेहरे पर उम्र की काली-काली झुर्रियों के बीच पसीने की नन्ही-नन्ही बूँदें झलक रही थीं, शायद आग की आँच हो।

कहीं बिजली गिरी। खिड़की के बाहर इतने दिनों तक केले के घौंद का बोझ ढो रहा पेड़ गिर पड़ा।

ओह, शुभा ऐसा क्यों कर बैठी?

क्या शुभा ने उस वक्त मुझे कोई मूर्ख, निर्बोध समझ रखा था!

भला सारी बातें इस तरह कही जाती हैं?

जीवन में जितनी बातें कही जाती हैं, उससे कहीं अधिक अनकही रह जाती हैं, क्या शुभा यह नहीं जानती थी? कही गयी बातें खुद को ठीक से अभिव्यक्त करने में अक्षम हो सकती हैं; किन्तु अनकही बातें तो मन की सूक्ष्मतम भावनाओं को व्यक्त करने में सबसे अधिक शक्तिशाली होती हैं, क्या आज तक इतना बड़ा ज्वार सीने में दबाये रखने के बावजूद यह बात शुभा समझ नहीं पायी! पलक झपकते ही केतकी की पंखुड़ी पर लिखी गोपनीय पंक्ति को उसने छिन्न-भिन्न कर दिया।

शुभा ने मेरी ओर चाय का कप बढ़ाते हुए सहसा कह दिया, ''सर, आपने

उस वक्त यह बात खुलकर क्यों नहीं कही? भला मैं लड़की होकर कैसे मन खोलकर कहती...।"

उसकी इतनी बात सुनकर मूसलाधार बारिश की चोट सहता मैं शुभा के घर से निकल आया था। क्या उसका ही प्रश्न मैं ट्यूशन मास्टर होकर उससे पूछ सकता था!

"बारिश में मत जाइए, भीग जाएँगे," कहकर शुभा ने मुझे रोका नहीं था। क्योंकि तब तक मैं पूरी तरह भीग चुका था।

# मोक्ष

एक ही घर में एक पुरुष, एक नारी ने पैंतालीस साल तक सुख-दुःख, शोक-सन्ताप साथ-साथ झेला पर एक-दूसरे को रू-ब-रू नहीं देखा, बातचीत नहीं की—छूना-छुलाना तो दूर की बात है!

नूरी दास ने शोषी का चेहरा सामने से देखा, वह भी पैंतालीस वर्षों के बाद, श्मशान में चिता पर, जब नूरी दास का एकमात्र कुल-कलंक पुत्र 'सतिया' (जो 'झूठे' के नाम से प्रसिद्ध है) शोषी के मरे मुँह में अग्नि दे रहा था।

नूरी दास को शोषी का चेहरा धुँधला दिख रहा था, क्योंकि उस समय तक उनकी आँखों में मोतियाबिन्द का पर्दा पड़ चुका था। उम्र हो चुकी थी अड़सठ साल। शोषी के अट्ठावन साल के चेहरे की मरी चमड़ी पर दोपहर की जरा-सी धूप, सफेद बादलों को चीरकर पड़ रही थी, मानो सतिया उसके मुँह में अग्नि देने से पहले आकाश की ओट से कोई और भी आग का नन्हा-सा टुकड़ा बढ़ा रहा हो उसके मुँह में। इतने पर भी शोषी का चेहरा वास्तव में कैसा है, यह नहीं जान पाये नूरी दास। अस्पष्ट चेहरे की एक छाप है। बस, भला इतने से क्या पता चलता है कि पैंतालीस साल पहले यह चेहरा कैसा रहा होगा? अच्छा हुआ। प्रथा के अनुसार शोषी का मरा चेहरा तक देखना नूरी दास के लिए मना है।

शव-दाह करके घर लौटने के बाद नूरी दास को बहुत अकेला-अकेला-सा लगा। पृथ्वी 'खाँ-खाँ' करके खाने दौड़ी। वे घर के आँगन तक नहीं जा सके, जहाँ पैंतालीस साल तक वे शोषी के दो पैरों को आते-जाते देखा करते थे। जहाँ शोषी के दो हाथ उन्हें भात-तरकारी परोसा करते थे, उस बरामदे में भी वे बैठ नहीं पाये। वे घर के सामने वाले बगीचे के बूढ़े आम के पेड़ के नीचे जाकर चुपचाप बैठ गये। सोचा, शोषी से उनका क्या रिश्ता था कि उसके मरने पर पूरा घर-द्वार उन्हें खाने

को दौड़ रहा है।

शोषी के दोनों पैरों को देखते ही नूरी दास किनारे हट जाते, भात का बेला धरे दो हाथ जब उनकी ओर आते तो वे खिसक जाते। नूरी दास दीवार या घेरे को देखकर बातें कहते तो शोषी काम करके जवाब देती थी। नूरी दास को कब क्या चीज चाहिए, शोषी जानती थी। इसलिए बोलने-बुलाने की जरूरत ही नहीं पड़ती थी। शोषी सारी चीजें समय से उनके आगे लाकर रख देती। सुबह धूप निकलते ही गुड़ की लाल चाय और भुने चावल, उसके बाद चार खिल्ली पान। चाय पीने के बाद जैसे ही नूरी दास बगीचे की ओर जाने के लिए उठ खड़े होते, शोषी खुरपी, कुदाल, गैंती, बाल्टी जिस दिन जो कुछ चाहिए अपनी समझ से बगीचे में रख आती। बगीचे में काम करते समय शोषी की तरकारी की छौंक से नूरी दास को पता चल जाता कि सूर्य देवता सिर पर सवार हो चुके हैं—अब नहाने का वक्त है। नूरी दास बगीचा छोड़कर घर में घुसे भी नहीं होते कि बरामदे पर तेल की शीशी रखी होती। तेल लगाकार पिछवाड़े बगीचे की गढ़ैया में डुबकी लगाकर आते ही पूजा-पाठ के लिए आसन और कोथली बरामदे में रखी होती। नूरी दास पद्मासन में बैठकर बाँहों पर तिलक की लकीरें बनाते। ललाट से नाक की नोक तक तिलक लगाते। ललाट की दो लकीरों के बीच चवन्नी आकार का चन्दन का बुन्दा रखते, सीने पर खींचते चन्दन की लकीरें। उसके बाद पूजा-पाठ। जप, तप, प्रणाम। प्रणाम करके सिर उठाते ही भात-तरकारी परोसा जा चुका होगा। खाने बैठ जाएँगे राजा बेटे की तरह। कम-ज्यादा नमक के बारे में मुँह नहीं खोलेंगे। खीझे-खाझेंगे नहीं। स्वाद-अस्वाद नहीं ढूँढ़ेंगे। शोषी भी नहीं पूछ सकती कैसा बना है—अच्छा या बुरा। किन्तु शोषी को उस बारे में पता चल जाता है नूरी दास के दुबारा भात लेने न लेने से।

शोषी खूब सावधानी और प्यार से खाना बनाया करती नूरी दास के लिए। बेचारे कुछ नहीं कहते, कष्ट में होने पर भी, वरना भूख तो लगती ही होगी, गुस्सा तो आता ही होगा, सिर में पित्त तो चढ़ता होगा जरूर। पुरुष होकर कितने संयम से चल रहे हैं नूरी दास, यह बात शोषी के सिवा भला और कौन जानता है?

नूरी दास भले ही शोषी का देह-मुँह नहीं देख पाये हैं, किन्तु शोषी ने घूँघट से जरूर देखा होगा उन्हें। युवावस्था में वे जैसे थे, वैसे ही हैं। न मोटे हुए हैं न दुबले। बस जवान से बूढ़े भर हुए हैं। सीधे से झुक गये हैं थोड़ा। लेकिन, सुन्दर से असुन्दर नहीं हुए हैं। युवावस्था में जवानी की—वृद्धावस्था में बुढ़ापे की भी अपनी अलग सुन्दरता होती है, एक पुरुषत्व होता है। इसमें नूरी दास सूत भर भी कम नहीं हुए हैं। घुटनों के ऊपर सफेद फर-फर धोती—घर में खुला बदन, हाट-बाजार गये तो सफेद कपड़े की बण्डी। बस, इतनी ही है पोशाक। एक लाल

अँगोछा पड़ा रहता है कन्धे पर, चाहे घर हो या बाहर। गले से चिपकी तुलसी की दोहरी माला। ललाट, नाक और बाँहों पर सदा-सर्वदा चन्दन-टीका, यहाँ तक कि कानों में भी एक-एक बुन्दा चन्दन लगाते। गाँव के हिसाब से ऊँचाई पाँच हाथ वाला मर्द। साँवला रंग होने पर भी अत्यन्त सौम्य चेहरा। सीधी नाक, चौड़ा ललाट, छोटी-छोटी होने पर भी पैनी आँखें, दरवाजे-सी चौड़ी छाती, जुए-से सीधे चौड़े कन्धे, मानो पर्वत ढो लाएँगे। किन्तु पेट धँसता जा रहा है, कितना ही खाओ, न खाओ। कमेरू, मेहनती दो हाथ-पैर—बिना छुए कहा जा सकता है कि बड़े सख्त हैं। कुल मिलाकर हैं अच्छे व्यक्ति, गरीब भले ही हों।

खेतीबाड़ी नहीं है। खरीदकर खाते-पीते हैं। जायदाद के नाम पर केवल एक बाड़ी है। उसी में होती है जो भी कुछ फसल। आम के दो-तीन पेड़, सहजन, केला, कटहल को छोड़कर मौसमी साग-सब्जी उपजाकर हाट में बेचने से घर चलता है। हालाँकि आम के मौसम में आमदनी अच्छी हो जाती है। न जाने कहाँ से आये थे उसके पौधे। उसका मूल इतिहास नूरी दास नहीं बता सकते। बड़ी जाति का कलमी आम है। 'ठ' की तरह गोल। पतला छिलका। अन्दर घृतकुँवारी-सा थक्कीदार चिकना गूदा। रेशा नाम मात्र भी नहीं। हाट में खूब बिक जाता है। आम का मौसम खत्म होने के दिनों में दाम चढ़ जाता है। नूरी दास आम का दाम बताते हैं आकार देखकर।

वह बाड़ी ही इन तीन प्राणियों के परिवार की भात की थाली है। बाड़ी में एक छोटी-सी गढ़ैया है। उसी में नहाना-धोना होता है। बगीचे की सिंचाई के लिए इसी से पानी मिलता है। गर्मियों में गढ़ैया सूख जाने पर छोटा कुआँ खोदकर काम चलाना पड़ता है। जिस तरह आसमान में खुद-ब-खुद तारे निकलते हैं, उसी तरह नूरी दास की गढ़ैया में खुद-ब-खुद मछलियाँ खेलती हैं। गड़िशा, केरांडि, दण्डिकिरी, माँगुर, कउ, शेउल, तोड़ी, ऐसे कई नाम हैं मछलियों के। लेकिन नूरी दास के लिए ये किसी काम के नहीं। नूरी दास जाति के वैष्णव हैं। पूरी तरह शाकाहारी। घर में मांस-मछली आने की मनाही है। गढ़ैया की मछलियाँ पानी को आमिष करती हैं, सोचकर पड़ोसियों को बुलाकर मछलियाँ पकड़ ले जाने को कहते हैं। किन्तु बाड़ी की एक मिर्च तक में हाथ लगाने नहीं देते।

गर्मी का मौसम बड़ा खुश्क होता है। बैंगन पौधों में ही कठिया जाते हैं। मिर्च चिमड़ जाती है। साग में बीज भर जाते हैं। तुरई, ककड़ी, चचींडा, लौकी, कद्दू तो गर्मियों में सपना हैं। ऐसे में दूसरों के घरों में साग-सब्जी की दिक्कत होती है, किन्तु गर्मियों में नूरी दास के घर में तो भात तक की किल्लत रहती है। वे सब्जी बेचकर ही चावल खरीदते हैं। पर गर्मियों में क्या करें?

नूरी दास की आय का एक और भी ज़रिया है। पहले यह उनका शौक था। तीन-तीन पेट की ज्वाला मिटाने के लिए आज नूरी दास का वह शौक खुराक में बदल गया। आय भी कम नहीं। अष्ट प्रहर, श्राद्ध, शुद्धि, महोत्सवों में मृदंग बजाकर कीर्तन करके नूरी दास गर्मी के चार महीने गुजार लेते हैं। कीर्तन करके अरुआ चावल, पके केले, नारियल, खील, चिउड़ा, मिठाई, पैसे, कपड़े, अँगोछे लाते। नूरी दास को कीर्तन करना बहुत अच्छा लगता है। न जाने कितने युगों का अभ्यास है। साँझ होते ही नूरी दास घर के चबूतरे पर अँधेरे में आँखें मूँदकर बैठे तरकारी छौंके जाने तक अपना मृदंग टुँगटुँगाते रहते। कभी-कभी आधी रात तक नूरी दास के घर की ओर से मृदंग की टुँगटुँगाहट सुनाई देती। नूरी दास साँझ को मृदंग बजाते—हौले-हौले टुँग-टुँग। आधी रात को भूखे पेट मृदंग बजाते—जोर-जोर से टंग-टंग। दुनिया में तरह-तरह की 'भूख' है—मीठी, खट्टी, तीखी, नमकीन, कड़वी और कसैली-सी। भिन्न-भिन्न भूख का अनुभव भी अलग-अलग है। देह की भूख, पेट की भूख, मन की भूख, आत्मा की भूख, ये चार मूल भूख हैं। इसमें से और भी तरह-तरह की भूखों की शाखा, प्रशाखाएँ निकलकर जीव को बाँधे रखती हैं, मकड़ी के जाले की तरह। सब माया है! बेचारा जीव 'अरे है सूखा खड़-खड़—झूठी माया में पड़कर, होता है लड़बड़-लड़बड़-लड़बड़-लड़बड़'—नूरी दास के मृदंग की ताल यहीं टूटती है। नूरी दास दो तरह की भूख स्वीकारते हैं। पेट की भूख को भोजन—आत्मा की भूख को कीर्तन। बाकी की भूख टालना नूरी दास के लिए कोई मुश्किल काम नहीं। पेट की भूख को कीर्तन नहीं टाल सकता; पर देह की भूख, मन की भूख को मृदंग की चोट से धकिया-धुकियाकर आत्मा की भूख में शामिल कर लेते हैं नूरी दास। उनमें दो तरह की भूख सत्य होकर रह जाती है। ये भूख मिटती हैं भोजन और भजन से...हरे कृष्ण हरे कृष्ण, कृष्ण कृष्ण हरे हरे—हरे राम हरे राम, राम राम हरे हरे...

शोषी के पेट में कोई भूख होती है या नहीं, जानना सम्भव नहीं। घूँघट के नीचे सारी भूख अदृश्य रहती है। नूरी दास को तो बस शोषी के दो चलते-फिरते पैर और कमेरू हाथ नजर आते। सुबह से शाम तक शोषी चलती रहती, खटती रहती। उसके दो हाथ गोहाल-गोबर करते, घर-द्वार लीपते, घर-आँगन बुहारते, जलावन की लकड़ियाँ सँभालते, भात-तरकारी बनाते, बर्तन-भाँडा माँजते...यह सारा कुछ सिर्फ पेट की भूख के लिए नहीं, देह की भूख, मन की भूख, उसके पैरों तले गोबर के साथ दबकर मसल जाती है—लीपापोंछी के कपड़े के साथ मिट्टी-गोबर में मिल जाती है—खाँड़-लकड़ी के साथ चूल्हे में जलकर राख हो जाती है। कौन जाने उसकी आत्मा की भूख नूरी दास के कीर्तन के साथ मृदंग की

ताल से शान्त होती होगी या नहीं?

युवावस्था में शोषी के पैर सफेद एण्डूरी पुए की तरह थे। पतले—उम्र बढ़ने पर वात-ज्वर से चितउ पुए की तरह फूल उठे बीच से। पैरों में फूलों के काले-काले गोदने। शोषी के दोनों हाथ बड़े चचींडे के बीच के हिस्से की तरह फूले हुए, पतले कोमल, हथेलियाँ छुँचीपतर पुए की तरह चिकचिक पतली। इसके अलावा शोषी का चेहरा नूरी दास को अगोचर है—कभी-कभी भात परोसते समय शोषी की खुली बाँह दिख जाती। नीले-नीले गोदने कारीगरी भरे होते। घूँघट के नीचे से दिखाई देती कनेर की उलटी पंखुड़ी-सी एक ओर की नाक। सोने की एक चिपटी-सी नकबेसर चमचमाती नाक नहीं दिखती। इतने दिनों तक साथ-साथ गुजर-बसर करने के दौरान कभी किसी ने यह नहीं देखा कि घर पर नूरी दास की उपस्थिति में कभी शोषी के बदन या सिर से साड़ी सरकी हो, यदि कभी सरकी भी है, नूरी दास की निगाह फिसलते किसी ने नहीं देखी। दोनों एक से बढ़कर एक संयमी, सम्भ्रान्त हैं, समाज के तौर-तरीके, मूल्यबोध को जकड़े रहने की मानो कोई अनवरत तपस्या हो।

शोषी से दो साल छोटी उसकी बहन शशि ने यदि बेटे को जन्म देकर अपनी ससुराल में प्रसूति-यन्त्रणा से आँखें मूँदी होती तो शोषी को सारी जिन्दगी घूँघट में मुँह छुपाकर घुटन में नहीं बितानी पड़ती। लेकिन शशि की प्रसूति हुई अपने पिता के घर। क्योंकि शशि का ससुराल नहीं है। शशि के पति नूरी दास पाँच भाइयों में सबसे बड़े थे। वह पुत्र बनकर आये थे नि:सन्तान मामा के घर। पुत्र बनकर आने के बाद मामी एक के बाद एक तीन बेटों की माँ बनीं। नूरी दास हुए पोष्य-पुत्र—'ये यहाँ से कहीं टरक क्यों नहीं जाता' जैसा उपेक्षित भाव। पर नूरी दास जाएँ कहाँ? उनकी अपनी कोई खास पैतृक सम्पत्ति न होने की वजह से बेटा बनाकर यह सोचकर उन्हें ममाने भेज दिया गया कि मामा की जायदाद मिल जाएगी। उनके चार भाई पिताजी के मरने के बाद सम्पत्ति को चार भागों में बाँटकर गुजर-बसर करते थे। नूरी दास जवान हो गये थे। किस मुँह से घर लौटकर अपने भाइयों से हिस्सा माँगें? क्या उनका कोई मान-अभिमान नहीं है?

उसी समय शोषी के पिता शशि के लिए घर-जँवाई ढूँढ़ रहे थे। तब तक शोषी बाल-विधवा होकर घर में थी। वंश चलाने के लिए भाई तक नहीं था। शोषी से तो कोई उम्मीद थी नहीं। यदि शशि के कोई लड़का हुआ तो नाना के पिण्ड में पानी चढ़ाएगा। नूरी दास मामा का घर छोड़कर घर-जँवाई बनकर ससुराल चले आये। मामा भी किसी ऐसे ही मौके की ताक में थे। वरना उनके बेटे के साथ वह भी अपना हिस्सा माँग बैठता।

सब कुछ ठीक चल रहा था। शशि पहले ही प्रसव में चल बसी। नाती का मुँह देखकर शोषी के पिता ने भी आँखें मूँद लीं। फूल-नाड़ी करके सतिया को गोद में उठा लिया था शोषी मौसी ने। घर में बच गये उनतीस साल के युवक नूरी दास, बिन माँ का बच्चा सतिया और अठारह साल की बाल-विधवा शोषी।

नूरी दास ने दुबारा शादी कर ली होती, यदि ससुराल में घर-जँवाई बनकर न रहते या शोषी उनकी बड़ी साली न होकर छोटी साली हुई होती। शशि से शोषी सिर्फ दो साल बड़ी थी, नूरी दास से ग्यारह साल छोटी। वह नूरी दास की छोटी साली भी हो सकती थी, पर नहीं हुई, वह है नूरी दास की बड़ी साली (देढ़सासू)। देढ़सासू और घर-जँवाई का रिश्ता गंगाजल-सा पवित्र है।

छूना-छुलाना, ताक-झाँक बिलकुल मना। हँसी-ठट्टे का सवाल ही नहीं उठता। सम्बन्ध बढ़ाने के अवसर होने पर भी नियम नहीं है। नरक भोग है।

छोटी बहन शशि के मरने के बाद शोषी ने पड़ोस की चाची के जरिये जँवाई जी को कहलवा दिया था कि यदि जँवाई जी चाहें तो अपने घर लौटकर फिर से शादी-विवाह करके घर-संसार बसा लें। उनकी उम्र के पुरुष के लिए पत्नी मरने के कारण अकेले रहने का सामाजिक नियम नहीं है, पर हाँ सतिया यहीं रहेगा, अपनी मौसी के पास। इस वंश को वह पिण्ड-पानी देगा। सौतेली माँ की परछाईं उस पर नहीं पड़ेगी। नूरी दास की जब भी इच्छा हो वे बेटे को आकर देख जाएँ, किन्तु बेटे को यहाँ से ले जाने की बात कभी जुबान पर न लाएँ।

शशि की याद को गले की माला बनाकर बाकी की जिन्दगी गुजार देना नूरी दास का उद्देश्य कतई नहीं था। लेकिन परिस्थिति ऐसी थी कि न वे इस पार थे, न उस पार। क्या ममाने लौटकर मामा के बेटों से अपना हिस्सा माँगें? माँगने पर देगा ही कौन? इसके अलावा क्या उनका अपना कोई मान-सम्मान नहीं है? इस तरह दर-दर भटकते रहेंगे? और फिर शोषी मान में देढ़सासू होने पर भी उम्र में उनसे दस वर्ष छोटी है—असहाय बाल-विधवा, सतिया बिन माँ का बच्चा है और बेसहारा भी। इसलिए फिर से घर-संसार बसाने की आस में दो-दो बेसहारा जीव को छोड़कर चले जाना मर्दानगी नहीं है।

नूरी दास ने कहा था, ''ससुराल की जायदाद का मुझे लालच नहीं, बेटे की चाह है। खबरदार! जो किसी ने फिर कभी इस घर में दूसरी शादी की बात उठायी...''

उस दिन शाम को नूरी दास ने अपना मृदंग दीवार की खूँटी से उतारा। ससुराल आते समय वे अपना मृदंग साथ लेकर आये थे। ममाने में रहते समय मामा के साथ मिलकर मठ में नदीया कीर्तन गाया करते थे। ससुराल में काफी दिनों से

मृदंग में हाथ नहीं लगा है। आज मृदंग ही उनकी एकमात्र सम्पत्ति है—अन्तरंग सहचर। उस दिन उसने खूब मृदंग बजाया था आधी रात तक। उसके बाद से रोजाना शाम को एक-दो घण्टे मृदंग बजाकर नाम-कीर्तन करते हैं। काफी पुरानी आदत है। शशि का पति बनकर दो साल हुए इस घर में आने के बाद से न जाने वे कैसे भूल गये थे?

'बाघ न देख सको तो बिल्ली देखो, माँ न देख सको तो मौसी देखो।' सतिया ने बाघ नहीं देखा, बिल्ली देखी है; माँ को नहीं देखा, मौसी देखी है। इस समय सतिया चाहे तो बाघ देख सकता है, जंगल में या फिर सर्कस में। लेकिन माँ को कभी नहीं देख सकता, क्योंकि माँ 'उस पार' है। सतिया ने बाघ का फोटो देखा है किन्तु माँ की तसवीर भी नहीं देखी। सभी कहते हैं, सतिया की मौसी उसे माँ से भी अधिक चाहती है। किन्तु जब सतिया ने माँ का प्यार पाया नहीं या जाना ही नहीं, वह तुलना करके कैसे कहे कि उसकी मौसी का प्यार माँ से अधिक है? न जाने होश सँभालने के दिन से सतिया लापरवाह-मटरगश्त और निरा झुट्ठा कैसे हुआ?

सतिया अपने पिता से बहुत नाराज है। क्योंकि उसके पिता गुस्से में उसे 'माँ को खाने वाला' कहते हैं सो कहते हैं, पर लाड़ में भी माँ को खाने वाला कहकर पुकारते हैं। सतिया गुस्से में हो तो वह भी अपने पिता से कहता है, तू 'औरत को खाने वाला' है। यह केवल सतिया ही नहीं कहता। पास-पड़ोस में सभी नूरी दास को कहते 'औरत को खाने वाला'। वरना जहाँ तेरह-चौदह साल की लड़कियाँ परिपक्व होती हैं, सोलह साल की शशि प्रसव-वेदना से क्यों मरती? नूरी दास की जन्मकुण्डली में स्त्री-घर में अरिष्ट है। यह बात कई ज्योतिषियों ने सतिया की माँ शशि के मरने के बाद नूरी दास की जन्मकुण्डली देखकर बतायी है। शोषी का मायका—नूरी दास की ससुराल है। पर कोई नहीं कहेगा शोषी का मकान है। सभी कहते हैं नूरी दास का मकान है। कहा जा सकता है कि नूरी दास का मकान अँग्रेजों के समय से बने एक प्रसिद्ध ग्रामीण हाई स्कूल की दीवार से सटा है। बस इतनी दूर कि साग-भात खाकर स्कूल के मैदान में कुल्ले का पानी फेंका जा सकता है। नूरी दास ने सोचा था, माँ को खाने वाला सतिया हाई स्कूल से मैट्रिक पास करके शिक्षकों में गिना जाएगा। कोई सरकारी नौकरी करके जिन्दगी बिताएगा। उनकी तरह पेड़ के आम और लाई पर निर्भर करके आधा पेट खाकर नहीं जीएगा।

किन्तु न जाने क्यों सतिया पढ़ाई चोर निकला। स्कूल का नाम सुनते ही हालत खराब...। सिर्फ इतना ही नहीं, जिस बात पर पिता की 'हाँ' होती, सतिया की 'ना' होती। इसलिए बाप-बेटे में अक्सर खींचातानी रहती। सतिया दिन भर

स्कूल न जाकर इधर-उधर फिरता रहता। कभी-कभी मास्टर साहब की शिकायत पर सतिया को कमरे में बाँधकर डाल देते नूरी दास। बाहर से दरवाजा बन्द करके ताला जड़ते हुए कहते, ''जब तक यह नहीं कहता कि रोजाना स्कूल जाएगा, तब तक जो उसे खाना देगा, उसके लिए मुझसे बुरा कोई नहीं होगा।'' अन्तिम बात का संकेत शोषी की ओर होता। शोषी के अलावा और कौन है इस घर में जो सतिया के आँसू पोंछकर उसे खाना खिलाएगा...?

शोषी बीच-बचाव नहीं करती। पिता जो भी कुछ कर रहा है बेटे की भलाई के लिए है। पिता अपना कर्तव्य निभा रहा है। मौसी होकर शोषी अपना कर्तव्य निभाएगी। उसके कर्तव्य में बाधा देने वाला कोई मर्द का बच्चा हो तो आए जरा सामने? नूरी दास के बाजार जाते ही शोषी अपनी चाबी से ताला खोलकर सतिया को समझा-बुझाकर खाना खिलाती। खाट के पाये से बँधे सतिया को खोल देती। बाजार से लौटकर नूरी दास सतिया को राजा बेटे की तरह किताब लिये बैठा देखते, कुछ कहते नहीं। मानो वे पहले से जानते हों कि सतिया ने खाना खा लिया होगा, आँसू पोंछ लिये होंगे, बन्धन से मुक्त हो गया होगा, किताब लिये बैठा होगा, भले ही पढ़े या न पढ़े।

महीने में दस बार होता ऐसा नाटक। हर क्लास में दो-तीन साल। शोषी के लिए यह चिन्ता का विषय नहीं था। बच्चे ने परीक्षा दी थी। यदि पास नहीं हुआ, मास्टर का दोष है, बच्चे का दोष नहीं। मास्टर से पढ़कर यदि अच्छे बच्चे पास हो जाएँ और शैतान बच्चे फेल, तो भला इसमें मास्टर की बहादुरी ही क्या रही! यदि शैतान बच्चे मास्टर से नहीं सुधर सके, तो फिर वह मास्टर ही क्या।

नूरी दास सतिया पर सारा दोष मढ़ते, शोषी मास्टर पर, और सतिया पिता को दोषी मानता। उसके पिता उसकी माँ को खा जाने के कारण सतिया का नूरी दास पर जो गुस्सा है, उसे वह इसी तरह फेल होकर निकालता है। पढ़ता तो वह जरूर पास होता। किन्तु इससे उसके पिता को खुशी मिलती। पिता को दुःख देना सतिया का उद्देश्य है। इसलिए वह फेल होता है। सतिया को लेकर नूरी दास और शोषी मौसी की खींचातानी के चिन्ता-भरे दिन किस तरह गुजर गये किसी को पता तक नहीं चला।

एक दिन अठारह साल का सतिया घर छोड़कर शहर चला गया और सौभाग्य से उसे एक छोटी-मोटी नौकरी भी मिल गयी। गाँव में बच गये दो प्राणी। नूरी दास और शोषी। सतिया की चिन्ता अब नहीं रह गयी। सिर्फ अपनी चिन्ता थी। शोषी सीधी-सादी, भावुक औरत थी। नूरी दास फिर भी एक कठोर मर्द थे। कोई रोग-व्याधि नहीं। सिर्फ पेट की चिन्ता बस, और कोई चिन्ता नहीं। यदि होगी भी,

मन में होगी—बाहर दिखाई नहीं देती, सुनाई नहीं पड़ती। नूरी दास के मृदंग की चोट से सब कुछ अनसुना रह जाता है। शोषी के घूँघट में सब कुछ अदृश्य।

वहीं, उन्हीं के वैष्णव टोले में, उसके पास दुदहा टोले, धोबी टोले, महान्ति टोले हर जगह कुछ न कुछ न सुनने-सी बातें सुनाई देतीं—आँखें न देखने-सी चीजें दिखाई देतीं। देवर-भाभी, जेठ-देवरानी, साली-जीजा, धरम भाई-धरम बहन, यहाँ तक कि बाल-विधवा चाची और कुटुम्ब का ही भतीजा...छिः-छिः! राम-राम! इसके अलावा साहूकार के घर की बेटी और नौकर तथा महान्ति के घर की बहू और घर का हलवाहा! सत्यानास हो गया देश...! मानव समाज!! ग्रामीण जीवन के कठोर जीवन-संग्राम में ऐसी घटनाएँ तो रोजाना घटनी चाहिए। शहरी लोगों को नाच-गाने, सिनेमा-थियेटर से आनन्द मिलता है, रोमांच मिलता है। मुफस्सिल जीवन में यह सब कहाँ धरा है? तालाब के घाट, धोबी-घाट, घर के चबूतरों, पंचायत-घरों में इस तरह की रोमांचकारी सनसनीखेज कहानियाँ तिल से ताड़ बनती हैं। ताड़ से बेताड़। जुर्माना, हुक्का-पानी बन्द, गाँव से निर्वासन, और फिर इनका समाधान होता है मार-पीट, फौजदारी, जादू-टोना, हत्या और आत्महत्या में।

किन्तु नूरी दास का घर इन सबसे बचा रहता है। जब सतिया गाँव में रहता था तब नूरी दास के घर को लेकर भी एक कुतूहल रहा करता था। रोजाना सतिया के कारण मार, फौजदारी, सतिया के नाम पर चोरी-चकारी, परन्तु जिस दिन से सतिया ने गाँव छोड़ा है, शादी करके शहर में रह रहा है, उसी दिन से नूरी दास का घर एक बिन दरवाजे के मन्दिर की तरह शान्त और सूना है। आने-जाने वाले किसी की भी निगाह में 'तिल' तक का प्रमाण नहीं दिखाई देता। बिना 'तिल' के ताड़ बनाने का वक्त किसे है? भला गाँव में रोमांच, सनसनीखेज की कोई कमी है? हालाँकि इसके लिए नूरी दास या शोषी को गाँव वाले मैडल नहीं देते। मान लो यदि उनका सम्बन्ध देढ़सासू और छोटी बहन के पति का न होकर जीजा-साली का होता तब देखते कि नूरी दास कहाँ तक संयमी और शोषी कितनी बड़ी सती है! यदि इन दोनों की इच्छाएँ अटल हैं, तब तो देढ़सासू-छोटे जँवाई के रिश्ते की सराहना की जानी चाहिए।

दुनिया में तरह-तरह की बातें सुनी जाती हैं—यहाँ तक कि ससुर-बहू—छिः-छिः! किन्तु देढ़सासू-छोटे जँवाई? हे भगवान, कम-से-कम इतना पुण्य तो दुनिया में बचा रहे! वरना पृथ्वी रसातल में चली जाएगी।

पृथ्वी को सिर पर उठाए नूरी दास धीरे-धीरे बूढ़े हो गये, शोषी बूढ़ी हो गयी।

कीर्तन गाते-गाते नूरी-दास को साँस रोग हो गया। शोषी का वात-ज्वर बढ़ते-बढ़ते फील-पाँव हो गया।

किन्तु किसी को किसी के शरीर या सिर पर हाथ फेरने अथवा सेवा-शुश्रूषा करने का विधान नहीं है। जब नूरी दास साँस फूलने पर बैठे हाँफते तब शोषी घूँघट के नीचे से चिचकारी भरती, और जब शोषी वात-ज्वर से छटपटाती तब नूरी दास बाहर चबूतरे पर बैठकर टुँगटुँग मृदंग बजाते। और उपाय ही क्या था? कभी-कभी मन के भीतर मृदंग बज उठता टंग-टंग...। स्त्री-पुरुष में ऐसा विधान किसने किया कि एक के मरते मुँह में दूसरा पानी डाले तो पाप लगेगा। साली को पाप-गर्भ देना माफ है, पर बुखार से तपती साली की उम्र की देढ़सासू के पैरों पर हाथ फेरना, सेवा करना, धीरज बँधाना माफ नहीं! धन्य-धन्य...मृदंग में दुम-दुम ताल तोड़ते नूरी दास। जैसे-जैसे दोनों बूढ़ा-बूढ़ी होते जाते, आयु घटती जाती, रूप-रंग फीका पड़ता जाता, वैसे-वैसे दोनों का एक-दूसरे से लगाव बढ़ता जाता। एक के दु:ख-कष्ट यन्त्रणा से दूसरा घबराने लगा। आमने-सामने बातचीत न होने पर भी इस बीच दोनों दूसरों के आगे एक-दूसरे को बुढ़ऊ-बुढ़िया कहकर बुलाने लगे। औरतों के बीच शोषी कहती—"बुढ़ऊ दमा से काफी परेशान है। पैरों में ज़रा-सा सरसों तेल रगड़ने के लिए घर में बिल्ली का बच्चा तक नहीं है। बेटे के मोह में ससुराल में पड़ा रहा जवानी से। अन्त में बेटा-बहू अपने सुख से रहने लगे। जब तक जिन्दा हूँ इसी तरह घिसट-घिसटकर पका दूँगी मुट्ठी भर। उसके बाद? क्या करेगा बुढ़ऊ अकेले में? बुढ़ऊ में भी कम ऐंठ भरी है? बेटे को चिट्ठी लिखकर भले ही न बुला रहा हो, पर याद हमेशा करता रहता है। आखिर अपना ही तो खून है! उसके बिना बताये क्या मैं उसके मन की व्यथा नहीं समझ सकती?" पुरुषों के बीच बैठे नूरी दास कहेंगे—"वात-ज्वर से बुढ़िया टूट चुकी है। हर महीने बुखार से मरती-तड़पती रहती है चार-छ: दिन। मुँह में पानी तक देने के लिए कोई नहीं है घर में। बेचारी ने माँ से भी ज्यादा किया था भतीजे के लिए। कुलांगार ने कभी मौसी के सिवा 'माँ' तक नहीं समझा। अन्त में मुखाग्नि देने आएगा भी या नहीं, कौन जाने? बुढ़िया की बस इतनी ही है अन्तिम इच्छा। भले वह न कहे, पर क्या मैं नहीं जानता...?"

शोषी ने जो बात नहीं कही वह नूरी दास कैसे जान गये? नूरी दास जो बात नहीं कहते वह शोषी कैसे जान जाती है? यह किसी को नहीं मालूम। यह सवाल कोई करता भी नहीं। मनुष्य-मनुष्य के बीच कितनी ही बातें अनकही रह जाती हैं। पर अनजानी नहीं रहतीं। जो सोचते हैं कि केवल मुँह से ही बातें होती हैं, वे

नासमझ हैं। मनुष्य के हाथ-पैर भी बोलते-बतियाते हैं। तुम्हारी चाल से ही पता चल जाएगा कि तुम्हारी तबीयत ठीक है या नहीं। तुम्हारे भात परोसने से पता चल जाएगा, तुम मन से परोस रही हो या बे-मन से, तुम्हारे मृदंग के ताल से जाना जा सकता है, तुम हँस रहे हो या रो रहे हो। गरारी से पानी खींचने के अन्दाज से ही पता चल जाएगा, तुम्हारा मन सूखा ठक-ठक है या भावनाओं से लबालब। पैंतालीस वर्ष का सुख, दुःख, भूख, अभाव, चिन्ता, उद्वेग, गुस्सा, क्षोभ, समझौता, अबूझ दोषारोपण—पेण्टिंग बन चुकी है अलग-अलग दूर-दूर खड़े मुँह में छींका बँधे दो लोगों की। बुलाकर किसी ने किसी से नहीं कहा मेरे सुख में शामिल हो जाओ—मेरे दुःख में शामिल हो जाओ। हवा में फूलों की महक समा जाने-सी, फटी जमीन में बारिश का पानी समा जाने-सा, चाँदनी में मृदंग का स्वर पुत जाने-सा मनुष्य-मनुष्य में भाव-अभाव, खुद-ब-खुद समा जाते हैं। इसीलिए शोषी का अन्तिम समय भाँपकर अपनी ऐंठ, गुस्से और कठोर चेहरे को पीछे छोड़ते हुए नूरी दास ने सतिया को चिट्ठी लिखी—'आयुष्मान सत्यानन्द बेटे! तुम्हारी मौसी मौत के बिस्तर पर पड़ी है। मुँह खोलकर न बोल पाने पर भी तुम्हें एक बार देखकर प्राण त्यागने की उसकी अन्तिम इच्छा है। और वह यह भी सोच रही है कि उसके मरे मुँह में तुमने अग्नि न दी तो उसकी आत्मा को मोक्ष नहीं मिलेगा...।

इसके बाद तुम चाहो तो यहाँ कभी न आना, लेकिन इस चिट्ठी को तार समझकर अपनी मौसी के लिए—जहाँ जैसे भी बैठे हो, वहाँ से उठकर तुरन्त सीधे चल पड़ने का अनुरोध है।

इति,<br>
तुम्हारा शुभाकांक्षी,<br>
नूरी दास'

सतिया समझ गया कि नूरी दास ने अपना अहं बचाकर सिर्फ मौसी के लिए पत्र लिखा है। इसीलिए 'इति बप्पा' नहीं लिखा। फिर भी सतिया अपना परिवार साथ लेकर जैसा बैठा था वैसा ही उठकर चल पड़ा। बप्पा के अनुरोध से नहीं, मौसी के मोक्ष के लिए साथ लाया था बिस्कुट, फल, मिठाई? किन्तु सतिया के पहुँचने तक शोषी बोलने की स्थिति में नहीं थी। आँखें धुँधली थीं। गनीमत थी, साँसें चल रही थीं। न जाने शोषी यह जान पायी या नहीं कि सतिया जहाँ जैसा बैठा था वहाँ से उठकर सीधे चला आया है—सतिया लेकिन जान गया कि उसकी मौसी के प्राण-पखेरू उसकी ही राह तक रहे थे क्योंकि उसके अगले दिन भोर होते ही शोषी की अन्तिम साँस उड़ गयी।

उस दिन दाह-संस्कार के बाद श्मशान से लौटकर साँझ के अँधेरे में बाहर चबूतरे पर आँखें मूँदे नूरी दास अति कोमल-मधुर मृदंग टुँगटुँगाने के दौरान उदासी-भरा स्वर छेड़ते हुए नाम-कीर्तन कर रहे थे, "हरे कृष्ण हरे कृष्ण, कृष्ण-कृष्ण हरे हरे—हरे राम हरे राम, राम राम हरे हरे..."

घर के भीतर से बहू का बिलखना सुनाई दे रहा था—"हाय मौसी...कहाँ चली गयीं हम सबको छोड़कर..." यह प्रथा है, प्रेतात्मा की तुष्टि के लिए...

सतिया बुझे चूल्हे के पास बैठा बच्चों की तरह 'मौसी-मौसी' कहकर अनवरत आँसू बहा रहा था...सचमुच! कौन जाने शायद बुढ़िया इतने में ही मौसी जन्म से मोक्ष पा जाए!

देढ़सासू के देहान्त का शोक मनाते हुए मृदंग सारी रात रोता रहा टंग-टंग-टंग-टंग...नूरी दास की अँगुलियों के पोरों से खून रिस-रिसकर मिलता जा रहा था मोक्ष की ताल से।

# अनाथ

सभी उसे अनाथ कहकर बुलाते थे, क्योंकि उसके बाप का कोई अता-पता नहीं था और यही वजह थी कि उसका नामकरण तक सम्भव नहीं हुआ था।

जाड़े की सुबह की धूप कोहरे को बींधकर ठिठुरन भरे शरीर को राहत पहुँचाने की तरह जो धुँधला अनुभव उसकी शिथिल अनुभूति को ऊष्म कर रहा था, वह था माँ की याद। जब से होश सँभाला, इस दुनिया में वह अकेला है। घर नहीं, गाँव नहीं, ठिकाना नहीं, जाति धर्म भी नहीं।

उसकी तरह अनेक बेकार, अनाथ, अवांछित प्राणी इस दुनिया में हैं। प्रकृति उन्हें न जीने देती है न मरने देती है। वे लोग मरते-मरते जीते हैं, और जीते-जी मरते रहते हैं। उनके जीवन और मौत के बीच सिर्फ सूत भर का अन्तर होता है। इसीलिए उन्हें जीने-मरने की परवाह नहीं। एक तरह से स्वच्छन्द जीवन होता है उनका। दायित्व कहा जाए तो अपने शरीर की रक्षा करने के सिवा और कुछ भी नहीं।

'शरीर-रक्षा' का दायित्व किसी अनाथ पशु के लिए जितना आसान है—अनाथ मनुष्य रूपी जीव के लिए उतना आसान नहीं। अनाथ पशु एक स्वाभाविक जीवन बिताता है, जबकि शरीर-रक्षा कर पाने में समर्थ मनुष्य-देहधारी जीव का जीवन बड़ा अस्वाभाविक होता है। एक अनाथ-पशु पशु बनकर जी सकता है—पर एक अनाथ-मनुष्य मनुष्य नहीं रह जाता। मनुष्य में गिनती होने के लिए उसे एक नाम, गाँव, पितृ-परिचय, जाति, धर्म, ठिकाने की जरूरत होती है। अनाथ के पास इनमें से कुछ नहीं होता। इसलिए क्या वह वाकई एक मनुष्य है।

अनाथ का शैशव और बचपन माँ को ढूँढ़ते हुए लगातार रोते-रोते बीता है। क्योंकि उस उम्र में सभी मानव-शिशु की मददगार माँ होती है।

उस उम्र की आयु-रेखा आगे की ओर खिंच जाने के बाद अनाथ अब माँ को नहीं ढूँढ़ता, ढूँढ़ता है बाप को। कोई अनाथ हो या न हो, हर मनुष्य में एक स्वाभिमान छुपा होता है—'मैं मनुष्य हूँ' की आवाज उसकी आत्मा की गहराई से सुनाई देती रहती है। इसीलिए यौवन छूते ही शरीर-रक्षा के लिए दूसरों के आगे तुच्छ बनकर हाथ फैलाकर भीख माँगने के लिए अनाथ की आत्मा विरोध करती है। निश्चित रूप से सभी अनाथों की आत्मा दाँत निपोरकर भीख माँगने का विरोध करती होगी। भला किसे अच्छा लगता है चोरी करना।

'काम' न मिलने पर शायद मनुष्य भीख माँगता है या फिर चोरी करता है। चोर के बाप का भी परिचय चाहिए, नाम-गाँव पता चाहिए जब चोर पकड़ा जाता है। किन्तु भीख माँगने पर भिखारी का नाम-गाँव, पता, पितृ-परिचय, जाति, धर्म कोई नहीं पूछता। शायद भीख माँगने वाले मनुष्य को समुचित अधिकार नहीं दिया जाता। जो काम नहीं करता भला उसका कैसा अधिकार? और जिसका अधिकार नहीं उसके नाम-गाँव पते की जरूरत नहीं होती।

अनाथ ने अधिकार ढूँढ़ा, उसने काम ढूँढ़ा, इसलिए बाप के परिचय की जरूरत पड़ी। उसे नाम, गाँव, पते, जाति, धर्म की जरूरत पड़ी। परिचय जाने बिना भला उसे कौन काम देगा?

अनाथ ने जब देखा कि उसकी उम्र के बच्चे पढ़ने जा रहे हैं, वह भी उनके पीछे-पीछे डग बढ़ाते हुए स्कूल के बरामदे में जा खड़ा हुआ, उसने कहा—"मैं भी पढ़ूँगा।"

मास्टर साहब ने नाक पर चश्मा चढ़ाकर बड़े ध्यान से उसकी ओर देखते हुए पूछा—"तेरा नाम क्या है रे? कौन है तू?"

"मैं एक लड़का हूँ"—अनाथ के पास इसके सिवा और कोई उत्तर नहीं था। क्योंकि इससे अधिक वह अपने बारे में नहीं जानता था।

"लड़का? यह तो मैं भी देख सकता हूँ। पर किसके लड़के? कौन है तेरा बाप? तेरे बाप का नाम, गाँव, पता क्या है?"

"यह सब मैं नहीं जानता। मैं तो बस एक 'लड़का' हूँ। पढ़ने आया हूँ।" अनाथ ने साफ-साफ जवाब दिया। डर संकोच बिल्कुल नहीं। वह जितना जानता था सब साफ-साफ कह दिया मास्टर साहब के सामने।

"ओ...ओ...'अनाथ' है...चल भाग यहाँ से—कहीं और जाकर पढ़। इस स्कूल में पढ़ना हो तो तेरा कोई बाप, दादा, भाई, रिश्तेदार, अभिभावक होना चाहिए। वरना भले-बुरे का जिम्मेवार कौन होगा? या फिर जा—सरकार से लिखा ला कि तेरा भला-बुरा हुआ तो उसके लिए सरकार जिम्मेवार होगी—हम नहीं?

हम लोग तो बस पढ़ाते हैं, हम इस स्कूल के मालिक नहीं हैं, हम तो तनख्वाह पाने वाले नौकर हैं। चल भाग यहाँ से—हमारे ऊपर कोई संकट मत खड़ा कर।'' मास्टर असहाय हैं या वह अनाथ। कुछ समझ नहीं आया। अनाथ मन मसोसकर लौट आया। पर उस दिन से उसका नाम हो गया 'अनाथ'। अच्छा ही हुआ। मनुष्य को पहचानने के लिए पहले उसका एक नाम होना चाहिए। उसके बाद बाप का नाम। अनाथ ने काफी अरसे तक 'बाप' को ढूँढ़ा।

दुनिया में पुरुषों का ताँता लगा हुआ है। न जाने किन पुरुषों के पुरखों की है यह मनुष्य जाति। हर पुरुष किसी-न-किसी की सन्तान है—पुत्र है...। किन्तु हर पुरुष 'बाप' नहीं है। अनाथ नासमझ-सा एकाध लोगों से पूछ बैठा—''क्या तुम मेरे बाप बनोगे?'' जवाब के रूप में मिले थे उसे ब्रह्म-तमाचे। उसके बाद से अनाथ ने किसी को बाप नहीं समझा। अगर समझा भी है तो मुँह खोलकर पूछा नहीं। सिर्फ मन ही मन बाप को ढूँढ़ता रहा—अपना परिचय तलाशता रहा। बाप को ढूँढ़ते-ढूँढ़ते पढ़ाई की उम्र बीत गयी। फिर उसने बाप नहीं ढूँढ़ा। भगवान को ढूँढ़ा। शायद अनाथ समझ गया था कि इस समाज में भगवान मिलना आसान है—लेकिन एक अनाथ को बाप मिलना आसान नहीं।

अनाथ ने प्रतीक्षा की थी कि भगवान से मुलाकात होते ही वह पूछेगा—''यदि भगवान का पितृ-परिचय न होते हुए वह श्रेष्ठ है—मनुष्य को पितृ-परिचय की जरूरत क्यों होती है? भगवान अपने महान कार्यों के लिए दूसरों के द्वारा पूजे जाते हैं। मनुष्य काम करके महान क्यों नहीं बन सकता?'' ऐसे कई सवाल अनाथ के छोटे से दिमाग में बड़े रूप में आकर खड़े हो जाते हैं। उसके सवाल के जवाब मनुष्य से नहीं मिलते, क्योंकि मनुष्य उसे दुतकार देते हैं। इसलिए अनाथ अपने सवालों के जवाब भगवान से पाने की आस में भगवान को ढूँढ़ निकालने को बेचैन हो उठता है।

पर भगवान है कहाँ? उससे कहाँ मुलाकात होगी, कहाँ है उसका घर...?

अनाथ ने कई लोगों से भगवान का पता पूछा।

गेरुआ वस्त्र पहने, टीका-चन्दन लगाये एक थुलथुले पेट वाले प्रौढ़ ने कहा, ''भगवान मन्दिर में ही मिलेंगे। मन्दिर के बाहर ढूँढ़ने से भला कैसे मिलेंगे?''

एक दाढ़ी वाले, टोपीधारी प्रौढ़ ने कहा, ''मस्जिद में इबादत कर। अल्लाह मिल जाएँगे। अल्लाह ही भगवान है।''

एक अन्य व्यक्ति के गले में सोने की जंजीर पड़ी थी। जंजीर में झूल रहा था सोने का एक क्रॉस। उसने सफेद कपड़े पहन रखे थे।

उन्होंने कहा—''भगवान गिरजा घर में है। तुम्हारे लिए गिरजा घर खुला है।

जाओ, प्रभु की शरण में जाओ। तुम्हारे दुःख-दर्द दूर हो जाएँगे...।''

अनाथ घबरा गया। तो क्या भगवान एक नहीं तीन हैं—चार हैं... या और भी अधिक हैं इस दुनिया में? किस भगवान से मिले कि उसके सारे सवालों का जवाब मिल जाए?

पहले अनाथ ने मन्दिर की ओर डग बढ़ाया। उसका रास्ता रोककर खड़े होते हुए किसी ने पूछा—''प्रवेश शुल्क लाये हो?''

''नहीं साहब—मैं गरीब हूँ...'' अनाथ ने डरते हुए जवाब दिया।

''तो फिर लौट जाओ।''

''मैं भगवान के दर्शन करने आया हूँ। कृपया मुझे अन्दर जाने दीजिए।''

''तुम्हारी जाति, गोत्र, धर्म क्या है?'' कर्कश स्वर में वज्रपात किया मन्दिर रक्षक ने।

''मेरी जाति, गोत्र, धर्म कुछ नहीं है। मेरा परिचय 'मैं' ही हूँ। मेरा कोई निश्चित घर-द्वार नहीं। जहाँ रहने लग जाता हूँ वही मेरा गाँव है, वही मेरा देश है, वही मेरा घर है। सभी मुझे 'अनाथ' कहकर बुलाते हैं—'' अनाथ का स्पष्ट उत्तर अस्पष्ट हो गया कोलाहल के बीच। बहुत-से लोग उस पर समुद्र की लहरों की तरह उमड़ते हुए चीत्कार कर उठे—''तू विधर्मी है, तू दूसरी जाति का है, तू म्लेच्छ है, पतित है...भाग यहाँ से—चल भाग—मन्दिर अपवित्र मत कर। वरना प्रायश्चित्त का रूप बड़ा भयंकर होगा।''

अनाथ जान बचाकर आँखें मूँदकर दौड़ने लगा। मन ही मन सोच रहा था कि यदि मनुष्य को जीने की राह नहीं दिखाई तो मन्दिर का क्या प्रयोजन है? मन्दिर किसी को जिलाने के लिए है या मारने के लिए? पीछे से कुछ पत्थर उसके पैरों में लगे। वह मुँह के बल जा गिरा मस्जिद के द्वार पर। उसने सोचा वास्तव में मस्जिद में ही भगवान हैं! मन्दिर में हैं केवल मूर्त्तियाँ...।

मस्जिद में प्रवेश करने के लिए जो निश्चित तौर-तरीके और वेशभूषा आवश्यक है वह अनाथ में नहीं थे। किसी ने सवाल किया—''कौन है तेरा भगवान? क्या नाम है उनका—ईश्वर, अल्लाह या...?''

अनाथ ने हाथ जोड़कर नम्रतापूर्वक कहा—''हुजूर, मुझे तो अपने बाप का नाम भी नहीं मालूम। ईश्वर मेरे माई-बाप हैं, जन्मदाता हैं—उनका नाम कैसे जानूँ? मेरे ईश्वर कौन हैं मैं नहीं जानता। इसीलिए ढूँढ़ रहा हूँ...। ''

''इसका मतलब तुम मुसलमान नहीं हो...''

''नहीं साहब, मैं कुछ नहीं हूँ—मैं तो बस अनाथ हूँ...।''

''तो फिर यहाँ से जल्दी चले जाओ। यहाँ सिर्फ मुसलमानों के अल्लाह की

इबादत होती है।''—उस टोपीधारी व्यक्ति ने दृढ़ स्वर में कहा।

अनाथ वहाँ से भी जान बचाकर भागा। सामने गिरजा घर था। वह रुक गया। उसने सोचा, शायद भगवान से मिलने का यही वास्तविक स्थान है। उसके सामने सफेद कपड़े पहने एक आदमी खड़ा था। सीने पर सोने का क्रॉस लटक रहा था। उन्होंने पूछा—''क्या चाहिए?''

''भगवान को ढूँढ़ रहा हूँ। अन्दर जाऊँ?'' अनाथ ने इजाजत माँगी।

सीने पर क्रॉस लटकाये व्यक्ति ने मधुर मुस्कान बिखेरी। उनकी पोशाक से और भी शुभ्र, स्निग्ध है उनकी मुस्कान। लगता है अनाथ को यहाँ कूल-किनारा मिल जाएगा।

उन्होंने कहा, ''अन्दर जाने की मनाही नहीं है। परन्तु ईश्वर के दर्शन नहीं होंगे।''

''क्यों नहीं होंगे ईश्वर के दर्शन? मैं अन्धा तो हूँ नहीं? आपको देख ही रहा हूँ। ईश्वर को क्यों नहीं देख सकता?'' अनाथ को आश्चर्य हुआ।

उन्होंने गम्भीर होकर जवाब दिया, ''ईश्वर को देखने के लिए जिस दृष्टि की जरूरत होती है, वह दृष्टि तुममें नहीं है। डूबन (बपतिस्मा)लेने पर ही ईश्वर का दर्शन कर सकते हो।''

अनाथ सिर पर पैर रखकर दौड़ा। उसने डूबन का मतलब पानी में डूबना समझा। वह पूर्णतः विचलित और दिक्-भ्रमित हो इधर-उधर भागने लगा। वह समझ नहीं पा रहा था कि किस ओर जाने पर खुद को बदले बिना सिर्फ 'अनाथ' के परिचय से ही ईश्वर से मिल सकेगा और अपने प्रश्नों का उत्तर पा सकेगा। थककर वह एक सुनसान जगह पर बैठ गया। बैठते-बैठते ही भूख और दुःख से सो गया। उसने एक भयंकर सपना देखा।

खून की नदी में वह बह रहा है। उसके साथ और भी शव बह रहे हैं। मन्दिर, मस्जिद, गिरजा, घर-द्वार, बिल्डिंग वगैरह कुछ भी नहीं है। सभ्यता धूल में मिल चुकी है। वह खुद जिन्दा है या मरा हुआ?

चौंककर उसकी नींद खुल गयी। न जाने वह कब तक सोया रहा? पर उसे लगा समय मानो इतिहास बन गया है। उसी इतिहास के पन्नों पर मन्दिर, मस्जिद, के सारे टूटे-फूटे शब्द अक्षर बन गये हैं। खून की लाल स्याही से लिखे अक्षर जीभ लप-लपाकर आगामी को डरा रहे हैं—सावधान कर रहे हैं।

अनाथ को वे सारे शब्द साफ-साफ सुनाई दे रहे हैं। क्या शब्द नहीं मरते? अनाथ एक-एक शब्द को कान लगाकर समझने की कोशिश कर रहा है। नहीं यह शब्द मरण का नहीं—जीवन का है। कितने सुमधुर सुनाई दे रहे हैं झाँझ-मंजीरों

के बीच से उभरते शब्द—उसी में सुनाई दे रहा है अल्लाह हो अकबर...

अनाथ का बदन रोमांचित हो उठा। तो क्या सारे ईश्वर आपस में मिलजुल गये हैं? तब तो अब उसे अन्दर जाने की मनाही नहीं होगी। अब वह ईश्वर से आमने-सामने मिल सकता है। अनाथ उसी ओर दौड़ने लगा।

दूर से एक जुलूस आ रहा है। एक बाबा को मचान पर बिठाये चार लोग कन्धे पर ढोये हुए हैं। क्या बाबा ईश्वर है! नहीं—बाबा तो बात कर रहे हैं। ईश्वर मूक है। कहते हैं उनके अदृश्य संकेत से दुनिया चल रही है। मनुष्य क्यों ढो रहा है मनुष्य को, यह बात अनाथ चाहकर भी नहीं समझ पाया। इस दुनिया में मनुष्य मनुष्य के बीच कितना अन्तर है वह देखता आया है। किन्तु यहाँ तो आकाश-पाताल का अन्तर है—एक मनुष्य ईश्वर है तो दूसरा भारवाहक पशु। मनुष्य-रूपी पशु यहाँ मूक है। नर-रूपी नारायण ही प्रगल्भ है।

वह जो कुछ कह रहे हैं, अनाथ के सिर में कुछ भी नहीं घुस रहा। वह कह रहे हैं ईश्वर किसी एक निश्चित स्थान पर जन्मे थे। ईश्वर की जन्मभूमि में उनका एक मन्दिर था। उस मन्दिर की जगह एक दिन मस्जिद बन गयी। आज हजारों वर्ष बाद वहाँ मन्दिर बनाया जाएगा, मस्जिद को मन्दिर की जगह से हटाना पड़ेगा। वह कुछ लोगों को संगठित होने का आह्वान कर रहे हैं। ईश्वर का निवास पुनरुद्धार करने की प्रेरणा दे रहे हैं। उस जुलूस में शामिल हो जाने पर शायद अनाथ को ईश्वर मिल जाएँ। वह डग बढ़ा रहा है, पीछे से मानो किसी ने खींचकर पकड़ रखा हो। एक अश्रुत शब्द मानो गूँज उठा—"तेरा ईश्वर कौन है, नहीं मालूम—क्योंकि तू अनाथ है। तू किसी दल में नहीं है...।"

अनाथ किनारे खिसककर खड़ा हो गया। प्रोसेसन आगे बढ़ गया। किन्तु यह क्या? एक पुलिस बाबू ने आकर अनाथ की आँखों के सामने जगत्-पिता कहलाने वाले 'बाबा' को हथकड़ी पहना दी और अपने साथ ले गये। बाबा के दल के लोग उत्तेजित हो उठे। एक छोटा-मोटा दंगा हो गया होता। हालात को पुलिस ने सँभाल लिया। अनाथ घबरा गया। ईश्वर के मामले में पुलिस क्यों हाथ डाल रही है? पुलिस के जाने के बाद अनाथ ने पुलिस को गाली दी। किसी ने समझा दिया कि पुलिस हस्तक्षेप न करती तो खून-खराबा हो जाता। कहते हैं कि इस दुनिया में डाकू और दानवों ने जितनी नरहत्या नहीं की है, उतनी नरहत्या की है ईश्वरों के शुद्ध भक्तों ने। अपने-अपने ईश्वर की गद्दियाँ मजबूत करने के लिए वे खून की धार बहाने से नहीं घबराये। शायद यह पृथ्वी के इतिहास में लिखा है।

ईश्वर क्या राजा-मन्त्री हैं कि उनके लिए वोटों का प्रचार, गद्दी के लिए मारपीट, दूसरे दल के लोगों पर छींटाकशी करने के लिए, गाली-गलौज करने के

लिए कुछ लोग अलग से पाले जाते हैं? ईश्वर के दल वाले भी 'पार्टी' चन्दा वसूलते हैं। समय पड़ने पर मारते हैं, मरते हैं...। यही है उनका पेशा।

अनाथ ने तय किया कि अब वह भगवान को नहीं ढूँढ़ेगा, क्योंकि उन्हें पाने के लिए उसे किसी न किसी दल में शामिल होना पड़ेगा। दंगे-फसाद में भाग लेना पड़ेगा। जरूरत पड़ने पर गिलहरी की तरह खून की नदी में बूँद भर खून भी मिलाना पड़ेगा। अनाथ बेचारा एक 'शान्तिप्रिय' मनुष्य है। खून-खराबे से वह घबराता है, हिंसाकाण्ड से वह घृणा करता है।

भूख से छटपटाता हुआ मुट्ठी-भर अन्न की जुगाड़ में वह आगे बढ़ गया। जिसे मरना हो मरे। वह जीना चाहता है। ईश्वर को न ढूँढ़कर बल्कि जीवन को ढूँढ़ना सौ गुना अच्छा है। मन्दिर के भीतर जाना भले ही मना हो—मन्दिर के बाहर हाथ पसारकर भीख माँगने की मनाही नहीं है। मन्दिर के बाहर भक्तजन प्रसाद बाँट जाते हैं। मन्दिर के पिछवाड़े फेंके गये प्रसाद के जूठे पत्तलों के सहारे कई कुत्ते और मनुष्य युग-युग से अपनी आयु रेखा बढ़ाते आ रहे हैं। अनाथ की आयुरेखा भीख और जूठन पर बढ़ती चले तो इससे सभ्यता रुक नहीं जाएगी।

किन्तु आज मन्दिर बन्द है। पूजा, अर्चना आरती सब बन्द है। भगवान का स्नान भोजन भी बन्द है। आज सभी भक्तों और पुजारियों ने हड़ताल कर रखी है। बाबा के 'गिरफ्तार' के विरोध में सबने एक दिन का काम छोड़ दिया है। इसका मतलब आज देवता बिना नहाये-धोये खाये-पीये ही रह गये। क्या बाबा देवता से भी बड़े हैं। देवता को भूखे-प्यासे रखने वाले लोग 'बाबा' के भक्त हैं या देवता के, यह बात अनाथ के छोटे से भेजे में नहीं घुस रही थी। अनाथ का मन देवता के लिए अन्दर से भर आया। भूख से देवता का पेट कुकुआ रहा होगा। लाज से कुछ कह नहीं पा रहे होंगे, पर उन्हें कष्ट तो अवश्य हो रहा होगा। जिसका शरीर भूख और उपवास से बना है, उसे भूख जितनी नहीं सताती, उससे कहीं अधिक सताती है राजा, महाराजा, और देवताओं को जो भर-भर परात दिव्य भोजन दिन में कई बार करते हैं, उन्हें निर्जला उपवास करना पड़ा इन निष्ठुर भक्तों के कारण।

मन्दिर के भीतर से दर्शन करके लौट रहे एक व्यक्ति से अनाथ ने पूछा—"क्या देवता भूख से रो रहे हैं?"

"देवता रोजाना की तरह हँस रहे हैं।"

"भूख में भी?"

"देवता को भूख नहीं लगती..."

"तो फिर इतना प्रसाद किसे परोसा जाता है?" अनाथ ने भौचक-सा पूछा।

उस भक्त ने उदार स्वर में कहा—"यदि देवता वास्तव में होते तो क्या मनुष्य

जैसे लोभी, स्वार्थी लोग इतना-इतना भोग लगाते? यहाँ सारा कुछ मनुष्य के लिए होता है। मनुष्य के स्वार्थ में यदि सूत भर भी कमी आ जाए तो मनुष्य देवता को कहता है लकड़ी, पत्थर—तू तो अनाथ है, तू क्यों इन बातों में दिमाग खराब करता है? शहर में इस समय जैसी स्थिति है उसमें देवताओं से जितनी दूर रहेगा, उतना अच्छा है। न जाने कब क्या हो जाए। जो पकड़े गये हैं उनकी बात छोड़। तू तो नहीं पकड़ा गया। तेरा तो कोई जाति धर्म भी नहीं। क्यों इधर-उधर घूम-फिरकर अपनी मौत को बुलावा दे रहा है?''

अनाथ कुछ समझ नहीं पाया। देवता के आसपास घूमने-फिरने से मनुष्य का भला न होकर बुरा होता है—शुभ न होकर अशुभ होता है, यह सोचकर उसके साफ मन में गिजिर-बिजिर रेखाएँ खिंच गयी हैं—ये रेखाएँ कलेजे में सूई के समान चुभ रही हैं। देवताओं, ईश्वर के लिए मनुष्य-जाति छोटे-छोटे टुकड़ों में बँट गयी है।

वह और कुछ सोच नहीं पा रहा था। भूखे-प्यासे पसीने से लथपथ वहीं बैठ गया हथेली पर गाल रखकर। थोड़ी दूरी पर कोई दंगा शुरू हो गया था। दंगे का शोर धाँय-धाँय करके चारों ओर उमड़ रहा था। किधर जाना सुरक्षित है, वह समझ नहीं पाया। निरुपाय-सा सड़क के बीचोंबीच खड़ा हो गया। फेरा लगाने-सा उसे बीच में रखकर चारों ओर घूम रहे थे सभी दल के लोग। सबके हाथों में अस्त्र, मरणास्त्र थे। जो हाथ फूल, चन्दन, शास्त्र, पुराण, धर्म ग्रन्थ धारण करते हैं, क्या वे अस्त्र भी धारण करते हैं। जो हाथ चन्दन, अगरु, धूप, दीप की महक से गमकते रहते हैं, क्या वे ही हाथ मनुष्य के सीने के आमिष खून से लाल हो जाते हैं...

''मत मारो-मत मारो—मनुष्य होकर मनुष्य की जान मत लो।'' चिल्लाते-चिल्लाते अनाथ का उपासा गला फट गया—उसकी आँखों के सारे आँसू नदी बनकर बह गये पर खून की लाली नहीं पनियायी। भय से, आतंक से उसकी आँखें फटी रह गयीं पर मनुष्य की आँख नहीं खुलीं।

उसे इधर-उधर उलट-पलटकर वे लोग आपस में खून की होली खेल रहे थे। अनाथ ने उनके भगवान को अलग-अलग नाम से पुकारते हुए उन सबकी प्राण रक्षा के लिए काफी मिन्नतें कीं। किन्तु ईश्वरों ने अपने-अपने दल के पक्ष में न अस्त्र उठाये और न ही ईश्वर से सम्बन्धित उस महासमर में भाग लिया।

धीरे-धीरे अनाथ का वही भयंकर सपना सच होने जा रहा था। मन्दिर, मस्जिद, गिरजा, गुरुद्वारे टूट चुके थे। सभ्यता का नामोनिशान मिट चुका था। ईश्वर कहाँ छुप गये कोई जान तक नहीं पाया।

लाश की ढेरियों के बीच अनाथ अचेत हो गया। जब होश आया उसने देखा रक्तिम समुद्र से एक लाल सूर्य उग रहा है। अनाथ ने भय से आतंकित स्वर में

पूछा—“मैं जी रहा हूँ या मर गया?”

एक सम्मिलित स्वर में उत्तर मिला—“तुम जी रहे हो—और जीओगे।”

अनाथ चौंककर बैठ गया। उसके चारों ओर उसके जैसे कई अन्य जिज्ञासु बैठे थे। अनाथ ने पूछा, “तुम सब कौन हो?”

“हम सभी अनाथ हैं—हमारे बाप नहीं हैं, पते नहीं हैं, ईश्वर नहीं है न ही सम्प्रदाय हैं, इसलिए उन्होंने हमारी हत्या नहीं की। तुम डरो मत—इस पृथ्वी पर अनाथ ही जीवित रहेंगे। चलो उठो—संकट टल गया है।”

“कहाँ जाएँगे? क्या करेंगे? पृथ्वी तो सुनसान पड़ी है—” अनाथ ने दर्द भरी आवाज में कहा।

उन लोगों ने आश्वासन दिया—“चलो फिर से सभ्यता गढ़ेंगे। तुम्हारी तरह किसी के जीवित रहने मात्र से सभ्यता गढ़ना काफी है...”

“लेकिन मेरा तो कोई परिचय नहीं है! मैं तो अनाथ हूँ...”

“तुम्हारे बाप का परिचय तो तुम्हारा परिचय है नहीं, उसके लिए परेशान क्यों होते हो? तुम्हारा परिचय मिल गया है।” वे लोग स्वागतिका गा रहे थे।

अनाथ ने विह्वल जिज्ञासा से चीत्कार किया—“मैं कौन हूँ?”

“तुम एक मनुष्य हो।” समवेत चीत्कार के धक्के से खून की नदी में लहरें उठीं।

अनाथ उल्लसित आवेग से अपने अन्त:स्थल में झाँककर रोमांचित हो उठा।

# मैं

एक ग्रुप फोटो। प्रिय लोगों के बीच आप अपनी तसवीर देख रहे हैं। बार-बार देख रहे हैं। किसे देख रही हैं आपकी दो आँखें? आपके प्रियजनों की प्रतिछवियों को? नहीं—आप खुद अपनी तसवीर को विभिन्न कोणों से देख रहे हैं, खुश हो रहे हैं, पुलकित हो रहे हैं। ठीक उसी तरह जैसे आईने में देखते हैं खुद को—और जिस तरह खुद को तलाशते हैं प्रेमी या प्रेमिका की आँखों के आईने में। अपनी सन्तान में मानो अपनी अपूर्ण आशाओं को चरितार्थ करने की कामना करते हैं। इन सबका क्या मतलब है? यह सारा संसार 'मैं' मय है—कोई जो कुछ कर रहा है, सबका केन्द्र बिन्दु 'मैं' है। यह घटना घटी थी अम्बिका देवी के जीवन में। समझ लीजिए यह बात सच है। आप इस कहानी के नायक या नायिका भी हो सकते हैं। बात इस तरह से है—

अन्त में शहर के अनुभवी साइकाइट्रिस्ट से ही सलाह लेनी पड़ी। सलाह लेते-लेते अम्बिका देवी पूरी तरह से उनकी पेशेण्ट बन गयीं। हालाँकि यह बात बिलकुल गोपनीय रखने का अनुरोध अम्बिका देवी ने डॉ. महान्ति से किया था। वरना यह बात कि शहर की एक प्रतिष्ठित नारी, समाज सेविका, खासकर एक वयस्का, अनुभवी अध्यापिका, अम्बिका देवी मानसिक रोग से पीड़ित हैं, अर्थात् पागल हो गयी हैं, बिजली की रफ्तार से पूरे शहर के गली-गलियारे में फैल चुकी होती। जबकि वास्तव में वे पागल नहीं हुई हैं, मन का सन्तुलन नहीं खोया है, अतीत को भुलाया नहीं है, या कोई अस्वाभाविक व्यवहार या लक्षण उनमें दिखाई नहीं दिया, फिर भी उन्होंने एक प्रख्यात साइकाइट्रिस्ट की सलाह ली है, बस इतना ही काफी है उन्हें पागल करार देने के लिए। जबकि हमारे देश में तब तक कोई साइकाइट्रिस्ट के दरवाजे पर नहीं जाता जब तक कि वह पूर्णतः पागल नहीं होता।

जब कोई अपने-अपने समस्त सचेतन विकारों को भूल जाता है—बिलावजह हँसता है, रोता है, नंगा होकर रास्ते में घूम सकता है, सामाजिक बन्धनों की निश्चित सीमाएँ लाँघकर बन्धु-परिजन, परिचित-अपरिचित को दाँत निपोरकर चिढ़ाता है, काटने को दौड़ता है, पत्थर फेंकता है, अश्लील भाषा में गाली-गलौज करता है, ठीक वही हालत साइकाइट्रिस्ट के पास जाने की सही हालत है, हम लोगों की ऐसी धारणा बन चुकी है। लेकिन अम्बिका देवी ने इस छोटी-सी बात के लिए बिना विलम्ब किये डाक्टर की सलाह ली थी। बात कोई खास नहीं है। एक सपना है। सपना भला कौन नहीं देखता। किन्तु अम्बिका देवी ने स्नातकोत्तर श्रेणी के मनोविज्ञान की छात्रा की तरह फ्रायड के अवचेतन मन के विज्ञान को बारीकी से पढ़ा है। फ्रायड के अनुसार अपने सपने का उन्होंने विश्लेषण किया है—लगता है फ्रायड का ड्रीम एनालिसिस भ्रमात्मक है, अतिरंजित रूप से सेक्स ओरिएण्टेड—यौन केन्द्रित है। उनके सपने के साथ फ्रायड की व्याख्या का कोई मेल नहीं। उसके बाद डॉ. महान्ति की मदद ली थी।

डॉ. महान्ति के सामने उन्हें सारी बातें सच-सच बतानी पड़ी थीं। मानो डॉ. महान्ति अध्यापिका अम्बिका देवी की कक्षा में एक ध्यानमग्न छात्रा की तरह केस हिस्ट्री नोट करते जा रहे थे। अम्बिका देवी की केस हिस्ट्री की हू-ब-हू नकल इस तरह है—

ठीक उसी मनहूस रात से इस सपने की शुरुआत हुई है। उस दिन अम्बिका देवी अपनी अन्तरंग सहेली श्रीमती सरोजिनी के आकस्मिक वियोग पर आयोजित शोक सभा का सभापतित्व करके टूटे हृदय से घर लौटी थीं। सचमुच कोई यह सोच तक नहीं सकता था कि सरोजिनी इस तरह अचानक चली जाएगी। यह सच है कि इस दुर्घटना पूर्ण विचित्र दुनिया में प्रतिदिन इस तरह की सैकड़ों घटनाएँ घटती हैं—फिर भी मनुष्य अपने प्रिय व्यक्ति की मौत से सहसा दार्शनिक बन जाता है, आँसू बहाता है। पर सबसे विचित्र बात यह है कि समय समस्त व्यथाओं की अमोघ महौषधि बन जाता है। सहसा थम गयी विशृंखल विडम्बित जीवन की धारा सहज स्वाभाविक हो उठती है। जीवन बीतता जाता है। लेकिन सरोजिनी के असामयिक वियोग से अम्बिका देवी इस तरह टूट गयीं कि समय की महौषधि से भी कोई लाभ नहीं हुआ। सरोजिनी अम्बिका की सिर्फ सहेली ही नहीं—पड़ोसन भी थी। दो बाल्य सहेलियों ने बुढ़ापे की एकाकी घड़ियों को अतीत की सब्ज स्मृतियों से सहज स्वाभाविक करने के लिए अगल-बगल में जमीन खरीदकर एक ही तरह के नक्शे से दो मकान बनवाये थे। मानो दो सुन्दर प्रासाद न होकर दो सुन्दर जुड़वाँ बहनें हों। दोनों मकानों की आन्तरिक और बाहरी सज्जा एक जैसी थी। कभी-कभी

अम्बिका देवी के पति के ऑफिस से लौटकर सरोजिनी के मकान के सामने उतरते समय, सरोजिनी के पति मुस्कुराते हुए अम्बिका देवी के मकान से निकल रहे होते हैं। दोनों मित्र ठहाका भरी हँसी लगाकर चुहल करते हुए कहते—गनीमत है—दोनों सहेलियों का चेहरा एक जैसा नहीं। वरना न जाने क्या गजब होता...।

कुल मिलाकर दो परिवारों और दोनों सहेलियों में अटूट प्यार था। उस दिन अम्बिका देवी पति के साथ पुरी गयी थीं एक दिन के लिए घूमने। सुबह-सुबह घर पहुँचते ही अम्बिका देवी ने देखा कि सरोजिनी का घर लोगों से भरा है। बाहर भी भीड़ थी। परन्तु माहौल अस्वाभाविक रूप से गम्भीर था। इतने लोगों की भीड़ में स्वाभाविक मृदुगुंजन की एक तरंग तक नहीं थी। सभी खामोश थे। बचपन में सुनी कहानी की तरह जादू के स्पर्श से राजा-रानी, हाथी-घोड़ा, पात्र-मन्त्री सभी पत्थर बन गये हैं। और उनके बीच शाप-ग्रस्ता राजकुमारी की तरह सरोजिनी का स्पन्दनहीन जड़ शरीर चुपचाप पड़ा है अन्तिम यात्रा की प्रतीक्षा में। गहन गम्भीर निद्रा में मानो पाषाणी हो गयी सरोजिनी। कल रात सहसा हृदय गति रुकने से उनकी मृत्यु हो गयी। उम्र थी ही कितनी। सबका स्वर-यन्त्र मानो अचानक स्तब्ध हो गया है। लेकिन सबकी आँखों से आँसुओं की धारा बह रही थी। जैसे यह सुन्दर दुनिया छोड़कर सरोजिनी ही चली गयी हो, बाकी सभी हमेशा के लिए दुनिया में जीवित रहेंगे। ऐसे असम्भावित माहौल में अम्बिका देवी बिलकुल खामोश—बधिर-पंगु बन गयी हैं।

कल जाते वक्त ठीक इसी समय सुबह के ताजे पुष्पगुच्छ की तरह सरोजिनी ने बालकनी में अपूर्व मुद्रा में खड़े होकर हाथ हिलाते हुए उसे विदा किया था तथा पुरी से महाप्रसाद लाने के लिए फिर एक बार याद कराया था। महाप्रसाद के प्रति सरोजिनी के मन में खूब आसक्ति थी। अम्बिका की गाड़ी में महाप्रसाद रखा है। किन्तु महाप्रसाद की प्रतीक्षा किये बिना उनका महाप्रयाण हो गया। महाप्रयाण किसी की प्रतीक्षा नहीं करता। उसकी कोई निश्चित आयु सीमा नहीं है।

सरोजिनी की शव-यात्रा का जुलूस आगे बढ़ गया था सारे पार्थिव बन्धन, आँसू, हाहाकार की अवहेलना करता हुआ। उसके बाद सारा परिवेश खामोश था। सभी देखने वाले स्तब्ध थे। सबके सीने में एक अस्पष्ट यन्त्रणा थी—एक अनजाने भय का अस्थिर कम्पन था—असंख्य भारी उसाँसों से वायुमण्डल बोझिल हो उठा था। किसके लिए था यह दर्द हाहाकार—ऊसाँसें और आँसू। सरोजिनी के लिए? सहेली के लिए? पड़ोसन के लिए? परिचिता के लिए? हृदय का यह अस्थिर कम्पन, अव्यक्त यन्त्रणा—यह अचानक की दार्शनिकता क्या किसी और की अन्तिम विदाई के लिए है, प्रश्न करने पर शायद सभी एक साथ कहेंगे—हाँ सरोजिनी के

लिए है यह व्यथा—उनींदी रातें, हाहाकार, यन्त्रणा। पर हाय, सारे ही जवाब झूठे हैं, छलावा है। मनुष्य का मन पानी में उतराते एक-एक तुषार खण्ड की तरह है—जिसका बहुत ही कम हिस्सा बाहर दिखाई देता है—बाकी का पूरा हिस्सा डूबा रहता है अवचेतनता के छलावे की प्रवंचना की गहराई में। अत: यह व्यथा, यह हाहाकार सरोजिनी के लिए नहीं है—इस सवाल का बिलकुल सही जवाब 'अपने लिए' 'अपने लिए' है। यह सारी दुनिया 'मैं' मय है। मनुष्य दूसरे के प्रत्येक दु:ख-दुर्घटना-भाग्य की किसी भयंकर विडम्बना में दूसरों को दिखाकर हाहाकार करते हुए जिस उदारता, दयाशीलता, हमदर्द मित्र होने का ढिंढोरा पीटता है, वह महज अपने ही लिए उद्वेग, आशंका, उत्कण्ठा के सिवा और कुछ नहीं।

किसी के बच्चे की अकाल मौत का समाचार सुनकर कोई दूसरी औरत छलछलायी आँखों से अपने बच्चे को छाती से चिपकाकर भगवान से उसकी सुरक्षा की प्रार्थना करती है। किसी और के अकाल वियोग पर मनुष्य की पहली प्रतिक्रिया—और कितने दिन? कौन जाने किस घड़ी बुलावा आ पहुँचे। अखबार में किसी दुर्घटनाग्रस्त व्यक्ति का नाम पढ़ते समय मन सहसा कमजोर हो उठता है प्रवासी आत्मीय जनों के लिए। अम्बिका देवी के भीतर उसी तरह की प्रतिक्रिया हो रही है।

शाम को सरोजिनी देवी की शोक सभा में अति मर्मस्पर्शी भाषण हुए। जिस सरोजिनी की अत्यधिक स्पष्टवादिता, निर्भीकता, कल तक असह्य हुआ करती थी, आज वह सहसा सर्वसम्मति से उदारता, निष्कपटता, सरलता तथा सबको अपना समझने जैसे महान गुणों में बदल गयी थी। सरोजिनी रातों-रात एक असाधारण महान—स्वार्थहीन महिला बन गयी। वाकई, एक दिन के लिए सही सरोजिनी अपने इस अपूर्व स्वर्गीय गुणों का बखान अपने कानों से सुनती तो मन ही मन खुश होती। उस दिन सभा में अम्बिका देवी ने भरे गले से कहा था—अंतिम समय मैं उसके पास नहीं थी, बहुत-सी बातें अनकही रह गयीं। मैं उसके दिल के सबसे करीब थी। यहाँ तक कि जो कुछ वह अपने पति के आगे नहीं कह पाती, मेरे आगे कह देती थी। बहुत अफसोस रह गया। मैं उम्र में उससे दो साल बड़ी हूँ। पर मेरे जीते-जी वह चली गयी। यदि उसके बदले भगवान मुझे उठा लेते तो कितना अच्छा होता? काश, यदि एक बार उसकी अशरीरी आत्मा से मुलाकात हो जाती तो बस एक बार मैं उसकी अन्तिम इच्छा उससे सुन लेती—महाप्रसाद परोस देती उसके आगे—और एक बार, केवल एक बार मैं उसे अपनी बाँहों में भर लेती...। अपनी अनेक आशाएँ अपूर्ण छोड़कर वह चली गयी—असमय, सारे काम अधूरे छोड़। आगे कुछ अधिक नहीं कह पायीं अम्बिका देवी—पल्लू से सिर ढँककर छोटे

बच्चे की तरह रोयी थीं। और सुबकते-सुबकते कहा था—सरोजिनी के बगैर मैं नहीं रह सकती।

घटना की शुरुआत इतनी ही है। उसके बाद से रोज रात में वही दारुण स्वप्न। स्वप्न तो नहीं, मानो एक चलचित्र हो, जिसका एक-एक दृश्य और संवाद अम्बिका देवी भूल नहीं पातीं। ठीक आधी रात को सपना आता है सरोजिनी का—वही खिलखिलाहट भरी हँसी—उत्साह भरे संवाद। हँसते-हँसते कहती है—"मेरे बिना बहुत दु:ख है तुम्हें? मुझे महाप्रसाद तो नहीं खिलाया तुमने? मेरे बिना नहीं रह सकती? क्या सचमुच उस सुन्दर माया भरी दुनिया को ठुकराकर तू मेरे पास आएगी? क्या यह तेरे मन की बात है? मैं भी तुझे याद करती रहती हूँ अम्बिका। मेरे बच्चों की तरुण आयु। मन के दु:ख को कम करने के अनेक रास्ते हैं। उनके आगे पढ़ाई, नाच-गाना, दोस्त-यार और इस सुन्दर पृथ्वी की सुन्दर आयु के वर्ण-विभव हैं। और मेरे पति। वे हमेशा से संसार के प्रति उदासीन रहे हैं। कर्तव्य ही उनके जीवन का आदर्श है। मेरे होने न होने से कोई खास फर्क नहीं पड़ता उन्हें। वास्तविकता के उत्थान-पतन को वे सहज ही निर्विकार रूप से स्वीकार लेते हैं—एक महायोगी की तरह। लेकिन तू? हमारी मित्रता की यादगार? उस याद के पीछे भटक रही है मेरी आत्मा! जो कुछ तूने शोक सभा में कहा, क्या वह तेरे मन की बात थी? एकदम सच।"—उसके बाद सरोजिनी का बीभत्स व्यंग्योक्ति पूर्ण अट्टहास और अम्बिका की नींद टूट जाना। उसके बाद पसीने से उनका पूरा बदन भीग जाना। धड़कनें तेज, कण्ठनली शुष्क। धीरे-धीरे अम्बिका रात से डरने लगीं, नींद को शत्रु समझने लगीं। क्योंकि नींद में ही आती है सरोजिनी—यही है अम्बिका देवी की केस हिस्ट्री।

डॉ. महान्ति के अनुभवी चिन्तन में अम्बिका के मन की तसवीर साफ होने लगी। उन्होंने गम्भीर स्वर में कहा—सपना हमारे अवचेतन मन की आशा, आकांक्षा, चिन्ताओं का छद्म रूप है। विवेक प्रहरी का शासन नींद में शिथिल हो जाने पर हमारे मन के अनेक असामाजिक, अशुभ, अनावश्यक, बेसिर-पैर की चिन्ताएँ बाहर निकलने लगती हैं विभिन्न रूपों में। आप सरोजिनी से मिलने की निरन्तर कामना करती हैं। लेकिन इस सुन्दर पृथ्वी के मोह में फँसकर कुछ कर नहीं पा रही हैं। इसलिए आपका सोचते रहना ही सपने में बदल जाता है। दरअसल, सरोजिनी का प्रेत नहीं आता। मनुष्य की असम्भव आशाएँ सपनों के जरिये पूरी होने के कारण मनुष्य के मन का सन्तुलन बना रहता है। इसमें घबराने की कोई बात नहीं।

अम्बिका देवी के चेहरे का रंग उड़ चुका था। उन्हें मालूम है कि मनोवैज्ञानिक के आगे मन खोलकर नहीं रखने से बीमारी ठीक नहीं होती। उन्होंने

कहा—''डॉ. महान्ति, आप मनुष्य की गहरी मन:स्थिति से परिचित हैं। क्या आप नहीं जानते कि सभा-समितियों में जो कुछ जोश भरी भाषा में कहा जाता है, वह मन की बातें नहीं होतीं? आप यह भी जानते हैं कि मनुष्य जो कुछ कहता है वह अक्सर उसके मन के भीतर की भाषा को वहन नहीं करता? मैं सरोजिनी को खूब चाहती थी, उससे मेरी गहरी मित्रता थी। लेकिन उसकी मृत्यु से मैं उसके लिए नहीं खुद अपने लिए परेशान हुई हूँ। उसकी मृत्यु मानो मेरे लिए एक चेतावनी है। उसकी अर्थी में मैं खुद को देख रही थी। उसकी शोक-सभा में मैं खुद के लिए आँसू बहा रही थी। अपने लिए आशंका से काँप रही थी। हमारे बीच से वह चली गयी। कौन जाने मेरी बारी कब आ जाए? इसी चिन्ता से मैं परेशान हूँ। विश्वास कीजिए, सरोजिनी की जगह खुद मरने की कामना करना क्षण भर की भावुकता है। उसकी अशरीरी आत्मा से मैं बातें करना नहीं चाहती। यदि किसी अलौकिक ताकत के बल पर अब सरोजिनी जीवन्यास पाकर मेरे सामने आकर सशरीर खड़ी हो जाए तो मैं एक बार भी मुड़कर देखे बिना दौड़ने लगूँगी। उसे सपने में देखने से भी घबराती हूँ। फिर भी रोज रात को वही अशुभ सपना देखती हूँ। मैंने जो झूठ कहा है क्या उसी के कारण सरोजिनी का प्रेत मुझसे मिलकर बदला लेना चाहता है?''

थकी हुई-सी सोफा में टिकते हुए अम्बिका देवी ने आँखें मूँद लीं। डॉक्टर महान्ति ने आत्मविश्वास भरे स्वर में कहा—''उस सभा में केवल आप ही नहीं सभी अपने लिए रोये थे, सबने उद्वेग प्रकट किया था। झूठ कहकर सामाजिकता के नियम का निर्वाह किया था। स्वस्थ जीवन-यात्रा के लिए यह जरूरी है। मनुष्य सब कुछ सच-सच कह दे, तो इस सृष्टि में प्रलय हो जाए। यह आपका भ्रम है कि झूठ कहने के कारण सरोजिनी आपको प्रेत के रूप में दिखाई देती है। क्योंकि झूठ केवल आप ही ने नहीं कहा, दूसरी औरत के प्रति आसक्त पुरुष अपनी पत्नी को चाहने का डंका पीटता है। शराबी शराब की बुराई के बारे में सारगर्भित भाषण देता है। असाधु साधु की कण्ठी डालकर घूमता है। सामाजिकता का यह मुखौटा तो सभी लगाते हैं।''

अम्बिका ने सवाल किया—''किन्तु यदि मैं उसे देखना नहीं चाहती, मेरे अवचेतन मन में यदि उससे मिलने की कामना नहीं है, तो फिर ऐसे सपने का क्या मतलब?''

डॉक्टर ने गम्भीर होते हुए कहा—''इसका मतलब आप सपना देखतीं ही नहीं।''

अम्बिका देवी बिलकुल फक्क पड़ गयीं। चेहरे का रंग पूरी तरह उड़ गया। उन्होंने काँपती हुई आवाज में कहा—''यदि यह सपना नहीं है तो क्या सचमुच में

सरोजिनी का प्रेत ही हर रात मुझे दिखाई देता है? मेरा पीछा करता है?''

''नहीं, ऐसा भी नहीं है।'' डॉक्टर की गम्भीर आवाज।

''आप कहना क्या चाहते हैं? मेरा सपना झूठा है? सरोजिनी का प्रेत झूठा है? जबकि मैं हर रात उसे देखती हूँ? लगता है सरोजिनी मुझे ले जाकर ही मानेगी। तो क्या मैं पागल हो गयी हूँ? क्या यह सब मेरे पागलपन की अनर्गल कहानी है?'' अम्बिका देवी की आवाज में उत्तेजना थी।

''नहीं, आप पूरी तरह सामान्य, स्वस्थ, सामाजिक हैं। आपके व्यक्तित्व में कोई विलक्षणता नहीं।'' सलाह देने की मुद्रा में डॉक्टर ने कहा।

अम्बिका असहाय-सी मुद्रा में बैठी रहीं चुपचाप।

डॉक्टर महान्ति ने दो कप गरम कॉफी का ऑर्डर देते हुए मित्रताभरी आवाज में कहा—''अम्बिका देवी, आप रात को बिलकुल नहीं सोतीं। सरोजिनी की मृत्यु के बाद से अपने लिए एक अहेतुक उद्वेग के कारण आपको नींद नहीं आती। आप केवल आँखें मूँदकर लेटे हुए तरह-तरह की कल्पनाएँ करके परेशान होती हैं। वे कल्पनाएँ ही आपको सपने की तरह लगती हैं। कुछ दिनों तक आप खूब घूमा-घामी कीजिए। कम-से-कम कुछ दिनों तक जीवन की सुनहरी यादों को याद करें और रात को सोने से पहले एक गिलास गर्म दूध के साथ नींद की गोली खाकर सो जाइए। देखिएगा कुछ दिनों के बाद आपकी स्वाभाविकता लौट आएगी। नींद ही इसकी एकमात्र महौषधि है।''

कुछ समय तक डॉक्टर की सलाह मानने के बाद अम्बिका देवी को लगा कि डॉ. महान्ति उनकी बीमारी को सही-सही पकड़ नहीं पा रहे हैं। डॉ. महान्ति पर से उनका भरोसा हट गया। क्योंकि सरोजिनी के प्रेत ने उन्हें नहीं छोड़ा। सपने देखने के साथ-साथ बीच-बीच में अम्बिका देवी को यह भी लगने लगता कि उनका अन्तिम समय निकट आता जा रहा है।

अम्बिका देवी की लम्बी अनुपस्थिति देखकर एक दिन डॉक्टर महान्ति ने पता किया तो मालूम हुआ कि अम्बिका देवी इलाज के लिए कहीं और चली गयी हैं।

कुछ दिनों के बाद अम्बिका देवी लौट आयीं, स्वस्थ होकर नये उत्साह, और उमंग के साथ। मानो गर्मी में वसन्त का चौंकाने वाला आगमन हुआ हो।

खबर पाते ही उस दिन डॉक्टर महान्ति अम्बिका देवी के घर पहुँचे। वे पूरी तरह स्वस्थ हो गयी हैं, यह सुनकर खुशी का इजहार करने के साथ ही उनका इलाज करनेवाले उस अनुभवी डॉक्टर के बारे में भी जानना चाहा। अम्बिका देवी ने मुस्कुराते हुए कहा—''डॉक्टर इस बीमारी को ठीक नहीं करते डॉ. महान्ति। यदि

आप इस बात को गोपनीय रखें तो मैं सब कुछ बता दूँगी। देखिए, सिर्फ इसी एक दवा ने मुझे स्वस्थ किया है।'' हाथ में काले फीते में बँधी चाँदी की ताबीज उन्होंने दिखायी। और दिखाया कि उनके बाहर वाले दरवाजे में एक लोहे की बड़ी कील गड़ी है। किसी मामूली से गाँव के एक तान्त्रिक ने अम्बिका देवी का हाथ देखकर भविष्यवाणी की है कि उनकी आयु-रेखा बहुत लम्बी है। सरोजिनी के प्रेत को भगाने के लिए उसने यह ताबीज दी है और घर के चारों ओर ठोंकी गयी हैं लोहे की चार कीलें। बस, इतने में ही वे स्वस्थ हो गयीं।

डॉ. महान्ति ने कहा, ''मैं आपका मजाक नहीं उड़ाऊँगा अम्बिका देवी! आपकी औषधि है आपका आत्मविश्वास। आप अवश्य दीर्घजीवी होंगी और सरोजिनी के प्रेत को निर्वासन दण्ड मिला है, यही वह विश्वास है जिसकी वजह से आप स्वस्थ हुई हैं। विश्वास का ही दूसरा नाम जीवन है। शक और अविश्वास का दूसरा नाम मौत।''

डॉक्टर महान्ति को विदा करने से पहले अम्बिका देवी ने खूब आहिस्ता अनुरोध भरे स्वर में कहा—''यह बात किसी और को मालूम न पड़े। सरोजिनी मेरी अन्तरंग सहेली थी। उसके लिए जान दे देने की बात शोक-सभा में कह चुकी थी। उसे एक बार देखने के लिए कितनी व्याकुल हो तब आँसू बहाये थे मैंने। किन्तु उसी सहेली को सपने में भी न देखने के लिए मैंने तान्त्रिक की ताबीज पहन रखी है, यदि यह बात सभी जान गये तो मैं किसे मुँह दिखाऊँगी, कहिए तो?''

डॉ. महान्ति ने मुस्कुराते हुए कहा—''आप तो स्वयं एक मनोवैज्ञानिक बन गयी हैं। समाज में ससम्मान जीने का तरीका आप जानती हैं। इसलिए यह घटना मेरे लिए एक नसीहत है।'' अम्बिका देवी मन ही मन खुश होकर मुस्कुराते हुए कोहनी तक खिसक आयी हाथ की ताबीज ठीक कर रही थीं।

# आँखें

आँखें!

आँखें नहीं, बात करने वाले दो होठ। आश्चर्य है। क्या आँखें भी बातें करती हैं?

मेरे दोनों पैर ठिठक गये। रेलिंग के बाहर दो आँखें दो होठ बनकर मानो मुझसे कुछ कह रही हैं। मैंने सुनने की कोशिश की। पर सारी सुनी हुई बातें समझ में नहीं आतीं। सारी समझी हुई बातों का जवाब भी नहीं दिया जा सकता।

उन करुण आँखों में अनेक उलाहने हैं, उन उलाहनों का जवाब कौन देगा? तैयारी न होने की वजह से शिक्षक के सरल सवाल का जवाब न दे पाकर अन्य-मनस्कता का बहाना करके, शिक्षक की नजर बचाकर बच निकलने की कोशिश करने वाली पढ़ाईचोर छात्रा-सी मैं उन कैफियत माँगने वाली आँखों को अनदेखा करने का बहाना करके उस विशाल दीवार-घिरे दो मंजिले भवन के गेट की ओर बढ़ गयी। वे दोनों आँखें रह गयीं उस विशाल भवन की अकेली कोठरी की खिड़की की रेलिंग के उस पार।

गेट खोलकर अन्दर जाने से पहले मैं रुक गयी। गेट के सामने कल की तरह वह अबोध अपरिचित बालक हाथ में गिट्टी लिये जमीन पर लकीरें खींच रहा था। बैठे-बैठे अपने चारों ओर एक सुन्दर वृत्त बनाया है उसने। वह वृत्त मानो गेट के अन्दर उसके प्रवेश-निषेध की चेतावनी हो।

दरबान ने गेट थोड़ा खोलकर पकड़ा। लड़के के दोनों होठों पर मुस्कान बिखर गयी। होठ कुछ खुले। मैं अन्दर चली गयी। गेट फिर बन्द हो गया। लड़के के होठ भी बन्द हो गये। सिर झुकाकर वह फिर जमीन पर लकीरें

खींचने लगा।

मेरा काम खत्म होने तक दिन का एक बज चुका था। वह लड़का उसी तरह सिर गड़ाये चिलचिलाती धूप में बैठा एकाग्रचित्त जमीन पर लकीरें खींच रहा था। बेचारा, न जाने किसका लावारिस बच्चा होगा! अभी उसकी स्कूल जाने की उम्र है। इतनी एकाग्रता से यदि पढ़ता होता, तो कौन कह सकता है कि एक दिन वह इस देश का एक उज्ज्वल सितारा बनकर न चमक उठे?

किसे समय है इस लड़के का परिचय पूछने का? समय तो भाग रहा है। उसके साथ-साथ हम सभी भाग रहे हैं जी-जान से। किन्तु यह बात सच है कि समय के साथ कितनी ही प्रतियोगिता करके दौड़ने पर भी हम सभी निर्दिष्ट पथ के यात्री हैं। पर इस दौड़ प्रतियोगिता का अन्त कहाँ है?

कलाई घड़ी की ओर देखकर दौड़ना शुरू करने से पहले अचानक मेरा ध्यान उस लड़के की ओर आकर्षित हुआ। लड़के ने एक लकड़ी की डण्डी से जमीन पर बड़े-बड़े अक्षरों में लिखा है, 'मेरी माँ पागल नहीं है—मेरी माँ पागल नहीं है।' मेरे पैर ठिठक गये। इस महिला पागलखाने के हर रोगी की केस-हिस्ट्री मेरी फाइल में दर्ज है। पर इस अबोध बालक ने पागलखाने के गेट के सामने यह क्या लिखा है? मैंने उसके निकट जाकर सवाल किया, "ए लड़के! तू यहाँ बैठा क्या कर रहा है? अपने घर क्यों नहीं जाता?"

"मैं अपनी माँ को साथ लेकर जाऊँगा। माँ को वे लोग छोड़ नहीं रहे। मैं घर जाकर क्या करूँगा?" लड़के ने जवाब दिया।

"क्या तेरी माँ यहाँ है?" मैंने सवाल किया। लड़के ने सिर हिलाया। मैंने पूछा, "कौन है तेरी माँ? क्या नाम है उसका?"

"माँ तो माँ है। उसका और क्या नाम होगा?" लड़के ने झट जवाब दिया। मैंने प्यार से सवाल किया, "तेरे बप्पा तेरी माँ को क्या कहकर बुलाते हैं?"

"बप्पा!" लड़के ने सकपकाकर देखा। मानो मैंने बप्पा के बदले बाघ कह दिया हो। दूसरे ही क्षण वह आश्वस्त हुआ कि उसका बप्पा यहाँ नहीं है। उसने झिझकते हुए कहा, "बप्पा माँ को किसी एक नाम से नहीं बुलाता, दिन में बुलाता है—अबे सुन जा..."

"और रात में?" मैंने मजाक में सवाल किया।

"रात में? रात में बुलाता है—हरामजादी, कुलक्षणी...।" वह लड़का कहते-कहते रोने लगा।

बात ऐसी होगी, मैं सोच नहीं सकती थी। मैं पसोपेश में पड़ गयी। लड़के की पीठ थपथपाते हुए पूछा, ''अच्छा, अच्छा! कुछ खाया है?''

''बप्पा की जेब से जितने रुपये निकालकर गाँव से भागा था, गाड़ी का खर्चा देने के बाद दो दिन खा-पी लिया। आज एक भी पैसा नहीं है।'' लड़के ने झेंपते हुए कहा।

एक अदम्य कुतूहल से मैं लड़के को अपने साथ घर लिवा लायी। अपने साथ लिवा लाने से पहले लड़के को वचन देना पड़ा कि उसकी माँ को जल्दी ही छुड़वाने की कोशिश करूँगी। खा-पी लेने के बाद लड़के का मन स्थिर होने पर मैंने सवाल किया, ''अच्छा राजू, तेरे बप्पा का नाम क्या है?''

राजू पुनः चौंक उठा। सन्देह भरी निगाह से मेरा चेहरा देखता रहा। उसके बाद डरते हुए मुझसे सवाल किया, ''मैं यहाँ हूँ, क्या आप यह खबर बप्पा को भेज देंगी?''

मैंने राजू की पीठ पर थपकी देकर आश्वासन दिया, ''अरे नहीं-नहीं। तेरे बप्पा का नाम मालूम हो तो तेरी माँ को पहचानने में मुझे आसानी होगी।'' राजू का चेहरा खिल उठा। मुझे लगा उसने मेरी बात पर विश्वास कर लिया। दूसरे ही क्षण उसने अपने बप्पा का नाम बताया। उसके कहने के लहजे ने मुझे चकित किया। मानो वह अपने बप्पा का नाम लेने तक को तैयार नहीं।

मैंने प्यार से पूछा, ''राजू! क्या तेरे बप्पा तुझे प्यार नहीं करते?''

राजू का सुन्दर, कोमल, अबोध, चेहरा घृणा, गुस्सा, यन्त्रणा और भय-मिश्रित आवेग से विकृत हो उठा। उसने बेखातिर-सा कहा, ''बप्पा किसी से प्यार नहीं करते...मुझसे नहीं...मेरी दीदी से नहीं...मेरी दोनों छोटी बहनों से नहीं और माँ से भी नहीं। इसीलिए वह मेरी माँ को लाकर पागलखाने में छोड़ गया है। उसे लिवाने नहीं आता। पर मैं जानता हूँ, मेरी माँ पागल नहीं है।'' राजू की आँखों में आँसू भर आये माँ की बात कहते-कहते।

मैंने धीरे से कहा, ''पागलखाने में सभी पागल होते हैं। इसकी जाँच डॉक्टर खुद करते हैं। तुझे कैसे मालूम कि तेरी माँ पागल नहीं है?''

निकट अतीत में देखी फिल्म की कहानी याद करने-सा साँझ के आसमान के एकाकी नक्षत्र को देखते हुए राजू धीमी आवाज में स्वगतोक्ति कर रहा था, 'नहीं, मेरी माँ पागल नहीं हो सकती। रोज की तरह वह मुझे अपनी गोद में बिठाकर खाना खिलाती। रात में ढिबरी जलाकर मुझे पढ़ाती। बप्पा को सुनाई न देने-सा धीरे-

धीरे कहती—राजू, मेरे बेटे, मन लगाकर पढ़। एक दिन तू बड़ा आदमी बनेगा। अपने बप्पा की तरह नशाखोर शराबी मत बनना। भले-बुरे, न्याय-अन्याय की पहचान ठीक से करना। बड़ा होकर तू ही मेरा दुःख दूर करना। रात को अँधेरे में मुझे भींचकर माँ सिसक-सिसककर रोती। मेरी नींद खुल जाने पर माँ आँसू पोंछकर कहती, सपना देखकर रो रही थी, सो जा मेरा राजा बेटा! और कभी-कभी आधी रात को...' राजू रुक गया। कोई भयावह बीभत्स दृश्य देख लेने-सा विवर्ण हो गया उसका चेहरा।

मैंने उसे अपने करीब बिठा लिया। उसका डर दूर करने-सी बोली—"मैं तेरे पास बैठी जो हूँ। बोल, क्या होता कभी-कभी आधी रात को?"

राजू ने मेरा एक हाथ जकड़कर पकड़े हुए बहुत धीमे-धीमे कहा, "कभी-कभी आधी रात को माँ की बिलख भरी रुलाई और बप्पा की गर्जना से हम सबकी नींद खुल जाती। माँ को पीटते-पीटते लहूलुहान कर देता बप्पा! हम सभी बच्चे एक साथ रोने लगते तो बप्पा हमें भी बिछौने से घसीटकर पीटता। उस वक्त बप्पा आदमी नहीं होता, जानवर बन जाता है। बप्पा की मार से बचाने के लिए माँ रणचण्डी की तरह बप्पा के सामने आकर खड़ी हो जाती। चीखती-चिल्लाती, बप्पा को नोचने लगती। एक दिन बप्पा का हाथ दाँतों से काटकर खून निकाल दिया उसने। उसके बाद का बप्पा का भयानक चेहरा और माँ पर जो निर्दयता-भरी मार पड़ी..." राजू के हाथ बर्फ की तरह ठण्डे पड़ने लगे थे। चेहरा सादे कागज-सा रक्तहीन। राजू काँपता हुआ घुटनों में मुँह छुपाकर शिथिल पड़ गया। मानो उसके किशोर मन की कोमल शाखा-प्रशाखाएँ बाप के निष्ठुर रौद्र ताप से जल-भुनकर राख बन रही हों!

मैं राजू को दिलासा देकर, घर में छोड़कर पागलखाने की ओर चल पड़ी।

सिस्टर की मदद से राजू की माँ का पता लगाया। प्रतिदिन पागलखाना आते वक्त निचली मंजिल की उसी एकान्त कोठरी की खिड़की की रेलिंग से जिसकी दो आँखें बाहरी जगत् को ताकती रहतीं, ज्वलन्त कठोर दृष्टि से, वही है राजू की माँ। उसके साथ इण्टरव्यू करने की इजाजत माँगते ही सिस्टर ने बेहिचक मना कर दिया। विमला इतने तीव्र मानसिक रोग से पीड़ित है कि पागलखाने की तमाम सुरक्षा-व्यवस्थाओं के नियन्त्रण से बाहर जा चुकी है। इसीलिए उसे बिल्कुल अलग कोठरी में कैदी के रूप में रखा गया है।

अन्त में बड़ी मुश्किल से अधिकारियों की अनुमति मुझे मिल गयी। दरवाजा खुलते ही विमला ने खिड़की की ओर से मुँह फेरा। उसकी दोनों धधकती आँखें मुझ पर टिक गयीं। एक अज्ञात भय से मैं अन्दर-ही-अन्दर सिहर उठी। उसके

चेहरे के हाव-भाव बीभत्स होने लगे। मानो वह पल भर में मुझ पर झपट पड़ेगी। मैंने खुद को सँभालते हुए कहा, ''मैं इस अस्पताल की कोई कर्मचारी नहीं हूँ। मैं तो समाजशास्त्र की अध्यापिका हूँ। शोध-कार्य के लिए यहाँ आयी हूँ।'' अचानक जोरों से हँसने लगी विमला। मानो उस हँसी का कोई अन्त न हो, उसके बाल अस्त-व्यस्त हो गये थे। पर इस ओर उसका ध्यान नहीं था। मैं किंकर्त्तव्यविमूढ़ होने ही वाली थी कि मेरे मन में एक खयाल आया। मैंने शान्त स्वर में कहा, ''राजू गाँव से भाग आया है। वह मेरे पास है।''

आग की लपटें पानी की धार के स्पर्श से कुछ ही देर में शान्त हो गयीं। राजू की माँ सहसा ठीक हो गयी। मुझे स्थिर निगाह से देखते हुए बोली, ''उसे आपने क्यों रोक लिया? क्या उसे भी पागलखाने में भर्ती करवाएँगी?''

मैं साहस बटोरकर अन्दर गयी। शान्त स्वर में बोली, ''राजू ने कसम खायी है कि तुम्हें साथ लिये बगैर गाँव वापस नहीं जाएगा। बाप की जेब से रुपये चुराकर गाँव से भाग आया है।''

राजू की माँ ने असहाय स्वर में कहा, ''उसका बाप उसे वापस लेने आ पहुँचेगा। पर वह उस नरक में आसानी से लौट जानेवाला लड़का नहीं। अपने बाप को देखकर न जाने वह क्या कर बैठे, मैं कल्पना तक नहीं कर पा रही। अन्त में उसे भी मेरी तरह पागलखाने में भर्ती करा जाएगा वह शैतान।''

मैंने अपनत्व भरी आवाज में कहा, ''लगता है तुम पूरी तरह स्वस्थ हो। तुममें किसी तरह की मानसिक विकृति का लक्षण नहीं है।''

वह अचानक गर्म हो उठी, ''क्या मेरा मजाक उड़ा रही हैं?''

''नहीं, मेरा विश्वास करो।'' मैंने थूक निगलते हुए कहा। वह मेरा चेहरा देखती रही कुछ देर।

मेरी आँखों में अपनत्व का स्पर्श पा वह पुनः शान्त हो गयी। अवसाद भरे स्वर में बोली, ''गलती से हो या ठीक से, जो इस पागलखाने में एक बार भर्ती करा दिया जाता है वह फिर जिन्दगी-भर हँस नहीं सकता, रो नहीं सकता, मान-अभिमान व्यक्त नहीं कर सकता। जब भी कुछ करता है, सभी सोचते हैं, उसका पागलपन शुरू हो गया। उसके बाद मेरी जैसी हालत। और इस पागलखाने की एकान्त कोठरी। ठीक होकर घर लौट जाने पर फिर उन्हीं पुरानी बातों की पुनरावृत्ति, अनसुलझे गणित की तरह फिर सारा कुछ गड़बड़-सड़बड़। कितना ही सँवारो सब बिगड़ जाता है। माँ एक बार पागलखाने चली जाए तो बच्चों की भी कम दुर्गति नहीं होती। मेरे राजू की भी वही हालत है। बात-बात पर उसके दोस्त-यार, भाई-बन्धु, स्कूली लड़के और शिक्षक उसकी जरा-सी गलती पर कटाक्ष करते हैं,

माँ तो पगली है। लड़का कहाँ से ठीक होगा? कौन कह सकता है कि लड़का भी पागल नहीं? कभी-कभी राजू ऐसी बातों से इस कदर तिलमिला उठता है कि मेरे मन में भी सन्देह होने लगता कि कहीं वह सचमुच पागल तो नहीं हो और अब तो वह घर छोड़कर भाग आया है। अब उसे कोई नहीं बचा सकता।'' वह विवश होकर खाट पर बैठ गयी।

मुझ पर उसने विश्वास कर लिया है, सोचकर मैं भी कुर्सी पर बैठ गयी, उसके सामने। मैंने नरम गले से कहा, ''तुम्हारी बातें अक्षरश: सही हैं। लगता है तुम काफी पढ़ी-लिखी भी हो। तुम जरा भी पागल नहीं हो। राजू ठीक ही कहता था, उसकी माँ पागल नहीं है।''

''ऐसा राजू कहता था?'' विमला की आँखों से खुशी के आँसू बह चले।

मैंने कहा, ''तुम यहाँ क्यों रुकी हुई हो, मेरी समझ में नहीं आता। अब तो तुम पूरी तरह ठीक हो चुकी हो।''

उसने चिहुँकते हुए कहा, ''तो क्या आप सोचती हैं कि पहले मैं पागल थी? इस पागलखाने में कोई भी पागल नहीं है। जो लोग पागलखाने से बाहर हैं वे ही लोग पागल, विकारग्रस्त, अस्वस्थ हैं। हमारा जब मन करता है, हम हँसते हैं, हँसते-हँसते दम निकल जाता है। और जब मन करता है, रोने लगते हैं, रोते-रोते बेहाल हो जाते हैं। किसी को चाहने लगते हैं तो उसके लिए जान तक दे देते हैं, घृणा करते हैं तो उसकी जान लेने में पीछे नहीं हटते। जबकि आप लोग ठीक इसका उल्टा करते हैं। अन्दर-ही-अन्दर जलते वक्त आप लोगों के ऊपरी चेहरे पर मीठी मुस्कान बिखरी होती है। दूसरों के दु:ख से खुश होने पर मगरमच्छी (घड़ियाली) आँसू बहाते हैं। आप लोगों का स्नेह, प्रेम, हँसी, रुलाई, बातचीत, वादा सब झूठे हैं। आप लोगों के मुँह और मन की बात एक नहीं होती। तो फिर बताइए, कौन है अस्वस्थ? कौन है पागल?''

मैं हतप्रभ-सी देखती रही राजू की माँ को। इसे कौन पागलखाने में भर्ती करा गया? विमला आपबीती सुनाने लगी—

''हाई स्कूल करते समय मेरी शादी हो गयी। कम उम्र में अनेक सपने सँजोये मैं पति के घर गयी। मैंने नहीं सोचा था कि तरुण उम्र के सपने इतने झूठे होते हैं। जोरों की ठेस पहुँची मन को। सहसा मुझे लगा, औरत एक पालतू जानवर है। मुँह बन्द करके काम करते रहना, जीने के लिए जितना खाने की जरूरत है उतना मिल जाना ही पर्याप्त है। लेकिन मैं किसी भी सूरत में खुद को मनुष्य की जगह पालतू जानवर नहीं बना पायी। मुँह बन्द किये काम करते रहने पर भी मेरे अन्दर एक

भीषण प्रतिक्रिया का अन्त:प्रवाह चलता रहता।

पति के बुरे स्वभाव और बुरी आदतें जानने में मुझे अधिक समय नहीं लगा। रात को वे नशे में धुत् होकर लौटते, उसके बाद मुझसे मनचाहा दुर्व्यवहार करते। मैं देखा करती थी एक सुखी छोटे परिवार का सपना। पर पति की अदूरदर्शिता के कारण मुझे एक के बाद एक चार बच्चों को जन्म देना पड़ा। राजू एकमात्र पुत्र है। तीन कन्याओं को जन्म देने के कारण मेरी दुर्दशा और बढ़ गयी। मानो कन्याएँ पैदा करने का कसूर सचमुच मेरा ही था। उसके बाद अभाव, दारिद्र्य, अनाहार और बच्चों के दु:ख-कष्ट के बीच मैं पिसती चली गयी। पति ने सोचा कि बच्चा पैदा होते ही पिता बनने का कर्तव्य पूरा हो गया। किन्तु मैं माँ होकर ऐसा नहीं सोच सकी, बच्चों के मुँह में मुट्ठी भर खाना डालने के लिए मैं दिन-रात यन्त्र-सी खटने लगी। फिर भी मेरे मन में कई सपने थे। राजू पढ़ेगा और अपने पैरों पर खड़ा होगा, मेरा दु:ख दूर होगा...। कष्ट से अर्जित पैसों से कुछ-कुछ बचाकर जमा करने की धुन मुझ पर सवार होने लगी। इस बात का पता मेरे पति को लगने के बाद मेरी दुर्दशा अन्तिम सीमा तक पहुँच गयी। उन्होंने घर खर्चे के पैसे देना बन्द कर दिया। बल्कि मुझसे रुपये वसूलने की कोशिश करने लगे।...देखेंगी उसका प्रमाण?'' उन्होंने अपनी नंगी पीठ मुझे दिखायी। मैं देख नहीं सकी। पूरी पीठ उस निर्मम व्यक्ति के अत्याचार से क्षत-विक्षत थी।

मैं चुपचाप बैठी रही। कुछ देर रुककर उसने कहा, ''आखिर कब तक सहती? रक्त-मांस का ही तो शरीर है। कभी-कभी इच्छा होती कुछ दिनों तक आराम करने की। मैं बहुत कमजोर होने लगी थी दिन-प्रतिदिन। पर यदि मैंने आराम किया तो घर कैसे चलेगा? एक दिन रात को रोटी सेंकते समय सोचा कि यदि मेरे ये दोनों हाथ बेकार हो जाएँ तो मुझे आराम करने को मिल जाएगा। पति अपने बच्चों को खाना न देकर क्या करेगा? सहसा एक आवेग की झोंक में कोयले की आँच की लकलक करती आग में अपनी हथेलियाँ झोंककर मैं बेहोश हो गयी।

''वही थी मेरे पागलपन की शुरुआत। सबने कहा, मैं पागल हो गयी हूँ। जिस दिन अपने अन्दर अवांछित पाँचवीं सन्तान का अहसास हुआ, उस दिन मेरे मन की गहराई में अपने पति के प्रति तब भी बचा मोह घृणा और असहिष्णुता में बदल गया। मुझे लगा, मैंने किसी खूनी मुजरिम का हाथ थामा है। वह तिल-तिल करके मार रहा है मुझे, मेरे बच्चों को। अपने दिल में दबे आक्रोश, घृणा को मैं प्रकट कहाँ करूँ? पति के पशुत्व के आगे तो बिल्कुल असहाय थी। अपनी उत्तेजना का सारा आवेग मैंने उतार दिया खुद पर, घर की निर्जीव चीजों पर।

"उस दिन रात जब पति नशे में धुत् होकर लड़खड़ाते हुए घर लौटे, सारी चीजें टूट-फूट चुकी थीं। बच्चे दरवाजा बन्द करके फूट-फूटकर रो रहे थे, मेरा प्रचण्ड रूप देखकर। इससे पहले कि पति मुझसे कुछ कहे, मैंने पहले ही उस पर धावा बोल दिया और उसका मुँह नोच लिया। उसके बाद यह पागलखाना। पहली बार कुछ दिनों के बाद छूटकर घर चली गयी थी। किन्तु फिर उसी कहानी की पुनरावृत्ति होने लगी। बड़ी लड़की विवाह योग्य हो गयी थी। बस्ती के लड़कों की आँखें उस पर टिकी रहतीं। राजू दिन-प्रतिदिन कुछ बदलने-सा लगा। पिता को देखकर मुट्ठियाँ बाँध लेता, दाँत किटकिटाता, घर से बाहर जाकर अपना सारा गुस्सा और आवेश उतार आता किसी निर्दोष बच्चे पर। राजू के चलते बस्ती में रोजाना मार-धाड़, फौजदारी मची रहती। सबके मुँह में वही बात होती, माँ तो है ही पगली, बेटा भी पगला जाएगा। राजू के पिता की नामर्दी तो मैंने सहन कर ली थी, पर राजू को वैसा कुछ होगा, यह बात मेरी सहनशक्ति से परे थी। एक दिन मैंने अचानक सोचा—यदि मैं वाकई पागल हो जाऊँ तो इतना सारा दुःख मुझे सहना नहीं पड़ेगा। सारे दुःखों से मुक्ति मिल जाएगी।

"उसके बाद वही काण्ड और बारम्बार पागलखाने में बन्दी जीवन। पर मैं पागल नहीं, मुझे सबकुछ याद है। इस पागलखाने में मैं अपने मासूम बच्चों को याद करती रहती हूँ। राजू के बप्पा मुझे लेने नहीं आते। डॉक्टर कहते हैं कि मेरा पागलपन ठीक नहीं हुआ है। इसलिए अब मेरा सारा गुस्सा डॉक्टरों पर है। ये लोग मुझे अधिक कष्ट देते हैं, मेरे कष्ट को कम नहीं कर पाते।"

राजू की माँ की बातें खत्म हो गयी थीं। मुझे और कुछ नहीं कहना था। यह समस्या राजू की माँ की व्यक्तिगत समस्या नहीं है। यह एक गम्भीर सामाजिक समस्या का रूप धारण कर चुकी है। मैं सम्भवतः राजू की माँ को आजाद करके ले जा सकती हूँ, पर उसके घर के उस दूषित परिवेश को नहीं बदल सकती। उसे फिर यहीं लौट आना पड़ेगा। मैं असहाय-सी बैठी रही। उसने कहा, "मैं जानती हूँ, आप मेरे बारे में लम्बा लेख लिखेंगी, कहानी लिखेंगी, भाषण देंगी, वाहवाही लूटेंगी। किन्तु मेरी समस्या का समाधान नहीं कर पाएँगी। मेरी तो बस इतनी ही विनती है कि राजू को बचा लीजिएगा, ताकि अन्त में उसे भी पागल न बना दिया जाए।"

मैं उससे कोई वादा नहीं कर सकी। मेरी मुलाकात का समय खत्म हो चुका था। डॉक्टर, नर्स और दो परिचर आ पहुँचे। विमला को इंजेक्शन देने का समय हो चुका था। मानो सहसा उसके अन्दर एक विराट विस्फोट हो गया। वह परिचरों पर झपट पड़ी, चीखने लगी, गन्दी गाली-गलौज करने लगी। उसकी वे सुन्दर आँखें

भयावह हो उठीं। उसे जोर-जबर्दस्ती से इंजेक्शन लगाया गया। दूसरे ही क्षण वह शान्त पड़ गयी। बिस्तर पर लेटकर सिसक-सिसककर रोने लगी। उस असह्य दृश्य से पीठ फेरकर बाहर जाने लगी तो पीछे से सिस्टर ने कहा, "रुकिए, थोड़ी देर बाद फिर से हँसी का फुहारा छूटेगा। हम सब मूर्ख, बुद्धू, जानवर हैं, कहकर इस तरह हँसेगी कि आप खुद ही पागल हो जाएँगी।"

मैंने धीरे से पूछा, "वह यहाँ और कितने दिनों तक रहेंगी?"

"शायद जीवन भर। पति वापस ले जाने को तैयार नहीं है। उसका पति कहता है कि पगली को घर में रखकर क्या करेगा? पर यदि वह आदमी हमारे साथ जरा भी सहयोग करे तो यह पूरी तरह ठीक हो सकती है। खैर छोड़िए, बहुत-से हैं ऐसे केस हमारे पास।"

लम्बी साँस छोड़ती हुई मैं बाहर चली आयी। रात में राजू की माँ की केस हिस्ट्री के साथ उसकी आपबीती को मिलाकर देखा तो हताशा हुई। राजू के पिता ने जो केस हिस्ट्री दी है, वह सही नहीं है। ऐसे में भला डॉक्टर बीमारी ठीक कर पाएँगे?

अगले दिन सुबह राजू फिर जा पहुँचा पागलखाने के गेट के सामने। उसी तरह बैठा लकीरें खींचता रहा जमीन पर। मैंने उसके बाप के पते पर पत्र डाल दिया था। बेटे को ढूँढ़-ढूँढ़कर वह बेचारा परेशान होगा। वह आया तो राजू को समझा-बुझाकर साथ भेज दूँगी। उस आदमी को आदतें बदलने के लिए कहूँगी, ऐसा निश्चय किया।

दोपहर एक बजे अस्पताल से लौटते समय राजू उसी तरह लकीरें खींच रहा था जमीन पर। तीन दिनों से वह मेरे घर पर थोड़ा-सा खाना खाकर पागलखाने के सामने आकर बैठ जाता है। आज शायद उसका बाप आ पहुँचे। दोपहर को जब मैं आराम कर रही थी तब हठात् एक दारुण कोलाहल सुनाई दिया। मैं बाहर निकल आयी। पागलखाने के सामने भीड़ इकट्ठी थी। मैंने जल्दी-जल्दी भीड़ हटाकर अन्दर जाते हुए पूछा, "क्या हुआ?"

किसी ने कहा, "एक लड़का पागल हो गया है। पढ़ाई छोड़कर घर से पैसे चुराकर करीब आठ दिन पहले अपने गाँव से भाग आया था। आज अचानक गुस्से में 'बाघ-बाघ' चिल्लाकर उसने पत्थर से मार-मारकर कई लोगों को घायल कर दिया। एक आदमी का सिर फट गया है, दाँत काटकर खून निकाल दिया उसका। न जाने उस लड़के के शरीर में इतनी ताकत आयी कहाँ से?"

जिस आदमी को सिर पर चोट लगी थी वह अँगोछा सिर पर दबाये हुए तपाक से बोला, "पगली का बेटा भला ठीक कैसे होगा? भर्ती कर दो पागलखाने

में। एक काँटा निकला।''

मैंने पूछा, ''तुम कौन हो?''

''मैं उसी कुलांगार बेटे का बाप हूँ। बदनसीबी से ऐसा बेटा जन्मा है।'' वह आदमी अपनी बात कहकर वहाँ से धप-धप करता चला गया बेपरवाह-सा। राजू को पागलखने के शिशु वार्ड में भर्ती कराया गया था।

मैं अपराधिनी-सी सिर झुकाये लौट आयी। खिड़की के उस पार दो स्थिर निश्चल आँखें थीं, आँखें नहीं, मानो वाकई दो आरोप-पत्र हों, जिनका कोई उत्तर नहीं था।

# क्रूर

माला सहसा टूट गयी।

संस्कार और परम्परा की डोर में गुँथी इतने दिनों की गृहस्थी पल भर में बिखर गयी।

कल इतने समय तक सब ठीक-ठाक था, आज इतने समय सब उलट-पलट हो गया।

कल की दुनिया जैसी थी, वैसी ही है। ठीक समय पर रात बीती है, सूर्य बादलों को धकियाते हुए झाँक रहा है, बिम्बाधर के बगीचे में उसके हाथों से लगे पौधों में रोज की तरह आज भी फूल खिले हैं, तितलियों ने फूल दर फूल उड़कर सुबह की मिठास इकट्ठा करने के साथ ही प्रीत का सौदा भी शुरू कर दिया है। नारियल के पेड़ की बँहगी पर दो मैना रोज की तरह किचिर-मिचिर कर रही हैं। पहली बार फूलों से लदकर गुलमोहर का पेड़ ऊपर से नीचे तक खुश दिखाई दे रहा है। रोज के कुछ बेनाम पंछी प्रतिदिन की तरह पेड़ की डालों पर, पत्तों की छाया में बैठकर मौज-मस्ती कर रहे हैं।

इस वक्त बिम्बाधर सुबह की चाय पीते हुए बाहर चबूतरे पर दीवार से टिककर बैठा ध्यानमग्न हो अखबार पढ़ रहा होता है। उसके बाद चौराहे वाले बाजार से रोज की तरह थैला भर सब्जी लाता है। हाँ, आज रविवार होने के कारण डेढ़ किलो की एक ताजी रोही या भाकुड़ मछली पत्ते में लपेटकर दूसरे हाथ में पकड़े होता है। उसके बाद ठीक साढ़े नौ बजे पुरानी शर्ट पहनकर पुरानी साइकिल के गन्दे पैडल मारते हुए दफ्तर के लिए निकल गया होता है। लौटता शाम को, कभी-कभी कुछ देर से, ओवर टाइम करके।

सबकुछ जैसा चल रहा था, उसी तरह चल रहा है। सिर्फ बिम्बाधर नहीं

रहा। हालाँकि उसका शरीर अभी-अभी अस्पताल से लाकर चबूतरे पर पड़ी लकड़ी की खाट पर रखा गया है। पर अब उसमें जान नहीं है। कल रात सीने का दर्द बढ़ जाने पर अस्पताल गया। सुबह-सुबह मुर्दा बनकर गाड़ी में लदकर आया है। घर के अन्दर न ले जाकर चबूतरे पर रखा गया। हालाँकि बिम्बाधर के बदले 'मुर्दा' कहने में दूसरे लोगों को कष्ट पहुँचने की वजह से बात पलटकर मुर्दा की जगह डेडबॉडी कहा जा रहा है। पीड़ादायक, शर्मनाक और अश्लील शब्द मातृभाषा में कहने पर सुनने में कटु होने के कारण ये अँग्रेजी शब्द बड़े सहायक होते हैं। अँग्रेजों के भारत आने से पहले ऐसी विषम परिस्थिति में किस भाषा का आश्रय लिया जाता होगा, इस वक्त कहना मुश्किल है। लेकिन यह बात सच है कि जब मनुष्य स्वयं पर से आस्था खो बैठता है तब वह दूसरों का सहारा लेता है।

इस समय बिम्बाधर का शव दूसरों के सहारे पड़ा है। जब तक लोग उसकी अन्तिम क्रिया नहीं करेंगे वह उसी तरह पड़े रहने को बाध्य है। कहाँ ले जाएँगे? बिम्बाधर के गाँव? पुरी के स्वर्गद्वार श्मशान? या कटक के क्रिमेटोरियम? इस बारे में बिम्बाधर के कोई अन्तिम इच्छा प्रकट न करने के कारण सारा कुछ निर्भर करता है आत्मीय जनों की इच्छा और सुविधा पर।

बिम्बाधर की शोक-विह्वल पत्नी सुमति सुबह से ही सिर पटक-पटककर अनवरत रोते हुए गाती चली जा रही है तीस वर्षों की लम्बी अनसुनी दाम्पत्य गाथा। शंका नहीं, संकोच नहीं, कोई क्या सोचेगा उसकी परवाह नहीं। परलोक सिधारे पति की आत्मा से रोते-रोते ही सीधा सम्पर्क स्थापित कर चुकी है। हृदय में तीस वर्षों का दबा प्रेम, क्षोभ, क्रोध, अभिमान और आरोप पिघलकर बह चला है सबके सामने। आज सारी बातें उँड़ेलकर न कही गयीं तो जीवन में फिर ऐसी एक महार्घ घड़ी नहीं आएगी। सारी दुनिया, पेड़-पौधे, पशु-पक्षी, पास-पड़ोस, बाजार-घाट आज सभी जड़ समान खामोश हो उसका सारा आलाप, विलाप, पागलपन सुन रहे हैं, सच मान रहे हैं, सहानुभूति प्रकट कर रहे हैं। महीने भर बाद सुमति के ऐसे विलाप को सारी दुनिया वाचालता, अतिरंजना, दिखावापन, ओछापन कहेगी। हालाँकि यह सब सोचकर ही सुमति दिल खोलकर रोते हुए सारी बातें नहीं बता रही है। कुछ सोच नहीं पा रही है, तभी मन का सारा आवरण हटाकर, छाती पर से दुःख का बोझ हटाने के स्वाभाविक उच्छ्वास से अस्वाभाविक हो उठी है वह।

दुनिया स्तब्ध चकित हो सोच रही है—क्या वाकई सुमति के दिल में बिम्बाधर के लिए इतना प्यार समाया हुआ था। इतनी निष्ठा, इतनी आज्ञाकारिता, इतना समर्पण भाव और उत्सर्गित प्रेम। काश! तीस वर्षों में एक भी बार इस

चाण्डाल ने यह प्रकट किया होता पति के आगे। बेचारे बिम्बाधर का जन्म सार्थक हो गया होता। पत्नी के प्रेम भरे हृदय का जरा-सा भी संकेत जीवन भर की एकनिष्ठ साधना के दौरान नहीं पा सका बेचारा। कितना अभागा था। मार-पीट, फौजदारी, गुस्सा, आपत्ति, आरोप, दोषारोपण के बीच तीस साल बीत गये दोनों के। पति-पत्नी का प्रेम, अनुराग, एक-दूसरे के प्रति विश्वास, एक के मुँह से दूसरे की प्रशंसा, एक की दुनियादारी के लिए दूसरे की सहानुभूति, किसी भी दिन पास-पड़ोस, बच्चे, कुटुम्ब, आने-जाने वाले किसी ने नहीं देखा। मानो चिर साथी नहीं चिर शत्रु हैं दोनों। दोनों विवाह रूपी पिंजड़े में फँसकर मजबूरन एक साथ रह रहे हैं, जी रहे हैं, गृहस्थी फैला रखी है, अपना स्वार्थ साधते चले जा रहे हैं।

पड़ोसी गवाह हैं। रात बीतते ही, साँझ होते ही, पति-पत्नी के बीच जोर-जोर से बातें, झगड़ा, हाथ उठा-उठी। जब भी एक साथ उठते-बैठते हैं, कोई न कोई तकरार बीच में आकर खड़ी हो जाती है दोनों को दो भागों में बाँटते हुए। जबकि आज दुनिया की श्रेष्ठ प्रेमिका की तरह सुमति ने विलाप भरी रुलाई से सबको शोकाभिभूत कर दिया है। बिम्बाधर और सुमति का दाम्पत्य जीवन देख कोई-कोई अपने दाम्पत्य को धिक्कार रहा है।

मध्वर्गीय दाम्पत्य—उसमें न आडम्बर होता है, ना ही प्राचुर्य। प्रेम होता है या नहीं, जानने को वक्त कहाँ—मानसिकता कहाँ, पर्याप्त समय-विलास ही कहाँ।

बिम्बाधर और सुमति का दाम्पत्य पड़ोसी की खिड़की से दोपहर के आकाश की तरह साफ दिखाई देता था।

नीचे से ऊपर उठता हुआ कोई मध्यवर्ग—सम्पन्नता से फिसलता हुआ कोई मध्यवर्ग। इन दो तरह के मध्यवर्गों में भी आँखों को दिखाई देनेवाला एक फर्क है। सम्पन्नता से फिसलता हुआ मध्यवर्ग एक खोखले अहंकार के सहारे दिखावा, बड़प्पन और बड़बोलेपन में खोखला जीवन बिताता है। अपनी राजसी पोशाक के नीचे फटी बनियान की गन्दगी वह खुद पीता है। देखने वाले देखते हैं छिलके की ऊपरी चमक। खुद से छल करने का एक हाहाकार भरा घमण्ड। नीचे से चढ़ने वाले मध्यवर्ग का स्वाभिमान बहुत ठोस, बहुत वजनी, बहुत सच्चा, अपने सींग से मिट्टी उखाड़ने की क्षमता और आत्मविश्वास भरा होता है। यहाँ छल नहीं होता—सब कुछ खुला होता है। स्वाभिमान के ऐश्वर्य से महिमामण्डित चिर सन्तुलित जीवन।

बिम्बाधर खुद ही अपने पैरों पर खड़ा हुआ था। यदि अवसर मिला होता तो वह भी एक उच्च पद पर होता। मेधावी छात्र होते हुए भी अर्थाभाव के कारण इण्टरमीडिएट के बाद क्लर्क की नौकरी करके पिताजी की गृहस्थी की जिम्मेदारी सँभाली थी। निजी प्रयास से बी.ए. पास करके नौकरी में पदोन्नति प्राप्त की थी।

लेकिन उसकी नौकरी की धीमी पदोन्नति से उम्र की रफ्तार क्रूर और तेज थी। इसलिए देखते-देखते बिम्बाधर कुछ ही वर्षों में वार्धक्य ग्रस्त हो गया—रोगग्रस्त हो गया। फिर भी वह डटा रहा। सिर नहीं झुकाया किसी के आगे। उद्धत नहीं, उन्नत व्यक्तित्व बनाये रखा मरने तक।

पाँच-पाँच बच्चे—भतीजा, भतीजी, भानजा, भानजी किसके लिए घर का द्वार बन्द करे। दफ्तर से लोन लेकर शहर में एक चार कमरों वाला मकान। गाँव के रिश्ते-नातेदार कौन नहीं आएगा काम पड़ने पर।

सुमति काम में जुटी रहेगी लोटन कबूतर की तरह। रात बीतने से पहले हाथ, पैर, मुँह किसी को विश्राम नहीं। काम करती जाएगी, बड़बड़ाती जाएगी, बच्चों को पीटती रहेगी। पहले भुभुक-भुभुक रोएगी, फिर आँसू पोंछते हुए मुस्करा रही होगी, बच्चों के साथ हँसी-मजाक कर रही होगी।

अरे बाबा, ओवर टाइम करके लौटे, अपने बच्चों की पढ़ाई देखी, अच्छी बात है। पर दूसरों के बच्चों की पढ़ाई की चिन्ता तुम्हें क्यों लगी है? आखिर कितना पैसा देते हैं पड़ोस के बच्चे। मेहनत की तुलना में कुछ भी नहीं है। बल्कि उतनी देर आराम करो। चैन की साँस लो। सुमति बिम्बाधर पर गरगराती रहती।

बिम्बाधर की बस वही एक रट—''ट्यूशन के पैसे से मेरे बच्चे दूध पीएँगे। तनख्वाह के पैसे तो भात, दाल, तरकारी के लिए कम पड़ते हैं। सात-सात पेट, तिस पर नाते-रिश्तेदारों की आवाजाही। बस सिर्फ पेट भरकर खाना, बच्चों को पैण्ट-शर्ट पहनाकर कॉपी-किताबों का खर्च पूरा करके शिक्षित करना ही मध्यवर्गीय परिवार का दुरूह स्वप्न है। मेरे बच्चे खाएँ, मेरे बच्चे पढ़ें—सिर पर छत तो है ही। फिर चिन्ता किस बात की है?''

क्या वाकई और कोई चिन्ता नहीं थी? यदि नहीं थी तो अकाल वार्धक्य, आधी उम्र में मौत को कौन बुला लाया?

शादी के पहले पाँच वर्ष तक एक-एक साल के बच्चों ने घर को सिर पर उठा लिया। काँय-भाँय—रोग-बीमारी—

उसके बाद दस वर्ष तक सुमति ने काफी हंगामा किया। अपना असहायपन, दु:ख, थकान, अभाव और एक साँस से काम में डटे रहने की खीझ वह किस पर उतारे? पति पर, या फिर बच्चों पर। बच्चे रोज भात खाएँगे, मार खाएँगे। एकाध दिन मीन-मेख निकालकर भले ही खाना न खाएँ, मार खाने में एक दिन भी नागा नहीं जाता।

बिम्बाधर ने एक भी दिन बच्चों पर हाथ नहीं उठाया। यदि हाथ उठाया भी होगा तो पत्नी पर। खुशी से कोई किसी पर हाथ नहीं उठाता। जिन बच्चों को सुमति

ने अपनी अँतड़ियाँ फाड़कर जन्म दिया है, क्या उन्हें इतनी निर्दयता से खुशी-खुशी पीटती है। सुमति का कोमल मातृत्व किस दुःख से इतना रुक्ष और कठोर हो उठता है, वह बात सुमति जानती है या फिर उसी की तरह की मध्यवर्गीय बहुकुटुम्बी गृहिणियाँ।

पड़ोस के घर के बच्चे अच्छा-अच्छा खाएँ, अच्छा पहनें, गाड़ी-घोड़ा चढ़ें तो इससे तुम्हारा क्या गया? पड़ोसी के घर से मांस-मछली, खीर-पूड़ी की महक रोजाना मुँहझौंसा पवन उड़ा लाकर सुमति के नादान बच्चों के नथुनों में भर देता है।

बच्चे खाने के आगे बैठकर मीन मेख निकालेंगे, साग-सब्जी सुमति अच्छा नहीं बनाती, स्वाद ही नहीं है कहकर ताने देंगे, हमें तुरन्त अच्छी चीजें बनाकर दो कहकर जिद करेंगे। सुमति गुस्सा नहीं करेगी? गुस्से से अधिक क्षोभ, दुःख होता है। उसके बच्चों को अच्छा खाने को नहीं मिलता, सोचकर सुमति का कलेजा अन्दर से करोर जाने पर आखिरकार विकल करुणा सँभालेगी, एकाकी। बिम्बाधर सब कुछ जानते हुए भी अनजान है। बच्चे भी बिम्बाधर को देखते ही भीगी बिल्ली बन जाते हैं। झटपट खाना खा लेते हैं राजा बेटे की तरह, सारी जिद करेंगे सुमति से ही। सुमति उन्हें मारते-मारते खुद ही पस्त पड़ जाती, बच्चे मार खाते-खाते निढाल हो जाने तक माँ पर सारे आरोप उँड़ेलते रहते। बिम्बाधर बच्चों को पिटते नहीं देख सकता, एक तो बच्चों को अच्छी तरह खिला-पिलाकर खुश न रख पाने का अफसोस, तिस पर बच्चों पर सुमति का निर्मम प्रहार उसे पागल कर देता। कितना सहे—किस पर उतारे अपना क्रोध। पत्नी के सिवा और कौन है सुख-दुख का साथी? अति असह्य हो उठने पर पत्नी को जमकर पीटेगा बिम्बाधर। खुशी से नहीं, दुःख से, लाचारी से। सुमति भी आखिर मनुष्य ही है। उसके शरीर पर भी चोट लगती होगी। बच्चे सुमति को पलटकर मार नहीं सकते क्योंकि सिर तक हाथ नहीं पहुँचता। सुमति बिम्बाधर की मार एकाध बार ही सहेगी, उससे अधिक सहना कष्टदायी हो उठने पर आत्मरक्षा के लिए हाथ उठाकर बिम्बाधर को मारने की बात भी पड़ोसियों को मालूम है। यह औरत मार खाकर भला घर की बात घर ही में रखती! भों-भों करके रोती हुई घर से बाहर आकर पास-पड़ोस को पुकारते हुए कहती—"अरे मार डाला रे ऽऽऽ...इस निठल्ले मर्द ने मुझे मार डाला रे ऽऽऽ...अरे दौड़ो रे ऽऽऽ..."

छिः-छिः—मार खायी तो खायी, चीख-चिल्लाकर सबको इकट्ठा करोगी? घर की मान-मर्यादा बाहर उछालोगी? औरत जात—पत्नी हो, माँ हो, जरा-सी सहनशीलता नहीं है।

सभी सुमति को छी-छा करते हैं, यह बात सुमति जानती है। क्या वाकई

सुमति को अपने बच्चों को मारने में सुख मिलता है? पति पर हाथ उठाना अच्छा लगता है? चीख-चिल्लाकर पास-पड़ोस को इकट्ठा करके घर की बात बाहर उछालने में सुख मिलता है? जिस चीज से उसे सुख नहीं मिलता उसे करने को वह बाध्य है। यही सुमति का सबसे बड़ा दुःख है। दुःख के सिवा सुमति ने और जाना ही क्या है?

बिम्बाधर को ही अब कौन-सा सुख मिल रहा है!

शादी को साल भर भी नहीं हुआ था कि पहला बच्चा। अपने पिता के रिश्तेदारों का बोझ। जीवन-संग्राम। मन और विवेक में संघर्ष। किसी के आगे हाथ नहीं फैलाऊँगा, किसी के आगे सिर नहीं झुकाऊँगा, दुर्नीति, धोखेबाजी नहीं करूँगा, उधार करके मांस-मछली नहीं खाऊँगा। इसी नीति के चलते पत्नी, गृहस्थी, कुटुम्ब के साथ खामोश संघर्ष। खुद अच्छा नहीं पहनता, अच्छा नहीं खाता, अच्छे जूते और छाता पहनते-ओढ़ते उसे किसी ने नहीं देखा। सुमति ही न बिम्बाधर से उलाहना कर लेती है एक अच्छी-सी साड़ी के लिए, पर बिम्बाधर किससे उलाहना करे? अपने विवेक से? सुमति अच्छी साड़ी पहनकर बाहर नहीं निकलती, उसके कान और गला नंगे हैं, मायके के सारे गहने तोड़-ताड़कर बिम्बाधर ने गृहस्थी चलायी है। क्या इस बात से बिम्बाधर को खुशी होती है? क्या वह नहीं चाहता कि उसकी पत्नी बन-सँवरकर, हँसी-खुशी से उसके सामने खड़ी रहे? किन्तु वह करे भी क्या? घर के लिए साग-सब्जी, दाल-चावल लाये या साड़ी-गहने? सुबह होते ही थैला भरकर साग-सब्जी न लाने पर क्या सुमति चुपचाप बैठी रहेगी! मेरे बच्चे खाएँगे क्या, कह-कहकर बिम्बाधर का जीना मुश्किल कर देगी। बिम्बाधर भी बच्चों का खाना और पढ़ना पहले देखता है, बाकी चीजें बाद में। इसके सिवा और चारा ही क्या था। सुमति सब समझती है—बिम्बाधर भी सब समझता है, लेकिन दोनों नासमझ की तरह एक-दूसरे पर दोष मढ़ते रहते हैं। मध्यवर्गीय इनसान इतना असहाय होता है कि किसी न किसी पर दोष मढ़े बिना जी ही नहीं सकता।

बिम्बाधर को घमण्ड है कि वह मेधावी है, बी.ए. पास है, कमाऊ है। पिता का कुटुम्ब न पालना पड़ता तो न जाने वह कहाँ पहुँच गया होता। उसने शहर में एक मकान बनाया है, सात प्राणियों का परिवार चलाता है। किसी के आगे हाथ नहीं पसारता। सुमति का सौभाग्य है कि उसने अनपढ़ होते हुए भी बिम्बाधर जैसे पढ़े-लिखे का हाथ थामा है। सच है। इसमें जरा भी झूठ नहीं।

सुमति में इस बात की ऐंठ है कि वह चम्पकवर्णी सात भाइयों में इकलौती बहन, सभी भाई सम्भ्रान्त, बहन को प्यारे। 'भैया' कहकर पुकारते ही सातों धुरन्धर भाई आकर खड़े हो जाएँगे। हाँ, सुमति निपटमूर्ख है। इसीलिए तो बिम्बाधर की

अभाव-भरी दुनिया के यज्ञ में वह आहुति बनी हुई है। वरना...एकदम सच बात। जिस समय सुमति ने बिम्बाधर का हाथ थामा था, उस समय उसके भाई इतने सम्पन्न नहीं थे। सुमति का रूप बिम्बाधर को पसन्द था और बिम्बाधर का बी.ए. पास सुमति के भाइयों को पसन्द आया। सुमति ने पन्द्रह साल की उम्र में विवाह न करके और सात-आठ वर्ष के बाद विवाह किया होता तो भला क्या ऐसे अभाव वाले घर में ब्याही जाती?

फिर भी, यह विवाह दोनों ही का सौभाग्य था। कोई किसी को नापसन्द नहीं, नापसन्द है केवल दिन-प्रतिदिन का आर्थिक अभाव, जो पति-पत्नी के बीच का 'भाव' न जाने कहाँ बहा ले गया। सिर्फ बच्चे पैदा करने के कारण दोनों एक-दूसरे को छोड़ नहीं पा रहे हैं। वरना इस तरह एक साथ रहने का मतलब ही क्या है?

बिम्बाधर के घर में रोज-रोज झगड़ा, मार-पीट और रोज हँसी-मजाक माँ-बच्चों में, पिता-बच्चों में। माँ-बाप के बीच हँसी-मजाक बच्चों ने कभी नहीं देखा—पड़ोसी तो दूर की बात है।

पति-पत्नी एक ही कमरे में सोते हैं, पति के भोजन के समय पत्नी पास बैठती है, पति के कपड़े, जूते, छाता साफ-सुथरा रखती है। पति के लिए सन्तोषी माँ का व्रत रखती है। पति को पहले खिलाकर बाद में खाती है। पति दौरे पर गया हो तो पलकें बिछाये इन्तजार करती है। हालाँकि मेल-मुलाकात में किसके प्रति किसमें प्यार है, बच्चे समझ नहीं पाते।

सारी दुनिया कहती है कि सुमति संहनशील नहीं है। किन्तु यदि यह दुनिया जान जाए कि सुमति कितना सहेज-सँभालकर अपनी गृहस्थी चलाती है तो सुमति को दुनिया की सबसे सहनशील पत्नी के रूप में मानने को बाध्य हो जाए।

इतनी सहनशील सुमति, न जाने क्या हुआ, एक दिन जहर खाकर अस्पताल ले जायी गयी। नसीब अच्छा था या खराब। ठीक होकर फिर घर लौट आयी। बच्चे बड़े हो गये हैं। पति की पदोन्नति दो बार हो चुकी है। पत्नी का जहर खाना जितने दु:ख की बात नहीं थी, उससे कहीं अधिक थी शर्म और अपमान की बात। छि:-छि:, बिम्बाधर की सारी साख मेट दी इस औरत ने! सुमति ने सोचा था कि जहर खाकर इस दुनियादारी के नरक से छुटकारा पा जाएगी, ताकि बिम्बाधर समझे कि सुमति कितना कष्टमय जीवन बिता रही थी। लेकिन नतीजा विपरीत हुआ। बिम्बाधर ने उसी दिन से पत्नी को दिल से निकाल दिया। पत्नी के जहर खाने की बात जग जाहिर हो गयी, दफ्तर के लोग जान गये, शत्रु-मित्र जान गये। बिम्बाधर के पौरुष पर चोट हुई। अभाव में पड़कर सिर झुका लिया उस औरत ने। बिम्बाधर ने कैसी दुर्दशा में रखा है सुमति को? क्या दूसरे के पीछे पैसा उड़ाता है? शराब-

औरत का शौक है ? खुद बढ़िया खाकर सुमति को भूखा रखता है, खुद बढ़िया पहनकर सुमति को फटा-पुराना पहनाता है ? तो फिर। बिम्बाधर का मध्यवर्गीय ज़ीवन तो एक तपस्या है—कठिन तपस्या। उस तपस्या की सारी पवित्रता नष्ट कर दी सुमति ने। आत्महत्या की धमकी देकर जान-बूझकर बिम्बाधर की मजाक उड़वायी। आखिर बिम्बाधर का कसूर क्या है ? जो कमाता है, वह जानता है कि पैसा कितनी मुश्किल से कमाया जाता है। इनसान अपनी जरूरत के मुताबिक पैसा नहीं कमा सकता। कम-से-कम एक मध्यवर्गीय नौकरीपेशा के लिए यह कदापि सम्भव नहीं। बच्चों के पेट बढ़ते हैं, स्कूल के खर्च बढ़ते हैं, बाजार में कीमतें बढ़तीं हैं। उसी अनुपात में मध्यवर्गीय परिवार के अभाव बढ़ते हैं पर तनख्वाह उस अनुपात में नहीं। मूर्ख औरतें सब कुछ जानते हुए भी पतियों के प्राण हर लेती हैं। रक्तचाप, हृदय-रोग, असमय बुढ़ापा सबका कारण औरत ही होती है।

सुमति जहर खाकर नहीं मरी। स्वस्थ होकर अस्पताल से लौट आयी। बिम्बाधर ने गुस्से में पत्नी के साथ सुख-दुःख की बातें करनी बन्द कर दीं। बच्चे बड़े हो चुके हैं। पत्नी से बातें न करे तो भी उसकी गृहस्थी चलती रहेगी। सुमति ने आँसू नहीं बहाये, खून सुखाया है। संयोग से सुमति मरी नहीं, नसीब खराब था जो बच गयी। मर गयी होती तो! क्या तब बिम्बाधर फफक-फफककर न रोया होता ? पत्नी ने जहर खाकर मरकर उसकी जगहँसाई की। क्या उससे बिम्बाधर की बी.ए. पास मर्दानगी पत्नी के मरने से निकलने वाले आँसू रोक सकती थी ? कौन जाने, सुमति के मर जाने पर यह बात सुमति भले ही न जान पाती पर पड़ोसी तो जान जाते। पर सुमति बचकर लौट आयी तो क्या पति होकर उससे दिलासाभरा एक शब्द तक नहीं कहोगे !—"अहा ! क्यों किया तुमने यह सब ? क्या मैं तुम्हें प्यार नहीं करता ? तुम्हारे अच्छा पहनने-ओढ़ने से क्या मुझे सुख नहीं मिलता ? थोड़ा-सा सब्र और कर लो—बच्चे बड़े हो जाएँ तो हम अच्छा पहनेंगे, अच्छा ओढ़ेंगे, आराम से रहेंगे। किसकी वजह से हमारी यह हालत है ? अपने ही बच्चों के न ? तो फिर दुःखी क्यों हो ? दिन-रात नौकरानी की तरह खटती हो। क्या मैं अन्धा हूँ जो देख नहीं पाता ? मैं दफ्तर में जानवर-सा खटता हूँ, ओवर टाइम करता हूँ। घर लौटकर बाजार से सौदा लाता हूँ, ट्यूशन पढ़ाने जाता हूँ। बच्चों की पढ़ाई देखता हूँ। तुम तो देखती ही हो। बच्चे किसके हैं ? तुम्हारे ? मेरे ? बच्चे तो हम दोनों के हैं ना। दोनों का खून एक साथ मिलकर बह रहा है हमारे बच्चों के शरीर में। यदि उन्हीं के लिए हमें सुख और आराम नहीं मिला तो वह दुःख है या सुख।"

सिर्फ इतना भर कह देता तो बिम्बाधर का मर्दानापन घट नहीं जाता। सुमति इतने में ही पिघल जाती। बिम्बाधर के पैर पकड़कर कहती, "सब मेरी ही गलती

थी, मैं मरना नहीं चाहती थी, तुमसे यह जानना चाहती थी कि इस परिवार को मेरी जरूरत है या नहीं। कैसी चाण्डाल हूँ मैं। अपने बच्चों, अपने पति को मँझधार में छोड़कर मैं खुद मर रही थी। एक बार सोचा तक नहीं कि मेरे बच्चों को खाना कौन परोस देगा, दफ्तर से लौटने पर तुम्हें खाना कौन देगा! छिः-छिः मैं चाण्डाल मर क्यों नहीं गयी। लौट क्यों आयी अस्पताल से।"

परन्तु वैसा कुछ नहीं हुआ। सुमति के अस्पताल से आने के बाद से बिम्बाधर तपती दुपहरी की तरह सुमति पर धुधुआता रहा। सुमति चूहा बन गयी। सुमति ने न जाने कैसा विष जरा-सा पी लिया था जो मरी नहीं किन्तु अब बिम्बाधर आते-जाते सुमति पर विष उगलने लगा। विष नहीं—गरल। सुमति जीते-जी मरी-सी पड़ी रहती। सचमुच कितनी बदनामी हुई पति की।

आते-जाते सुमति पर विष उगलने के कारण एक दिन सुमति पर गरजते समय सहसा बिम्बाधर के सीने में दर्द उठा। हृदय-रोग ने जकड़ लिया बाघ की तरह। बिम्बाधर को ढोकर अस्पताल ले जाया गया। पच्चीस दिनों तक मुँह नहीं खोला सुमति पर। सुमति पच्चीस दिनों तक एक लकड़ी के स्टूल पर बैठी बिम्बाधर की निगरानी करती रही। उसका मुँह भी बन्द। सिर्फ अन्दर ही अन्दर सिसकती रही। पड़ोसी खुसुर-फुसुर करने लगे—"आखिर इस औरत ने पति का हार्ट अटैक करवाकर ही माना—भला अभाव किसके घर नहीं है? चौबीसों घण्टे चिल्लाती रही, बच्चों को पीटती रही, जहर खाकर बिम्बाधर की जग-हँसाई करवायी। आखिर कितना सहता वह आदमी? सीने में धक्का लगने के सारे रास्ते बनाने के बाद अब बैठी सेवा कर रही है पति की!"

सुमति को अब किसी से कुछ नहीं कहना है। वह खुद भी सोचने लगी है कि उसके मनहूस मुख से निकलकर हार्ट अटैक के जीवाणुओं ने पति के हृदय-यन्त्र को झकझोर डाला है। इसलिए अब उसका मौन-व्रत धारण करना ही पति के रोग का निदान हो सकता है।

बिम्बाधर अस्पताल से घर लौट आया। अब वह हृदय-रोगी है। खासकर इसी औरत की वजह से। यह बात सारी दुनिया कहती थी। बिम्बाधर ने भी मुँह खोलते हुए कहा, "सिर्फ तेरी ही वजह से मेरा यह अकाल वार्धक्य है, यह हृदय-रोग। आधी उम्र बीत गयी इस औरत के ताने सुनते-सुनते..."

सुमति सह नहीं पाती। जवाब-सवाल के लिए थिरकने लगती है। पर छाती पर पत्थर लादने को बाध्य है। उसके मुँह से रोग-जीवाणु निकलकर पति के सीने को कहीं फिर से न झकझोर डालें! हे भगवान! वह जीता रहे। सुमति ने जीभ पर नियन्त्रण रखा। सुमति के सख्त मिजाज के आगे जिस तरह बच्चे चुप हैं, जीभ भी

उसी तरह चुप रही आठ साल। हाँ, पिछले आठ साल से सुमति बधिर-सी जीवन बिता रही है। बच्चे बड़े हो चुके हैं। उन पर नियन्त्रण नहीं रखा जा सकता। पति हृदय-रोगी है। उसके आगे उलाहने लेकर जाना पति-हन्ता कार्य होगा। इसलिए खुद पर नियन्त्रण रखने के सिवा और कोई चारा नहीं।

बेटी की शादी हो गयी, दोनों बेटे नौकरी करने लगे। यह सब बिम्बाधर की कार्यक्षमता और काबिलियत की वजह से सम्भव हुआ है। सुमति तो बस खट रही है, खटे बिना भला कौन बैठा हुआ है संसार में!

आजकल बिम्बाधर भी ज्यादा मुँह नहीं खोलता। डॉक्टर ने मना किया है। बिम्बाधर में अब ताकत, उम्र, मानसिकता नहीं बची। उस औरत ने काफी कुछ सुना-सहा है। अब सुनाकर कोई लाभ नहीं। एक तरह का वैराग्य आ गया है। तुच्छ लगने लगा है पति-पत्नी का भाव, सम्पर्क। अब तो बस एक ही कमरे में दो इन्सानों को बँधकर जीने की बात है। पति-पत्नी में अब लड़ाई-झगड़ा सुनाई नहीं देता। शायद उम्र की परिपक्वता के कारण दुःख, सुख और प्यार बेमौसम बादलों की तरह कभी-कभार पति-पत्नी के बीच होता होगा। पर बाहर से देखने पर विश्वास नहीं होता था। हालाँकि अभी कुछ दिन पहले बिम्बाधर बड़े बेटे से कह रहा था—"अम्मा के लिए एक जोड़ी कनपासा गढ़वा दे। उसके सारे गहने मैंने तुम लोगों की पढ़ाई के लिए बेच-बाच दिये।" उससे छोटे बेटे से बोल रहा था—"अम्मा के लिए एक अच्छी-सी साड़ी ले आना। कोई भी कह सकता है कि अमुक की अम्मा है। मैंने तो उसे कभी अच्छी साड़ी दी नहीं..."

अभी आठ दिन पहले सुमति ने बड़े बेटे को बाजार भेजकर बिम्बाधर के लिए एक स्पोटिंग बनियान खरीदवायी थी। "एक स्पोटिंग बनियान पहनने की इच्छा लिए तेरे बप्पा बूढ़े हो गये। जबकि उनकी उम्र के लोग तरह-तरह की रंग-बिरंगी बनियान पहनकर दफ्तर जाते हैं। बेटे के पैसे से एक स्पोटिंग बनियान पहन ले...। अगले महीने एक जोड़ी अच्छी चप्पलें ले आना बप्पा के लिए। फटी चप्पलों में चिप्पी लगवाकर दफ्तर जाने पर अब बाप को नहीं बल्कि बेटे को लाज आनी चाहिए।"

इतने दिनों के बाद घर में एक शान्त माहौल बना था। बड़ा स्वाभाविक लग रहा था जीवन। अब सुबह से शाम तक झाँय-झंझट नहीं है। माँ-बाप दोनों बड़े सहनशील हो गये हैं। एक-दूसरे की आवश्यकताओं के लिए बेटों के आगे मुँह खोलने लगे। खुद के लिए कुछ नहीं माँगते। बच्चे भी खुश हैं। यही तो है मध्यवर्गी जीवन। थोड़ी-सी सुख-शान्ति। बस यही तो है मध्यवर्ग की अमूल्य सम्पत्ति।

लेकिन इन सारे सुखों को बिम्बाधर ने पलक झपकते ही राख कर दिया।

पहली बार के हृदय-रोग के झटके के बाद आज मरने तक आठ साल मध्यवर्गी दुनिया का सबसे संघर्षमय, अभावमय, चिन्ताग्रस्त, संगीन समय। लड़की की शादी, लड़कों का कैरियर, नौकरी, मकान बनवाने के ऋण की वापसी... । ओह, यह विश्वास नहीं होता कि इतना बोझ बिम्बाधर की छाती सँभाल लेगी। लेकिन बिम्बाधर के सीने ने सारा बोझ उठा लिया। जब लड़कों के कन्धे बाप से मिलने लगे, बिम्बाधर की छाती सँभाल न सकी! दो घण्टों में सारा कुछ खत्म हो गया।

सुमति सुख-दुःख की जीवन-गाथा गाये चली जा रही है। सबके सामने पति के मृत शरीर को बेझिझक बाँहों में भरकर रोते हुए विलाप करती चली जा रही है, कभी मुँह से मुँह सटाकर चूम रही है, कभी सीने में सिर रखकर लोट जाती है। उँड़ेले डाल रही है अपना सब कुछ—"मुझे छोड़कर कहाँ चले गये हो ऽऽऽ...तुम्हारे बिना कैसे जीऊँगीऽऽऽ कहो...किसे देखकर यह देह धरी रहूँ हो ऽऽऽ...मेरे स्वामी, मेरे राजा, मेरे बी.ए. पास पण्डित। अब कौन मुझे बुद्धि देगा होऽऽऽ...राजमहल बनाकर छोड़ गये होऽऽऽ...सारी चीजें जुटा गये, कुछ भोग नहीं पाये होऽऽऽ... । किसी को किसी चीज की कमी नहीं होने दी हो ऽऽऽ...सबके पैरों में जूते, सिर पर छतरी का इन्तज़ाम कर दिया था होऽऽऽ...मछली-मांस खीर पूड़ी बहा गये होऽऽऽ... । खुद पखाल भात के सिवा गर्म भात देखा तक नहीं होऽऽऽ... । अच्छी कमीज़-जूते नहीं पहने होऽऽऽ..., खट-खटकर उम्र उँड़ेल आधी उम्र में ही मरकर सो गये होऽऽऽ... । अब मुझे बिठाकर कौन खिलाएगा, राजरानी बनाकर खाट-पलंग पर कौन बिठाएगा होऽऽऽ... । अब किसके लिए छाती फुलाकर सिर उठाकर रास्ते में चलूँगी होऽऽऽ... । अब कौन दिलासा भरे शब्द कहेगा हो ऽऽऽ... । कुटुम पालते-पालते बीमार हो गये होऽऽऽ... । मैं चाण्डाल एक दिन भी कोई अच्छी बात नहीं बोली होऽऽऽ...डर के मारे मेरे मुँह से बोल नहीं फूटे होऽऽऽ... । मैं निपट मूर्ख तुम्हारे पैरों की धूल भी नहीं, कितने भाग्य से तुम्हारा हाथ थामा था होऽऽऽ..." भाई को देखकर सिसकी भरे आँसू-शोक के स्वर अधिक करुण होने लगे..."बी.ए. पास दामाद ढूँढ़ा था तुमने ए मेरे भैयाऽऽऽ...पाँच लोगों के सामने शान से खड़े होते थे ए भैयाऽऽऽ...सबको बुद्धि देते थे, आज मुझे बुद्धि देने के लिए नहीं रहे ए मेरे भैयाऽऽऽ...कलाई में गाँठ लगाते समय मेरे सिर से घूँघट उठाकर तुमने कहा था, देखो, कैसा राजकुमार-सा दूल्हा ढूँढ़कर लाया हूँ, ए भैयाऽऽऽ...राजकुमार अब मरकर सो रहा है, ए भैयाऽऽऽ..."

भाभी पर धम्म से गिरते हुए शोक की वही भाषा थी, सिर्फ भाव बदले हैं..."ओ मेरी भाभियोऽऽऽ कितना सुन्दर दामाद ढूँढ़ा था तुमने, मेरी भाभियो ऽऽऽ...इतने चौड़े सीने से कोई किस ओर से प्राण निकाल ले गया ओ

भाभियोऽऽऽ...इतनी बड़ी-बड़ी आँखें अब कुछ नहीं देख रहीं ओ भाभियोऽऽऽ...गोरा-गोरा शरीर अब काला पड़ने लगा है ओ भाभियोऽऽऽ। ऐसा दूल्हा और किसी के नसीब में नहीं था ओ भाभियोऽऽऽ। मैं चाण्डाल सहेज-सजाकर रख नहीं पायी, मार डाला ओ भाभियोऽऽऽ। हमारे पेट में सारी कमाई भरकर अपना पेट सुखा-सुखाकर चले गये ओ मेरी भाभियोऽऽऽ। मैं राक्षसिनी एक दिन भी अच्छी बात नहीं बोली ओ मेरी भाभियोऽऽऽ। अपने देवता समान आदमी को हमेशा ताने देती रही ओ मेरी भाभियोऽऽऽ...वे पुण्यवान स्वर्ग चले गये, मैं नरक भोगने के लिए जिन्दा रह गयी ओ भाभियोऽऽऽ..." फिर एक बार बिम्बाधर के मृत शरीर को पैर से सिर तक सहलाकर, गले लगाकर हृदय का अकपट शोक बहा दिया सुमति ने। "हर जन्म में तुम्हीं को पति के रूप में पाऊँगी यह कहते जाओ ओ मेरे देवताऽऽऽ...तुम्हारे सिवा मैंने और कुछ नहीं चाहा था ओ मेरे देवताऽऽऽ...तुम उसी तरह बैठे रहते, मैं सेवा करते-करते मर जाती ओ मेरे देवताऽऽऽ। मेरा इतना भी पुण्य नहीं था इसीलिए तुम मुझे छोड़ गये ओ मेरे राजाऽऽऽ..."

सुमति के हृदय विदारक, निष्कपट, निःसंकोच शोक की अवहेलना करता पड़ा है बिम्बाधर का मिट्टी का पिण्ड। कौन जाने सुमति के अनकहे प्यार का स्वर अब उसे सुनाई दे भी रहा है या नहीं? क्या पता शायद उसकी आत्मा यहाँ मँडरा रही हो...यदि आत्मा की श्रवण-शक्ति होगी तो वह सुन रही होगी। किन्तु पत्नी के दिलखोल प्यार की भाषा शायद उसे सुख के बदले अव्यक्त, असह्य दुःख से उदास कर रही होगी, क्योंकि वह प्यार का प्रत्युत्तर नहीं दे पा रहा है, यदि दे भी रहा होगा तो सुमति को सुनाई नहीं दे रहा।

कितना निष्ठुर है! कौन?

बिम्बाधर? सुमति? या नियति!

# नारंगी

नारंगी उसका नाम है। किन्तु वह है रंगहीन।

हालाँकि कभी रंग था; जिस ऋतु में पौधों में फूल खिलते हैं।

लेकिन आज नारंगी के जीवन में सिर्फ एक ऋतु है, जिसका नाम है ग्रीष्म। पत्ते रहित निदाघ के अभाव, आवश्यकता, दु:ख, गरीबी, यातना की तपिश से असमय ही अपने शरीर और मन की हरियाली खोकर वह चुक गयी है। लेकिन कुछ वर्षों पहले शहर की तलहटी वाली गन्दी बस्ती में वह मौसमी हवा थी, और थी वसन्त के सुरभित मलय का झोंका। किन्तु कुछ ही वर्षों के अभावग्रस्त दु:खदायी घर-गृहस्थी के कारण वह सूखी झाड़ियों-सी शुष्क हो गयी और अब गर्म-आँधी-सा रुख अख्तियार कर चुकी थी।

वाकई नारंगी कभी खूबसूरत थी, इस बात पर आज वह कैसे विश्वास करे। चिकने जूड़े में चम्पा-फूल खोंसकर कभी वह इसी रास्ते से काम पर जाया करती थी अपनी माँ के साथ, उसकी आँखों में असंख्य सपनों की नीलिमा भरी होती थी। आज वह फुर-फुर रूखे बाल, विवर्ण चेहरा लिए मेरे घर काम करने आती है, अपने चार बच्चों के मुँह में कौर डालने के लिए, शराबी, लम्पट, क्रूर, निठल्ले पति का हाथ पकड़ने का प्रायश्चित्त करने।

मशीन की तरह वह काम करती है, बातें करती रहती है। बातें तो नहीं, बुरी बातें ही कहती अपने क्रूर, पाखण्डी पति के लिए। हर रोज नारंगी के विवर्ण शरीर और चेहरे पर पाखण्डी पति की निष्ठुर यातना के नये-नये निशान, सुबह के नित्यकर्म की तरह, रात्रि के विश्राम की तरह, नारंगी का पति नियमित रूप से नारंगी की पीठ पर अपने हाथ की खुजली मिटाता, पति होने का नगाड़ा बजाता। उतना, जितना कि कोई निकम्मा पुरुष कर सकता है।

मेरे घर काम करने आते ही अपनी पीठ और बदन खोलकर वह पति की निर्ममता का पिछली रात का उपहार दिखलाती। मेरी आँखों में करुणा के आँसू छलक उठते, जबकि नारंगी की आँखों में बिजली की लपलपाती ज्वलन्त अग्निशिखा। उसके होठों में अपने पति के लिए दुनिया भर की बद-दुआएँ होती थीं। अकथनीय, असहनीय, बुरी-से-बुरी गालियाँ और बद-दुआएँ। मुझे ऐसा लगता कि नारंगी के पाखण्डी पति शंकरा की यातनाएँ कितनी ही बर्बरतापूर्ण क्यों न हों, नारंगी की अकथनीय गालियाँ, असहनीय बद-दुआएँ उससे बढ़कर थीं। दुनिया की किसी भी पत्नी के मुँह से किसी भी पति के लिए ऐसी बद-दुआएँ शायद सम्भव नहीं, सिर्फ नारंगी को छोड़कर। नारंगी अपने बदन के घावों को सहलाते हुए उसे बद-दुआएँ देती, ''हरामी, भरी जवानी में रास्ते में गिरकर मर जाए, उसके सिर पर बिजली गिर पड़े, उसे साँप डँस ले। किसी बड़ी बीमारी से हाथ-पैर गल जाएँ। मेरे ही सहारे पड़ा रहे कोढ़िया। उसके मुँह में कीड़े पड़ें। आँखें फूटकर बाहर लटकने लगें, घर भर में छुछुआता फिरे। हरामी खून की उल्टी से मरे। जल्लाद पर ट्रक, गाड़ी चढ़ जाए, कलेजा कुचल जाए, अँतड़ियाँ निकल आएँ, अनजान बीमारी पकड़े, बासी लाश-सा पड़ा रहे...''

मैं कानों में हाथ लगा लेती। शंकरा के प्रति अपनी तमाम घृणा और विद्वेष के बावजूद नारंगी के मुँह से निकली बद-दुआएँ मुझे सहन नहीं होती थीं। नारंगी के प्रति मेरे दिल के दर्द के ज्वार में भाटा पड़ने लगता। कभी-कभी मुझे लगता कि मुँहफट पत्नी की असहनीय, अकथनीय गाली-गलौज की वजह से ही शंकरा पत्नी के प्रति इतना निष्ठुर और निर्मम हो गया है। लेकिन मेरी यह धारणा गलत थी। शंकरा जैसे अनेक हृदयहीन पुरुषों के लिए पत्नियाँ महज बच्चे पैदा करने वाली, पैसे कमाने वाली, सुख-सुविधा देने वाली मशीन हैं। मारने से दर्द नहीं होता, भूखे-उपासे दिन-रात खटने से उनकी जान नहीं जाएगी, बीमार हों तो उन्हें इलाज की जरूरत नहीं; एक-एक करके बच्चे पैदा करने से वे थकतीं नहीं; ऊबतीं नहीं! शंकरा की बस्ती की अधिकतर नारंगी नींद से उठते ही काम पर जाती हैं। तुरई के फूल की तरह एक ही रात में उनके कुँवारे जीवन का सुखी सपना टूटकर बिखर जाता है।

कभी-कभी नारंगी के बदन पर शंकरा की मार के निशान देखकर मैं सिहर उठती। मुझे लगता कि इसी तरह शंकरा के हाथ की मार खाते हुए एक दिन नारंगी की भी जान चली जाएगी। मैं संवेदना भरे स्वर में कहती, ''क्या फायदा है ऐसे दुष्ट आदमी के साथ रहने में। उसे छोड़ क्यों नहीं देती? कौन-सा वह तुझे पालता है। बल्कि तेरे पैसों से ही मौज उड़ा रहा है, बच्चों का हक छीनता है। तू तो कमाती

है, खाती है। फिर ऊपर से इतनी मार क्यों खाती है?''

नारंगी काम करते हुए कहती, ''क्या साहब ने कभी गुस्से में आपको भला-बुरा नहीं कहा होगा मालकिन? आप लोगों का अपशब्द और हमारी मार दोनों एक जैसे हैं। हमारी बस्ती में किस औरत ने मार नहीं खायी होगी? फर्क सिर्फ इतना ही है कि कोई आठ दिन, पन्द्रह दिन में पत्नी की गलती देखकर उसे पीटता है, मेरा मर्द तो अपनी हाथ की खुजली मेरी ही पीठ पर मिटाता है। कोई बात हो, ना हो।''

''तो उसे छोड़ दे।'' मैं कहती।

''यदि साहब ऐसा करें तो क्या आप उन्हें छोड़ देंगी मालकिन?'' नारंगी ने सवाल किया।

मैंने अप्रतिभ हो कहा, ''यह तब देखी जाएगी। हालाँकि यदि मैं साहब को छोड़ दूँ तो मुझे और कोई दूल्हा नहीं मिलेगा। हम पढ़े-लिखे लोगों में यही तो दिक्कत है। पर तुझे दूल्हों की कमी नहीं होगी। तुम लोग तो दस-दस के पास जा सकती हो। किसी अच्छे आदमी को देखकर उसके साथ रहने में हर्ज ही क्या है?''

नारंगी मुँह ऐंठकर कहती, ''सभी जगह एक ही बात है। आज जो आशिक बने दिलोजान छिड़कते हैं, स्वर्ग से चाँद ले आने का वादा करते हैं, कल हाथ पकड़कर अपने घर ले जाने के बाद शंकरा हो जाते हैं। कौन कह सकता है कि वे लोग शंकरा से भी अधिक अमानवीय नहीं होंगे? बार-बार कीचड़ में पैर डालने की क्या जरूरत है मालकिन? इसीलिये जान-बूझकर एक ही आदमी की मार और गाली-गलौज सहती हूँ, अब उससे नाराजगी या अभिमान कैसा, अब तो उससे प्यार और सुख पाने की आस तक भी दिल में नहीं रही। इसलिए मार खाने से बदन में चोट लगती जरूर है पर अब दिल नहीं दुखता। दूसरे पुरुष से फिर प्यार और सुख की आस लगाने के बाद हताशा हाथ लगे तो दिल दुखेगा, मन रोए-बिलखेगा, जिन्दगी बेजान-सी लगेगी, जैसा कि शुरू-शुरू में शंकरा से मार-गाली खाने पर लगा करता था। घर बदल देने से, पति बदल देने से औरत का नसीब तो नहीं न बदल जाता मालकिन...''

मैं कुछ न कह सकी। शायद नारंगी का कहना सही है। चार-चार बच्चों को साथ लेकर नया घर बसाने पर उसे सुख नहीं मिलेगा। बल्कि फिर दुःख मिलेगा।

कभी-कभी नारंगी काम पर नहीं आती। मेरा काम ठप्प पड़ जाता। दूसरे दिन आते ही मैं उस पर बरस पड़ती। नारंगी नरम गले से कहती, ''क्या करूँ मालकिन! वह हरामखोर कल रात घर नहीं लौटा। माँ-बच्चे रातभर जागते रहे। सुबह-सुबह

बड़े लड़के को साथ लेकर जगह-जगह ढूँढ़ती फिरी, शराब के ठेके के पास एक पेड़ के नीचे बेहोश पड़ा था। ट्रॉली रिक्शा में डालकर घर तक लायी। उसे होश में लायी। जिस रोज भी काम पर जाएगा उधर होटल में खाना खाकर, शराब पीकर रास्ते में ही कहीं लुढ़क जाएगा। एक बार भी नहीं सोचेगा कि घर पर चारों बच्चों ने खाया या नहीं। मेरी बात तो छोड़िए।''

मैं खीझकर कहती, ''घर नहीं लौटा तो न सही। तू क्यों गयी थी ढूँढ़ने। क्या तेरी पीठ खुजला रही थी? चाहे रोज भात खाने को न मिले, लेकिन मार रोज खाना शायद तेरे लिए आवश्यक हो गया है।''

उदासी भरी मुस्कान छोड़ते हुए उसने कहा, ''उसे धर्म-कर्म की परवाह नहीं, मुझे तो है। धर्म को साक्षी रखकर मैंने उसका हाथ थामा था। उसके मरे-मुँह में बूँद भर गंगाजल डालूँगी तो नरक नहीं जाना पड़ेगा। मुझे तो बस इसी बात की चिन्ता है कि किसी दिन पिये हुए किसी कुलक्षणी 'छम्मक छल्लो' के चबूतरे के नीचे कहीं मरा न पड़ा हो। चार-चार बच्चों का बाप है। पर मरते समय मुँह में एक बूँद पानी डालने वाला कोई वहाँ नहीं होगा। बासी मुरदा बनेगा। मुनसीपालटी की मुरदा वाली गाड़ी में उठाकर ले जाएँगे। मुझे पता भी नहीं चलेगा। सूखी मछली और भात खाती रहूँगी, काँच की चूड़ियाँ पहनती रहूँगी...'' नारंगी के रोज रूखे चेहरे पर करुणा उभर आती। उसकी रोज की जलती हुई आँखों में बारिश के गुप्त छींटे पड़ जाते।

मुझसे नजरें चुराकर काम के बहाने वह चली जाती।

कभी-कभी मुझे लगता कि परिस्थितियों ने ही नारंगी को मुँहफट, रुक्ष और नीरस बनाया है वरना वह कोमलहृदया, स्नेहमयी नारी ही तो है।

नारंगी एक जून हमारे घर खाना खाती, काम खत्म करके दोपहर बारह-एक बजे अपने घर लौटते समय। यही उसके दिन भर का खाना समझ लो। सुबह हमारे ही घर चाय पीती है। शाम का काम खत्म करके जब वह वापस आती है तब घर पर जो कुछ होता है पति और बच्चों को परोसने के बाद वह खुद गिलास भर पानी या थोड़ी-सी लाल चाय पीकर सो जाती है। उसकी रात की खुराक शराब के नशे में धुत् होकर लौटे पति की मार और यातनाएँ होती हैं। अक्सर नारंगी अपने हिस्से के भात में से बचाकर अपने पल्लू में बाँधकर घर ले जाया करती, जिन दिनों घर पर खाने को कुछ नहीं होता। पूछने पर कहती, ''पेट मरोड़ रहा है। बदहजमी हो गयी है।'' व्रत-उपवास में उसके बच्चों के हिस्से का पकवान अलग से देने पर भी वह अपना हिस्सा पूरा नहीं खाती। मेरे बाध्य करने पर एक-आध टुकड़ा मुँह में डालते ही उसकी आँखें छलछला आतीं। मुँह सिकोड़ते हुए कहती, ''पेट सूख

चुका है मालकिन! आजकल तेल-घी की तली चीजें, इस शरीर में सधती नहीं हैं। उबकाई आने लगती है। छोड़िए, कंगाल बच्चे छीना-झपटी करके खा लेंगे। आप जितना भी देंगी उनके कुएँ-नुमे पेट में सारा का सारा समा जाएगा...ब्रह्म राक्षस है उनके पेटों में। जिस तरह बाप पूरा ब्रह्माण्ड खाने के लिए मुँह बाये घूम रहा है, बच्चे उससे भी आगे हैं, मौत भी तो नहीं आती इन राक्षसों को, मेरा तो खून-मांस तक नोच-नोचकर खाने में जुटे हैं...''

नारंगी की मातृ-मूर्ति को अपलक देखती रही। माँ के मन की व्यथा मैं अच्छी तरह समझ सकती हूँ। मेरी नस-नस में उसके हृदय की करुण हाहाकार फैल जाती है। लेकिन उसके बच्चों के भरपेट खाने के लिए मैं पकवान नहीं दे पाती। जितना देती थी उससे भूख मिटने की बनिस्बत और अधिक भड़क उठती थी, पेट कुछ नहीं जानता, मुँह कुछ नहीं जानता। अपने बच्चों के लिए दो-तीन बार खाने भर का पकवान अलग से निकालकर मैं सारा उसे दे दिया करती थी।

नारंगी को रोजाना जो तरकारी, साग-भाजी आदि खाने को देती, वह उन्हें एक साथ मिलाकर रसगुल्ले की खाली हाँडी में डालकर अपने पति और बच्चों के लिए घर ले जाया करती और खुद नमक के साथ भात खा लेती। उससे उसको आत्म-सन्तोष मिलता। उसकी जीभ को कभी तरकारी का स्वाद तक नहीं मिल पाता।

एक बार थोड़े से चावल में कुछ महक-सी आने लगी थी। मैंने नारंगी को दे दिये। कम-से-कम रोज रात को एक-आध मूठी भात तो खा लिया करेगी, थोड़ी-बहुत महक से क्या फर्क पड़ता है। उसके बाद दो दिनों तक नारंगी काम पर नहीं आयी। पता चला कि उसकी तबीयत ठीक नहीं है। मैं घबरा गयी। नारंगी बीमार पड़ गयी तो मुझे काफी परेशानी होगी। मुँहफट भले ही हो, इतनी मेहनती औरत मिलना बहुत मुश्किल है। शहर के बाहर हमारा नया मकान था। नारंगी का घर करीब ही था। उस दिन पति के दफ्तर चले जाने के बाद मैं रिक्शा लेकर नारंगी के घर गयी। उसकी तबीयत के बारे में पूछकर उसे दवा-दारू न देने से उसकी बीमारी बढ़ने के साथ ही साथ मुझ जैसी गृहिणी भी घर का सारा काम करते-करते बीमार पड़ जाएगी।

नारंगी के घर के आगे ठिठक गयी। झुके हुए फूँस के घर में बैठी नारंगी भात खा रही थी। मेरे घर से लाये खराब चावल का भात। भात के साथ और कुछ नहीं। लेकिन भात का कौर मुँह में डालने के बाद हाथ पुनः नीचे जमीन में छुलाकर मुँह तक ले जाती है। उँगली का पोर जीभ से चाट लेती है। मैंने सोचा खटाई, भुनी हुई सूखी मछली या फिर नमक-मिर्च होगा। नीचे जमीन में डालकर वे लोग खाया

करते हैं। लेकिन मुझे यह देखकर हैरत हुई कि नारंगी जमीन पर ही उँगली छुला रही है। नीचे चुटकी भर भी नमक नहीं था। मुझे देखते ही जल्दी-जल्दी कौर मुँह में डालकर उसी तरह जमीन पर उँगली छुलाकर चाटते हुए वह मेरे पास आयी।

मैंने पूछा, ''नारंगी, किस चीज के साथ भात खा रही थी?''

''कुछ नहीं, नमक लाने के लिए आज दस पैसे भी नहीं मिले। चुटकी भर नमक कुठलिया में पड़ा है। एक आलू पड़ा है, वह आएगा तो खाएगा। बिना नमक के साहबजादे का कौर गले से नीचे नहीं धँसेगा। मानो वाकई-राजा महाराजा हों।'' नारंगी ने हँसते हुए कहा, ''सब उसी के पेट में जाए, जल्दी ही भस्म हो जाए।''

लेकिन मेरा मुँह नमकीन होने लगा था। मैंने पूछा, ''जमीन से क्या लेकर चाट रही थी?''

''कुछ नहीं, मालकिन! सिर्फ बच्चों की तरह अपने मन को बहलाने की बात है। खाली भात खाने की सोचने पर भात गले से नीचे नहीं उतरेगा। इस तरह झूठ-मूठ उँगली चाटने पर भात नीचे उतर जाता है। उसमें कुछ स्वाद हो या न हो। सब अपने मन पर निर्भर करता है। जिस दिन भात के साथ कुछ नहीं होता, मैं इसी तरह खाती हूँ। अपनी उँगली की पोर का भी तो कुछ स्वाद होता है। मेरा कौर नीचे धँस जाता है।'' हालाँकि नारंगी खुद को ठगकर फीकी जिन्दगी से रोजाना स्वाद निकालने की बात कहकर मुस्करा उठी, लेकिन मेरी आँखें नम हो आयी थीं। रोज सब्जी काटते समय हमारी थालियों के इर्द-गिर्द जितनी सब्जी बिखर जाती है, उतने में तो नारंगी पिकनिक मना सकती है।

कभी-कभार नारंगी दाँत निपोरकर विनती करती, ''मालकिन! साहब की कोई पुरानी कमीज हो तो दे दीजिए न। वह करमजला तो जो भी कुछ कमाता है, सब का सब पेट में डाल लेता है। पेट के अलावा पीठ की उसे चिन्ता ही नहीं। जाड़े में आधी रात को काँपते हुए लौटता है।''

मैं उसे एकटक देखती रहती। उसके बाद गम्भीर होकर कहती, ''साहब का कोई गरम कोट ले जा। लेकिन याद रख, इससे उसे जाड़े में आधी रात को शराब पीकर घर लौटने में और आसानी होगी।''

नारंगी मुँह बिदकाते हुए कहती, ''लो सुनो, मैं भला अपनी मर्जी से कमीज माँग रही हूँ? मुँहझौंसे ने कल रात मुझे यह कह-कहकर खूब पीटा है कि मैं आपसे पुरानी कमीज माँगकर क्यों नहीं लाती। उसने मेरे सारे कपड़े चूल्हे में झोंक दिये, जितना पहनी हूँ, बस यही बचा है। नाशपीटा कहता है, 'मालकिन से एक-एक करके इतनी साड़ियाँ पहनकर मटकने को माँग लाती है और मेरे लिए एक कमीज तक नहीं ला पाती?' ऐसे निर्लज्ज आदमी से क्या कहूँ? जब से उसका हाथ पकड़ा

है, एक साड़ी तक नहीं खरीद सका मेरे लिए। बल्कि मेरी चार-चार साड़ियों को चूल्हे में झोंक दिया। उस आग में खुद भी जलकर क्यों नहीं मर गया!''

उसके बाद शुरू हो जातीं उसकी अश्रवणीय-अकथनीय बद-दुआएँ हमेशा की तरह, जब तक कि शंकरा नहीं बल्कि नारंगी पर ही मुझे गुस्सा और खीझ न आ जाती।

उस रोज नारंगी मेरे घर आकर बेतहाशा रोने लगी। शंकरा का नाम ले-लेकर, आँसू बहाते हुए, सिर ठोंक-ठोंककर वह रोये जा रही थी। मैंने सोचा शायद आज उसकी पिटाई अन्तिम सीमा लाँघ चुकी है। लेकिन नहीं, नारंगी के बदन और चेहरे पर मार का कोई निशान नहीं था। मन में यह बात भी आयी कि शायद नारंगी की कोई बद-दुआ असर कर गयी है शंकरा पर। तब तो नारंगी को मुक्ति मिल गयी है। मुझे तो लगता था कि शंकरा की मौत देखने के लिए ही नारंगी जी रही है। शायद वही इसके सुख का एकमात्र दिन होगा। इसके अलावा तो उसकी जिन्दगी में सुख नाम की और कोई चीज है ही नहीं, लेकिन नारंगी की यह हृदय-विदारक करुणा तो लोक-दिखावा नहीं है, यह रुलाई तो उसके अन्तर से निकल रही है। ये आँसू उसकी आँखों से नहीं, बल्कि कलेजा फाड़कर बह रहे हैं। कहीं नारंगी के किसी बच्चे को तो कुछ नहीं हो गया? नहीं...उसके चारों बच्चे तो माँ के साथ आये हैं। नारंगी ने विनयपूर्वक कहा, ''मालकिन, आपके पैर पकड़ती हूँ, आप जरा मेरे घर चलिए। आपके सिवा मेरा और कौन है जिस पर भरोसा करूँ।''

मैंने सोचा शायद आज शंकरा ने घर में आग लगा दी है। मैं उसके साथ चल पड़ी। रास्ते भर वह दुःखभरी सिसकियाँ भरती रही। मैं उसके घर पहुँची। वहाँ सब ठीक-ठीक था। शंकरा चबूतरे पर बैठा बीड़ी पी रहा था। उसमें कोई हलचल नहीं थी।

मैंने खीझभरी आवाज में पूछा, ''क्या हुआ?''

नारंगी ने रुक-रुककर कहा, ''आपको कुछ नहीं लग रहा मालकिन?''

''क्या?'' मैंने ऊँचे स्वर में कहा। आस-पड़ोस के सारे लोग नारंगी का रोना-गाना सुनकर वहाँ इकट्ठे हो चुके थे।

नारंगी जमीन पर सिर पटक-पटककर पुनः रोने लगी। अपनी रुलाई में सुर डालते हुए वह कह रही थी, ''किसी डायन, चुड़ैल ने इसकी मति फेर दी है। किसी ने इस पर जादू-टोना कर दिया है। यह आदमी कल से गुमसुम बैठा है। मेरे बाप-दादा का नाम लेकर इसने गाली नहीं दी, मुझ पर एक बार भी हाथ नहीं उठाया। जहाँ बैठ जाता है, वहीं बैठा रहता है। जो कुछ परोस देती हूँ, सुधरे हुए बच्चे की तरह चुपचाप खा लेता है। 'और दे' कहकर बर्तन-भाँड़े नहीं पटकता।

यहाँ तक कि कल बूँद भर दारू भी नहीं पी इसने...हे भगवान! यह क्या हो गया। जिस रोज से इसके घर आयी हूँ ऐसा कभी नहीं हुआ। इस पर जादू-टोना न हुआ तो भला यह मुझ पर हाथ उठाये बगैर रह सकता था? किसी चुड़ैल से हमारा सुख देखा नहीं गया, मेरे भले-चंगे आदमी को इस तरह बेढंगा और निठल्ला बना दिया। उसका वंश बूड़ जाए...वह मुझे मारता-पीटता था, काटता था, जो चाहे करता था। इसमें किसी के बाप का क्या जाता था..." पुन: ढू-ढू सिर पटककर नारंगी रोने लगी। सभी अवाक् थे। मैं भी। लगता है इस औरत का दिमाग खराब हो गया है। इसे इलाज़ की जरूरत है।

अब शंकरा बीड़ी फेंककर उठ खड़ा हुआ। मेरे करीब आकर बोला, "कहिए तो मालकिन! क्या खून हमेशा गरम रहता है जो इसको मारता-पीटता रहूँ। अब उम्र बढ़ चली है और कितना पीटूँ इस औरत को? पीटते-पीटते मेरे हाथों में दर्द होने लगा है। इसलिए मैंने सोचा कि नहीं, अब अच्छे रास्ते पर चलना चाहिए, इस औरत को भी कुछ फ़ुर्सत देना चाहिए। लेकिन यह भला ऐसा होने दे तब न? देखिए न किस तरह बिलख-बिलखकर रो रही है, मानो इसके बच्चे और घरवाला मरे पड़े हों..."

बड़ी-बड़ी आँखें फाड़कर शंकरा नारंगी पर गुर्राया। अपनी मुट्ठी बाँधते हुए कहा, "अब तू मार के बिना रह नहीं सकती। तेरे बाप-दादा स्साले सबके सब मार खा-खाकर जीते हैं। स्साले ढीठ हो चुके हैं। हरामजादी चुप रहती है या नहीं?" शंकरा ने तड़ाक् से एक थप्पड़ उसके गाल पर जड़ दिया। होठ फटकर उससे खून की धार बह चली। नारंगी ने रोना बन्द करके शंकरा की ओर देखा। उसकी आँसुओं में डूबती-उतरती आँखें मुस्करा उठी थीं।

उसने कहा, "मुँहझौंसे को कुछ भी नहीं हुआ है रे! मुझे डराने के लिए कल से ढोंग रचाये बैठा है। सोचता है कि मर जाएगा तो मेरा घर और बच्चे बर्बाद हो जाएँगे। मैं डर जाऊँगी इसे कुछ होने से। भला इस पर कौन जादू-टोना करेगा? इसे भला मौत कहाँ रखी है। मुझे खाए बगैर यह कहाँ मरेगा?"

मैं मूर्ति बनी नारंगी को देख रही थी। उसका पति-प्रेम हृदयंगम कर रही थी। नारंगी ने अपने होठ से खून पोंछते हुए कहा, "घबराकर आपको बुला लायी थी मालकिन...इसे तो कुछ भी नहीं हुआ; इस अच्छे-खासे आदमी के बारे में कितनी अनर्गल बातें सोच चुकी थी...आप घर जाइए।"

शंकरा ने नारंगी को धकियाते हुए कहा, "तेरी इतनी हिम्मत हो गयी कि मालकिन को इस नरकपुरी में खींच लायी...लगता है तेरा दिमाग फिर गया है..."

नारंगी ने शंकरा का धक्का सँभालकर उसे चुप करते हुए कहा, "छि:, तेरे

लिए ही तो मैं मालकिन को यहाँ बुला लायी थी। फिर कभी यदि ऐसा ढोंग रचाया तो मुँह में एक बूँद पानी भी नहीं डालूँगी। प्यासा छटपटाता रहेगा, समझ ले...''

लौटते समय रास्ते में मैं सोच रही थी, दोहरी जिन्दगी के ऐसे असहनीय उतार-चढ़ाव को इतनी सहजता से स्वीकार कर लेने वाली नारी सिर्फ नारंगी ही हो सकती है। यदि मैं नारंगी से इतना ही सीख लूँ, नहीं, यह कतई सम्भव नहीं। क्योंकि मैं नारंगी नहीं, मैं 'मैं' हूँ। नारंगी के अन्दर का 'मैं' शंकरा के अन्दर गहरे से गहरे डूबकर मर चुका है...अब नारंगी अपने अन्दर 'मैं' को नहीं ढूँढ़ पाएगी। इसलिए वह सिर्फ शंकरा की पत्नी नारंगी है, उसके अलावा और कुछ नहीं।

# निरुत्तर

राघवबाबू खूब सुबह बिस्तर छोड़ देते हैं। सुबह टहलने का निर्देश दिया है डॉक्टर ने। प्रात:निद्रा पत्नी सुधा की एक विलासिता है। क्योंकि राघवबाबू रात के ठीक नौ बजे खाना खाकर साढ़े नौ पर दूरदर्शन का अँग्रेजी समाचार देखने के तुरन्त बाद झट सो जाते हैं, सुधा का तो दुनियाभर का काम पड़ा होता है। बच्चे हालाँकि बड़े हो चुके हैं, दूर रहते हैं, वह जंजाल अब नहीं रहा, पर जहाँ एक औरत रहती होगी, वहाँ तो जंजाल खुद-ब-खुद कहीं से आकर उसे उलझा-पुलझाकर उसके नाक में दम कर देता होगा। 'घर'—राघवबाबू के लिए ड्राइंग-रूम का सोफा, डाइनिंग का डिनर टेबल और बेडरूम का बिस्तर तथा अपना बाथरूम भर है, जिसे सुधा उनके लिए सजाकर रखती हैं। ड्राइंग-रूम में ताजे फूलों की सुगन्ध, डाइनिंग टेबल पर सुपाच्य भोजन, बिस्तर पर झक्क सफेद चादर और तकिये की निर्मलता, बाथरूम में फिनाइल-डेटॉल की मृदु गन्ध सभी पहले से राघवबाबू की प्रतीक्षा में रहते हैं। इसलिए वे कैसे जानें कि घर पर बच्चों के न होने के बावजूद सुधा का जंज़ाल बिल्कुल कम नहीं हुआ है। रसोई बनने के बाद और कोई जंजाल नहीं रह जाता, राघवबाबू के यह कहने पर भी, रसोई बनने के बाद ही रसोई घर का असली जंजाल शुरू होता है। गैस के चूल्हे से लेकर दाल का चमचा तक सब साफ-सुथरा करके चमाचम न करने तक भला किस गृहिणी को नींद आएगी। इसके अलावा छोटे हों या बड़े, बाड़ी-बगीचे के पौधे-पत्ते भी सहलाये जाने के लिए उनकी प्रतीक्षा कर रहे होते हैं। राघवबाबू कहते—"मानो सब्जियाँ तो हमें खरीदनी ही नहीं पड़तीं! क्या लाभ है इतनी मेहनत करके यदि रसोई की जरूरतें ही पूरी न होती हों!" कौन सुनता है उनकी बातें! अपने हाथ से लगाये पौधों में दो कोंपलें निकल आने पर दो दाँत निकल रहे बेटे-बेटी की अमृतभरी मुस्कान-सी दिखाई देते हैं। छाती कितने आनन्द से भर जाती है, यह वही समझ सकता है जिसे इसका अनुभव हो—किसी

और को समझाया नहीं जा सकता। रात का सारा काम खत्म करके सुधा पत्र-पत्रिका, कहानी या उपन्यास अवश्य पढ़ेंगी। बच्चों को चिट्ठी लिखेंगी, या फिर बच्चों की पुरानी चिट्ठियाँ पढ़ेंगी। पुराना एलबम खोलकर बच्चों का बचपन फिर से गोद में लेकर अनजाने ही आँखें भिगो लेंगी। ग्यारह, साढ़े ग्यारह से पहले बिस्तर नहीं मिलता सुधा को। बिस्तर पर लेटते ही राघवबाबू की तरह झट नींद आ जाने जैसा सौभाग्य भी उनका नहीं है, ढेरों चिन्ताएँ हैं। बच्चे कितनी दूर रहते हैं—नौकरी, घर गृहस्थी—सब अकेले निभा रहे हैं। परदेश में मदद करने वाला कौन होगा? बच्चों का बचपन साफ-साफ दिखने लग जाता है। सुख में या दुःख में या सुख-दुःख दोनों के मिले-जुले भावों से वह खुद को संयत रखतीं। राघवबाबू का सोता हुआ चेहरा देखकर दिनभर की जोड़-तोड़, मधुर क्रोध तक भूल जातीं। शिशु-सा सरल और निर्मोही दीखता राघवबाबू का सोता हुआ चेहरा। हालाँकि अब राघवबाबू का पहले जैसा गुस्सा नहीं रहा, ऊँची आवाज में टोकते नहीं और ना ही सुधा ही बिलावजह गुस्सा या खीझकर पति पर नाहक दोषारोपण करतीं। अब लगता है राघवबाबू को पति के रूप में पाकर वे जितना सुखी हैं, किसी और के साथ शादी हुई होती तो उतना सुखी और सफल न हुई होतीं। राघवबाबू के पहले के दुर्गुण, उनकी मर्दानगी और उदार-सरल निर्मोहीपन आदि अब सद्‌गुण लगते। बेचारे कितना खटते हैं दिनभर, ऊँचे सरकारी ओहदे पर होने के कारण। तुम ज़ितना ऊपर जाओगे, उससे ऊपर और ऊपर हाकिम होंगे—सबसे ऊपर वाले हाकिम को भी आराम नहीं—सभी उसके हाकिम होंगे—अधीनस्थ ऑफीसर से लेकर जनता तक। राघवबाबू बड़े सच्चे और कर्मठ ऑफीसर हैं। कभी-कभी सुधा मजाक में कहतीं, "मुझे तो बस इन्तजार है कि कब तुम्हें पद्‌मश्री मिलेगा।" राघवबाबू मुस्कुराते हुए कहते, "वह तो तुम पर निर्भर करता है। जिस दिन तुम मुझे उत्तम पति मान लोगी, उसी दिन तुम्हारे हाथों से पद्‌मश्री की उपाधि मिल गयी समझो। बाकी के सारे पद्‌मश्री हमेशा निष्पक्ष होते हैं, मुझे विश्वास नहीं।" राघवबाबू का सोता हुआ चेहरा सहलाते-सहलाते न जाने कब सुधा को नींद आ जाती। घड़ी में बारह तो निश्चय ही बज चुके होंगे। सुबह साढ़े चार बजे राघवबाबू की नींद चट से खुल जाती। मानो मुर्गे के बाँग देने से पहले उठने के लिए वे मन ही मन अलार्म लगा लेते हों। राघवबाबू सुधा को डिस्टर्ब नहीं करते। उन्हें एक पतली चादर धीरे से उढ़ा देते हैं, यदि सुबह-सुबह की ठण्ड की छुअन पेड़-पौधों को छूते हुए आती है। सिरहाने खुली खिड़की आहिस्ता से बन्द कर देते हैं ताकि सुबह की मुलायम धूप सुधा की नींद को गुदगुदाकर तोड़ न दे। सुधा का ललाट धीरे से सहलाकर वे निकल पड़ते हैं प्रातः भ्रमण पर। भ्रमण से लौटकर पसीना सुखाते समय सुधा

उठकर ब्रश करके सुबह ही चाय की ट्रे लेकर बाहर बरामदे में आकर बैठ जाती हैं—पति-पत्नी दोनों चाय पीते समय दिन भर के जंजाल कतार बाँधे उनके सामने खड़े हो जाते हैं, और दोनों अपने-अपने जंजालों को गोद में उठा लेते हैं। जीवन इसी तरह बीतते चले जाने पर भी न जाने उसमें कैसा गोपनीय रहस्य छिपा होता है—हर दिन एक नये दिन-सा उतरकर आता है दोनों के फैलाये हुए बाँहों में।

किन्तु उस दिन टेलीफोन की घण्टी से राघवबाबू की नींद खुल गयी। अर्थात् मुर्गे ने बाँग नहीं दी—अँधेरा नहीं छँटा—रात नहीं बीती। सुधा भी हड़बड़ाकर उठ बैठीं। असमय फोन आने पर सुधा की धड़कनें तेज हो जाती हैं। यह उनका पुराना रोग है। जब बच्चे साथ थे तब भी यह रोग था। बच्चों के बाहर चले जाने के बाद तो यह रोग और बढ़ गया है।

''क्या बात है? इतनी रात गये कहाँ का फोन है? क्या कोई अर्जेण्ट खबर है?'' सुधा की धड़कनें तेज हो गयी थीं। राघवबाबू हालाँकि आराम से बातें कर रहे थे, उनके माथे पर उद्वेग और चिन्ता की रेखाएँ अनजाने ही उभर आयी थीं।

हैलो? कौन? पुलिस स्टेशन से बोल रहे हैं—इंस्पेक्टर! क्या कहा? तुरन्त कटक पहुँचना है? किसी अनजान डेड बॉडी की शिनाख्त करनी है मुझे? पर मैं क्यों करूँ शिनाख्त?...

ओह! सुधा की धड़कनें कुछ कम हुईं। ईश्वर महान है। बच्चे तो हमारे विदेश में हैं। पर कोई और सगा-सम्बन्धी-बन्धु-प्रिय व्यक्ति—हे प्रभु, ऐसा कुछ न हुआ हो। किसे याद करें पहले? सुधा कुछ शान्त अवश्य हो गयी थीं, पर उनका उद्वेग कम नहीं हुआ था। वे चुपचाप वहीं बैठी रहीं, राघवबाबू के फोन रखने तक।

फोन रखने के बाद क्षण भर राघवबाबू गुमसुम बैठे रहे। एक लम्बी साँस छोड़ते हुए बोले—''अजीब बात है। एक पच्चीस-छब्बीस साल के युवक का शव कटक के खटबिन साही में सड़क पर लावारिस पड़ा देख लोगों ने पुलिस को खबर दे दी। पुलिस वहाँ पहुँचकर शव पहचानने की कोशिश कर रही है। वहाँ के स्थानीय लोग, उस रास्ते से आ-जा रहे लोग, कोई उस युवक को नहीं पहचान पाया। युवक ने काले रंग का फुलपैण्ट, काली-सफेद छींट की शर्ट पहन रखी है। एक सस्ती पुरानी कलाई घड़ी बायें हाथ में बँधी है। पैरों में घिसी हुई हवाई चप्पलें। सम्भवत: हाल ही में दाढ़ी-मूँछ बढ़ाना तय करने के कारण साँवले हड़ीले चेहरे पर घनी दाढ़ी-मूँछें थी। रूखे-रूखे बाल कुछ बढ़े हुए थे, शायद काफी दिनों से सैलून नहीं गया। लम्बाई पाँच फुट छह इंच। मध्यम स्वास्थ्य। देखने से लगता है लड़का शान्त-शिष्ट, शिक्षित है। हालाँकि मृत चेहरे से दुष्टता के भाव स्वत: मिट जाते हैं। लेकिन उसके शिक्षित होने का प्रमाण है सीने की जेब में एक कलम और

चार तह किया हुआ एक कागज जो अब तक सुरक्षित था। कागज पर लिखे अक्षर काफी सुन्दर और किसी शिक्षित व्यक्ति द्वारा लिखे हुए लग रहे थे। इसके अलावा उस युवक के पास और कुछ नहीं था। पैण्ट की जेब में दसटकिया, पाँचटकिया मिलाकर यही कुल पैंतीस रुपये थे। हालाँकि अपनी शिनाख्त का एक रास्ता वह छोड़ गया है। उसकी ऊपरी दन्त-पंक्ति का एक दाँत जरा-सा मुँह खोलते ही पूरा दिखने लग जाता है। मरते समय उस युवक का मुँह थोड़ा खुला रह गया है। तब भी कोई उसे पहचान नहीं पा रहा। पुलिस ने इतने विस्तार से बताने के बाद अन्त में मुझे पुलिस स्टेशन बुलाया है शिनाख्त के लिए। बड़ा आश्चर्य है!''

पति के मुँह से यह सब सुनकर सुधा ने उद्वेग भरी आवाज में पूछा, ''पर तुम्हे बुलाने का क्या मतलब है? तुम तो भुवनेश्वर में रहते हो—शव पड़ा है कटक की सड़क पर—ये सब क्या निरर्थक बातें हैं।''

राघवबाबू ने शान्त भाव से कहा, ''दरअसल वजह तो है। वही वजह मुझे परेशान कर रही है और हैरत में डाल रही है। उस युवक की जेब से निकले कागज पर मेरे नाम के साथ हमारे भुवनेश्वर के मकान का पता और फोन नम्बर भी लिखा है। इसीलिए पुलिस ने मुझे फोन किया था। वरना पुलिस को कहाँ से मिलता मेरा फोन नम्बर?''

सुधा चुप हो बैठ गयीं। राघवबाबू भी जड़वत् बैठ गये। प्रातः भ्रमण का नाम तक नहीं ले रहे। दोनों अपने में ही मग्न हैं। एक अनजान युवक के शव की जेब में राघवबाबू का पता कैसे? उसके अलावा और कोई कागज-पत्तर उसके पास नहीं है। इसका मतलब राघवबाबू उस युवक को जानते हैं और उस युवक के मन में उन्होंने अपनी अच्छी छाप छोड़ी होगी। राघवबाबू सोच रहे हैं, कहीं उनके किसी शत्रु ने तो युवक की हत्या नहीं की है और हत्या करके जान-बूझकर मेरा पता लिखा कागज उसकी जेब में रख दिया हो! आजकल यह जोर देकर नहीं कहा जा सकता कि किसी निर्दोष, सरल, परोपकारी व्यक्ति को हथकड़ी नहीं लगेगी। दोषी व्यक्ति सजा भोगेगा, यह भी निश्चित नहीं है। कानून बड़ा कठोर, साथ ही दयावान भी है। सबूत के अभाव में दोषी तो निर्दोष छूट जाता है, पर एक निर्दोष को भी दण्ड नहीं मिलता है। लेकिन वास्तविकता यह है कि अक्सर दोषी को दण्ड नहीं मिलता और निर्दोष दण्ड भोगता है, यदि उसके विरुद्ध अकाट्य प्रमाण इकट्ठे किये गये हों। न्यायाधीश कानून का सम्मान करते हुए फैसला सुनाते हैं। काली पोशाक पहनने वाले वकील तो काले को सफेद और सफेद को काला साबित करने में धुरन्धर हैं। जो काले को सफेद और सफेद को काला अधिक कर सका वही बनता है नामी वकील। सब कुछ निर्भर करता है सबूतों पर। इस घटना को केन्द्रित करके कल

अखबारों में बड़े-बड़े अक्षरों में उन पर शक करते हुए खबरें नहीं छपेंगी, यह कौन कह सकता है। पहले तो शक की बिला पर हथकड़ी लगेगी—उसके बाद दूसरी बातें। किसने ऐसे संकट में डाला उन्हें। वे तो किसी ऐसे लड़के को न जानते हैं, न पहचानते हैं। शायद देखा हो—बातें भी की होंगी, पर उसका अर्थ पहचान नहीं है। आजकल इतने लोगों के साथ भेंट-मुलाकात होती है कि सबको याद रखना सम्भव नहीं होता। यहाँ तक कि पहचान वाले लोग अब कुछ-कुछ पहचाने-से लगने लगे हैं। कभी-कभी बड़ी अजीब-सी स्थिति हो जाती है। कोई-कोई गलत भी समझने लग जाते हैं। यह तो रोज की बातें हैं। किन्तु ऐसी विषम परिस्थिति में वे कभी नहीं पड़े थे। क्या उनका कटक जाकर शव की पहचान करना उचित होगा? एक बार पुलिस वालों के चंगुल में पड़े नहीं कि गये काम से।

सुधा ने पूछा, "क्या तुम इस समय कटक जाओगे लाश की शिनाख्त करने?"

"पागल हो गयी हो—कौन पड़े इन झंझटों में। मेरा पता तो गली-मुहल्ले हर जगह मिल जाएगा। यदि कोई मेरा पता शर्ट की जेब में रखकर मर जाए तो मैं क्यों जाऊँ थाना? मैंने साफ-साफ कह दिया है पुलिस से—मेरा ऐसे किसी लड़के से कोई सम्बन्ध नहीं है, दूसरी बात यह है कि आज मुख्यमन्त्री और अन्य मन्त्रियों की उपस्थिति में मेरी एक उच्च स्तरीय बैठक है—मेरा कटक जाना किसी भी सूरत में सम्भव नहीं।"

उस दिन राघवबाबू बहुत हड़बड़ी में ऑफिस चले गये। निर्देश दे गये फोन आने पर न उठाने के लिए। पुलिस परेशान कर सकती है। राघवबाबू उस दिन ठीक से दो कौर खा भी नहीं सके। सुबह-सुबह उनकी शान्ति भंग हो गयी। हर रोज अखबार खोलने पर मृत्यु, अपमृत्यु, हत्याकाण्ड, दैवीय मृत्यु में मृत-आहतों की संख्या, आतंकवादियों का हाथ होने के कारण तीन-चार सौ यात्रियों को लेकर जा रहे विमान में आग लगने से पानी में गिरने की खबर, दहेज सम्बन्धी वधूहत्या, प्रेमजनित हत्या, आत्महत्या, राजनीतिक हत्याकाण्ड, डॉक्टर की लापरवाही से रोगी की मौत, मिलावटी खाद्य खाने से सैकड़ों लोगों की मृत्यु, हैजा, महामारी, मस्तिष्क ज्वर इत्यादि से लोगों के मरने की खबरें छपती रहती हैं। ऐसा कोई दिन नहीं बीतता जिस दिन मृत्यु और अपमृत्यु का समाचार अखबारों में न छपे। राघवबाबू सिर्फ हेडलाइन देख लेते हैं। किसी जान-पहचान वाले की मृत्यु की खबर पढ़कर—"बेचारे! चले गये" कहकर क्षणभर भावुक हो उठते हैं। जीवन पानी का बुलबुला है, सोचकर वे स्वयं आज तक स्वस्थ और जीवित हैं, इसके लिए भगवान को प्रणाम करके स्वाभाविक दिनचर्या में जुट जाते हैं। ये सारी घटनाएँ दिल में असर नहीं

करतीं—भात का कौर गले में अटकता नहीं। हर दिन-सा एक और दिन स्वाभाविक रूप से उतर आने की तरह ये अस्वाभाविक घटनाएँ भी स्वाभाविक रूप से अखबारों में जगह जमाकर मन से निकल जाती हैं। ऐसी घटनाओं को मन में स्थान देकर इनसान जी नहीं सकता। यह सच है कि जब तक दुःख का पहाड़ खुद पर नहीं टूटता, इनसान उसकी गहराई नहीं समझ सकता। किसी एक के शरीर में चाकू घोंपने से किसी दूसरे की आँखों से आँसू बह सकते हैं, खून नहीं झरेगा। अनुभवी होते हुए भी बेटी की गर्भवेदना माँ के मन को छिन्न-भिन्न कर डालती है—देह को नहीं।

न जाने कितने शव बिन पहचाने रह जाते हैं। किन्तु हर लावारिस लाश का कोई तो अपना होता है। भाई-बहन नहीं भी हो सकते—मृत हों या जीवित माँ-बाप होंगे, गाँव-घर होगा, मातृभाषा होगी। होगा एक निर्मल शैशव, निष्पाप कैशोर्य, उद्दाम यौवन और भविष्य की अनन्त आशाएँ व अभीप्साएँ। लेकिन आज के जीवन की आपाधापी में कौन किसे पहचानता है—याद रखता है—महत्त्व देता है? स्वार्थ बिना, खून के रिश्ते के बिना सारे चेहरे याद रखना सम्भव नहीं, हालाँकि सर्जनहार ने इनसान को पहचानने के लिए ही सबका चेहरा अलग-अलग साँचे में ढाला है। सड़क पर भीख माँगने वाला आदमी, रोगी, भोगी, अनाथ को कभी-कभार द्रवित हृदय से दान दिया जा सकता है—लेकिन उसकी ओर देखने या फिर उसका चेहरा याद रखने की फुर्सत किसे है! जरूरत भी क्या है? राघवबाबू को जितने लोग पहचानते हैं, क्या उनका उन सबों को पहचानना सम्भव है? रास्ता किनारे बड़े-बड़े पेड़ पहचाने जाते हैं, मन पर छाप छोड़ते हैं, उनकी छाया में खड़ा होना पड़ता है—परन्तु पैर के नीचे की छोटी-छोटी घास को सिर झुकाकर भला कभी कोई देखता है? पैरों तले रौंदे जाकर भी उफ तक न करना ही तो छोटे की नियति है! एक अनजान आदमी का शव पहचानने के लिए इतने सवेरे पुलिस वाले का उनसे इस तरह पूछताछ करना क्या उचित था? पहले अपना काम करो—छानबीन करो। मौत का रहस्य मालूम करो, परिचय जानो। यह सब न करके एक सादे कागज पर उनका पता शव की जेब से निकलने की वजह से शिनाख्त करने की जिम्मेवारी उनकी हो गयी! ह्वाट नॉनसेंस!

दफ्तर जाते समय राघवबाबू ने सुधा को सचेत कर दिया, "देखो, आज दिन में फोन आये तो मत उठाना। पुलिस फिर से फोन करके परेशान कर सकती है। कौन जाने, शायद हमें नाहक परेशान करने के लिए ही कोई बिलावजह ट्रंक-कॉल कर रहा हो। फोन पर दूसरों की शान्ति-भंग करने में कुछ असामाजिक तत्त्वों को बड़ा आनन्द आता है। विकारग्रस्त लोग नारी की आवाज सुनने पर फोन में अश्लील

बातें कहकर मन की अतृप्त कामना को कुछ कम कर लेते हैं। हमारे देश में फोन रखने वालों को यह विपदा झेलनी ही होगी। इसके लिए शिकायत करने पर कोई लाभ नहीं होता। इसलिए फोन के जरिये असामाजिक तत्त्वों की गतिविधियाँ दिनों-दिन बढ़ती चली जा रही हैं। किससे कहोगे?'' राघवबाबू दफ्तर में भी शान्ति से काम नहीं कर सके। पुलिस के वर्णन के अनुरूप उस अनजान शव का चेहरा बारम्बार धुँधला-सा दिखने लगता। कभी उस चेहरे पर आशा की किरणें होतीं तो कभी निराशा के काले बादल। कभी उस चेहरे पर सहारा माँगने की कातर विनती होती तो कभी विद्रोह का बवण्डर। कभी हिंसा तो कभी वैराग। कौन है तू? दुनिया में इतने लोगों के होते हुए तूने मेरा चैन क्यों छीना। मेरे अलावा और किसी का पता तुझे नहीं मिला? राघवबाबू अनजाने ही उस अनजान युवक से दिनभर मन ही मन बातें कर रहे थे। कहाँ के लिए निकला था तू सुबह-सुबह मेरा पता लेकर? शायद किसी से जान-पहचान निकालकर मेरा पता लेकर तू नौकरी की उम्मीद में मेरे पास आ रहा था। तूने सोचा होगा नौकरी मेरे हाथ में है। मेरे चाहने पर हाथी सोने का कलश तेरे सिर पर उँड़ेल देगा। पर तू क्या जाने इस दुनिया के बारे में? नौकरी अब भगवान के हाथ में भी नहीं है। तेरी माँ ने कितने ही देवी-देवताओं से मन्नत नहीं माँगी होगी? देवी माँ को मुर्गे की बलि दी होगी—काली साड़ी चढ़ाई होगी। साधु-संन्यासियों की सेवा की होगी। जन्मुकण्डली दिखलाकर पण्डितों को पैसे दिये होंगे। पर आज तक तुझे नौकरी क्यों नहीं मिली? क्योंकि अब नौकरी ऑफीसरों के हाथों में नहीं है, भगवान के हाथ में नहीं है। चपरासी की एक छोटी-सी नौकरी भी मन्त्री जी के हाथों में है। ऑफीसर तो सिर्फ तुच्छ दस्तखत करने वाली मशीन मात्र हैं। ऑफिसर को कठपुतली बनाकर वोट की राजनीति चल रही है सर्वत्र। यह समझे बिना एक नौकरी के लोग कितना घिघियाते हैं मेरे आगे। अपनी लाचारी बताने पर लोग झूठ समझते हैं। दोस्त-यार भी यह विश्वास नहीं करते कि मेरे दस्तखत से किसी की रोजी-रोटी छिन भले ही सकती है, मिल नहीं सकती। तू भी उसी तरह एक झूठी आशा लिये निकला था। तो फिर तू आधे रास्ते में ही मरकर क्यों सो गया? हत्या-आत्महत्या! तुझ जैसा एक तुच्छ इनसान भला किसी का क्या बिगाड़ रहा था जो किसी ने तेरी हत्या करके अपने रास्ते का काँटा दूर कर दिया! यदि यह हत्या नहीं तो फिर तूने आत्महत्या क्यों की? मेरा पता लेकर निकला ही था तो एक बार मिल लिया होता...राघवबाबू की भावना को यहाँ झटका लगा। यदि वह युवक उनके पास आ भी जाता तो क्या वे उसकी मनोकामना पूरी कर देते? सम्भवत: उनसे मिलने की अनुमति ही नहीं मिली होती बेचारे को। और यदि वे मिल भी लेते तो खीझकर कहते—''जाओ, आँखें होते हुए अन्धों की तरह

जिसे वोट दिया है उसी से नौकरी माँगो। उन्होंने तुमसे वादा किया था, मैंने तो नहीं किया—क्यों समय बर्बाद करते हो हमारा? जानते हो, हमारे हाथ में नौकरी-वौकरी कुछ नहीं है। जाओ, खटकर खाओ। बस, सरकारी नौकरी चाहिए! क्या है तुम्हारी योग्यता? घर-घर में बेकार बैठे हैं डॉक्टर-इंजीनियर। गाँव-गाँव में कुकुरमुत्तों की तरह कॉलेज उग आये हैं। कॉलेज नहीं बल्कि—व्यवसाय है। सोचा होगा, वहाँ से बी.ए., एम.ए. करते ही तुम्हारे लिए सरकारी नौकरी धरी होगी। तुम लोगों के पास जो एक-एक डिग्री है वह तुम्हें चपरासी तक की नौकरी दिलाने में अयोग्य साबित करती है। नौकरी मिलने से पहले पैर पकड़ लोगे। नौकरी मिल जाने पर एक गिलास पानी तक नहीं दोगे। कहोगे कि हम बी.ए. पास चपरासी हैं। सिर्फ गुमनाम पिटिशन डालोगे और बैठे-बैठे तनख्वाह लोगे। चलो हटो, फाड़ डालो उस डिग्री को। गाँव जाकर किसानी करो...नाहक आकर फिर परेशान मत करना...''

और यदि मूड अच्छा होता तो कोई झूठा वादा करके जल्दी ही विदा कर देता। ''ठीक है, तुम जाओ। इस समय तो कोई नौकरी नहीं है। बहुत-से लोगों की छँटनी हुई है। फिर आना, देखूँगा, कोशिश की जाएगी...'' हालाँकि झूठे वादे करना राघवबाबू पसन्द नहीं करते। उन्हें पाप करने जैसा लगता है। लगता है जैसे सबकी निराशा और असफलताओं के लिए एकमात्र वे ही जिम्मेवार हैं। बल्कि उनका सत्य कटु होने पर भी उन्होंने कहा कि नौकरी की उम्मीद करने वाले युवा वर्ग कोई वैकल्पिक रास्ता तलाश करके आत्मनिर्भर बन सकते हैं। नाहक ही किसी को दस बार दौड़ाने के बाद मना करने का मतलब है उसे कहीं का न छोड़ना। लेकिन आजकल झूठे वादे ही लोगों के कानों को सुहाते हैं। यह जानते हुए भी कि नौकरी की उम्मीद नहीं है, बन-सँवरकर दस बार ऑफिसरों के दरवाजे पर जाकर जीवन की कटु वास्तविकताओं को कुछ समय के लिए टाला जा सकता है। रिश्ते-नातेदार, मित्र-यार, राघवबाबू का इस तरह तपाक से कटु सत्य कहना पसन्द नहीं करते। वे उलाहना देते—''बेचारा कितनी उम्मीदें लेकर तुम्हारे पास गया था। नौकरी नहीं दी न सही, पर अपनी बात कुछ घुमा-फिराकर कह देते तो तुम छोटे नहीं हो जाते। झट निराश कर दिया बेचारे को, अब वह नौकरी ढूँढ़ने का नाम तक नहीं लेगा। हताश हो घूम रहा है...'' सच कहना गुनाह है। मानव जन्म पाकर तुम कितनी ही कोशिश करो अच्छे बनने की, तुम गुनहगार बनने को बाध्य हो। महाभारत युद्ध में दुर्योधन तो दोषी था ही, युधिष्ठिर भी आरोप-मुक्त नहीं हैं। पृथ्वी पर धर्म की स्थापना करने के लिए श्रीकृष्ण कितना ही कुछ क्यों न कर गये हों, उन्हें दोषी साबित करने में लोग झिझकते नहीं। राघवबाबू तो एक आम आदमी हैं। भला, वे दोषमुक्त कैसे हो सकते हैं?

लेकिन वह तो अनजान शव लावारिस पड़ा उनका इन्तजार कर रहा है पहचाने जाने के लिए, क्या उसकी मौत के लिए राघवबाबू किसी भी तरह जिम्मेवार हैं ? पूरी तरह जिम्मेवार न होने पर भी क्या आंशिक रूप से होंगे ? समझ लो वह युवक कभी उनके पास गया हो और निराश होकर लौट आया हो। शायद कभी किसी को कठोर बातें कहकर लौटा दिया हो। शिक्षित बेरोजगार युवक बहुत अभिमानी होते हैं—मन को कहीं ठेस न पहुँच गयी हो ! आत्महत्या कर ली होगी कोई ठौर-किनारा न पाकर। राघवबाबू ने एक वर्ष के दौरान नौकरी के लिए आने वाले जिन-जिन को लौटाया होगा, कहीं उन्हीं में से तो कोई नहीं था ? पर एक भी चेहरा याद नहीं आ रहा है। सच कहा जाए तो सभी चेहरे एक जैसे थे। बेरोजगार चेहरा—हताश, उदास। कोई लाभ नहीं याद रखकर। हालाँकि उन निराश युवकों में से ही कोई होगा पर राघवबाबू उसे देखकर भी नहीं पहचान पाएँगे। पहचान भी गये तो इतना ही कहेंगे—"हाँ, कुछ दिनों पहले नौकरी के लिए मेरे घर आया था। लौटा दिया था मैंने। उसका नाम-गाँव भला मैं क्यों याद रखूँ ? क्या याद रखना सम्भव है ?" नौकरी नहीं है कहकर लौटा देने की वजह से क्या वे इस युवक की मौत का कारण बनेंगे ? सम्भव है उन्हें इसके लिए गुनहगार साबित करते हुए दण्ड न भी दिया जाए। पर क्या उनका विवेक उन्हें इसके लिए जिम्मेवार मानेगा ? इस सवाल का जवाब उन्हें नहीं मिल रहा है। वे कैसे जिम्मेवार होंगे ? इतनी बड़ी दुनिया में कोई कहीं नौकरी न पाकर आत्महत्या कर ले तो वे क्यों जिम्मेवार होंगे ? यह कहाँ का न्याय है ! परन्तु न जाने क्यों दिनभर बड़ा दोषी-दोषी-सा लगता रहा। सीने में एक छुपा उद्वेग और उसके साथ एक अजीब-सी बेचैनी। यह सब बदनसीब युवक के लिए नहीं—खुद के लिए था। कहीं किसी संकट में पड़कर बिलावजह घसीटे न जाएँ।

मन में तरह-तरह की आशंकाएँ उभर रही हैं। पर कहें किससे ? आजकल विश्वास ही कहाँ बचा किसी का ? एक विश्वस्त, अन्तरंग मित्र सोचा ही नहीं जा सकता किसी को आजकल। विश्वास में जहर घोलना आज मामूली-सी बात है। यह बात एक कान से पाँच कानों तक पहुँचने पर क्या रूप धारण कर लेगी, कौन जाने ? मुझसे जलनेवालों को तो सुनहरा अवसर मिल जाएगा मुझे परेशानी में डालने का। ऐसे में कोई उपाय पूछने के लिए एक भी आदमी नहीं है सलाह-मशविरा के लिए। पत्नी सुधा भी अति चतुराई की वजह से कभी-कभी भयानक गलती कर बैठती हैं। अब तक न जाने कितनों को फोन करके सलाह माँग चुकी होंगी। अरे, मैं भूल कैसे गया सुधा को खबरदार करना कि शव की शिनाख्त होने तक यह बात अपने पेट में रखे। कल अखबारों में तो जरूर छपेगी यह खबर। कटक शहर में ऐसी

घटनाएँ तो आम हो चुकी हैं। फिर भी इस बात से इनकार नहीं किया जा सकता कि इस घटना से लोगों में काफी खलबली मचेगी। ऐसी खबरें न होतीं तो मांसाहारियों को शाकाहारी भोजन परोसने-सा कुछ लोगों को लगेगा।

यह पुलिस जाति भी महाखच्चड़ है। एक आदमी मरा तो और दस लोगों को साथ घसीटेगी। अँधेरे में लाठी चलाते-चलाते यदि सही जगह लग गयी तो बहादुरी उनकी है। ठीक है कि सुबह पुलिस को उन्होंने साफ-साफ मना कर दिया, पर यदि इससे पुलिस के मान-सम्मान पर आँच आकर दिमाग गरम हो गया होगा तो एस.पी. से कहकर क्रिमिनल प्रोसिडियोर कोड की धारा 161 के तहत एक नोटिस भेजते ही उन्हें बाध्य होकर लाश की शिनाख्त करने जाना होगा। नोटिस पाने के बाद बहानेबाजी नहीं चलेगी। इसके लिए दण्ड का विधान है। हालाँकि वे फोन करके एस.पी. को कह सकते हैं कि उन जैसे एक ऊँचे ओहदेवाले ऑफीसर को सी.आर.पी.सी. की धारा 161 के तहत नोटिस भेजने जैसा अनुचित कार्य वे न करें। सुबह-सुबह उनकी शान्ति भंग करने वाले पुलिस इंस्पेक्टर पर ऐक्शन भी लिया जा सकता है। किन्तु एस.पी. परिचित होते हुए भी है तो कल ही का बच्चा। कहीं यह न सोचने लग जाए कि वे अपनी ओर से यह सफाई क्यों दे रहे हैं।

एस.पी. यह सोच सकता है कि राघवबाबू की इस आशंका के पीछे जरूर कोई रहस्य है। इसके अलावा अपने आत्मसम्मान की दृष्टि से भी इस मामूली-सी बात के लिए कल के बच्चे एस.पी. से कोई अनुरोध करना उनके लिए सम्भव नहीं। पर क्या यह कोई मामूली बात है ! तो फिर इतना घबराये हुए क्यों हैं ? बात को हँसकर टाल भी सकते थे। नहीं, कोई भी बात मामूली नहीं समझनी चाहिए। खासकर जिस घटना से पुलिस या वकील जुड़े हों उस घटना को तो जरा भी हल्के रूप में नहीं लेना चाहिए।

घर पर फोन करके राघवबाबू ने सुधा को आगाह कर दिया यह बात किसी को न बताने के लिए। सुधा ने सहज स्वर में जवाब दिया, "क्या तुमने मुझे कल की बच्ची समझ रखा है ? क्या मुझमें इतनी भी अक्ल नहीं जो मुझे समझा रहे हो ? सिर्फ अपनी सहेली इरा को फोन करके बताया है, और हाँ, तुम्हारे दोस्त नवघन बाबू को भी। ये लोग हमारे अति अन्तरंग हैं। इनसे राय लेने में हर्ज ही क्या है ? उनसे यह बात कहीं उजागर न करने के लिए मैंने मना भी कर दिया है। हाँ, तुमने मना किया था फोन उठाने को। पर यह कैसे हो सकता है—किसी अर्जेण्ट फोन आने की सम्भावना को तो टाला नहीं जा सकता। रिसीवर उठाने के बाद आवाज पहचानकर तुमसे बात कर रही हूँ। अनजान पुरुष स्वर सुनकर चार बार फोन काट चुकी हूँ। शायद पुलिसवालों का होगा। उनके दम्भभरे हैलो कहने के लहजे से मैं

समझ जाती थी। खाकी पोशाक पहनते ही मनुष्य की आवाज, चाल, दिमाग सब बदल जाते हैं। मैं उनकी नस-नस पहचानती हूँ। मेरी सहेली का पति पुलिस इंस्पेक्टर ही तो है। हालाँकि इस समय वह पनिशमेण्ट ट्रांसफर पर कोरापुट में है। उसका कसूर इतना ही है कि उसने ऊपर के निर्देश के मुताबिक दोषियों को छोड़ा नहीं, निर्दोष को गिरफ्तार नहीं किया। यदि वह कटक या भुवनेश्वर में होता तो अब तक मैं उसकी राय ले चुकी होती। तुम कहो तो कोरापुट फोन करके उसकी सलाह ले लूँ?''

सुधा की सहेली इरा तो अब तक पूरे ब्रह्माण्ड को बता चुकी होगी। और अपने अन्तरंग मित्र नवघन को वे अच्छी तरह पहचानते हैं। ऊपर से अन्तरंग और भीतर ही भीतर मौके की ताड़ में रहने वाला आदमी है। उसे सुपरसीड करके जबसे उनका प्रमोशन हुआ है, लोग कहते हैं कि वह उनके विरुद्ध यहाँ-वहाँ कहता फिर रहा है। हालाँकि अन्य लोगों पर भी पूरी तरह विश्वास करने की क्या जरूरत है। नवघन भी तो इतना समझता ही है कि जो लोग ऊँचे पदों पर होंगे—जिनके हाथों में क्षमता होगी, उनका पता तो सबकी जेब से निकलेगा। वह इस घटना को लेकर उनसे ईर्ष्या भी कर रहा होगा। उस अनजान आदमी की जेब में कोई और कागज-पत्तर न मिलकर केवल राघवबाबू का पता मिलने से क्या यह जाहिर नहीं होता कि राघवबाबू एक क्षमता-सम्पन्न व्यक्ति हैं? यह बात सोचकर राघवबाबू को मन ही मन गर्व हुआ। भले ही वे 'बचाव असम्भव' है का जाप करते जा रहे थे, परन्तु यह सोचकर उन्हें अच्छा भी लग रहा था कि वे एक क्षमता-सम्पन्न व्यक्ति हैं और सभी लोग उन्हें कमोबेश जानते हैं। तुम नौकरी लगवा सकते हो या नहीं लगवा सकते, उससे कोई फर्क नहीं पड़ता, लोग तो बस इतना जान जाएँ कि तुम्हारे हाथ में नौकरी है और भले ही ऊपर का निर्देश मानकर काम करते हो, पर तुम्हारी कलम की लकीर से ही नौकरी मिलेगी, बस मधुमक्खियाँ छत्ते को घेरे रहने की तरह लोग तुम्हें घेर लेंगे। जिसके पास इतना कुछ नहीं होता, उसे आत्मसन्तोष नहीं होता। राघवबाबू ने सुधा को समझाया—''जो किया सो किया, अब और किसी से मत कहना इस बारे में। और हाँ, यदि चार बार फोन उठाने के बाद अपरिचित स्वर समझकर तुमने फोन काट दिया है तो और भी परेशानी पैदा कर दी है। फोन उठाती ही नहीं तो पुलिस समझती घर पर कोई नहीं है। फोन उठाकर काट देने का मतलब है पुलिस को एवॉयड कर रहे हो। अर्थात् सी.आर.पी.सी. का स्पेशल नोटिस आज स्पेशल मेसेंजर के हाथों पहुँचने ही वाला है। अर्जुना को खबरदार कर देना कि यदि कोई मेरे या तुम्हारे बारे में पूछे तो कह दे, घर पर कोई नहीं है। कब लौटेंगे, मालूम नहीं। यदि

नोटिस देकर दस्तखत करने को कहे तो मना कर दे। हाँ, उस ईडियट को ठीक से समझा देना जिससे कि वह यह न कहे कि साहब लोगों ने खाकी वर्दीवाले से नोटिस लेने को मना कर रखा है। हाँ सुनो, गेट में ताला बन्द करके कुत्ते को छोड़ दो अहाते में। गेट की घण्टी बजने पर दरवाजा मत खोलना। वह अपने आप लौट जाएगा। अन्दर से दरवाजा बन्द रखना। और अब फोन आए तो मत उठाना। बच्चों को रात को फोन करके उनका हालचाल पूछ लेंगे।''

बच्चों की या सुधा की तबीयत खराब होने पर भी दफ्तर पहुँचते ही राघवबाबू घर की बात भूल जाते हैं। दफ्तर से लौटने में हमेशा देर हो जाती है। सुधा अभ्यस्त हो चुकी हैं। अब कोई उलाहना नहीं देतीं। पर आज के इस मामूली फोन के कारण काम में एकाग्रता नहीं है। घर लौट जाने पर भी कौन-सी शान्ति मिल जाएगी, जब तक लाश की शिनाख्त नहीं हो जाती और मौत की वजह का पता नहीं चल जाता। राघवबाबू का मन काम में नहीं लग रहा था। चार बजने से पहले ही घर जा पहुँचे। घर के आगे एक जीप खड़ी थी। कहीं पुलिस की जीप तो नहीं है! मन में कुछ आशंका हुई। दूसरे ही क्षण आत्मसम्मान को ठेस पहुँची। इतने बड़े ऑफिसर होकर सीना इतना कमजोर है। एक फोन कॉल से ऑफिस का काम गोल! गाड़ी से उतरने पर राघवबाबू को मालूम हुआ कि जीप पुलिस की नहीं है। कॉलिंग बेल दबायी। सुधा ने दरवाजा नहीं खोला। अर्जुना भी दरवाजा नहीं खोल रहा है। राघवबाबू के निर्देश का पालन कर रही हैं सुधा। उन्हें दोष देकर क्या लाभ? कॉलिंग बेल दबाने में जुटे थे राघवबाबू! गेट को दो-चार बार धड़धड़ा चुके थे। पड़ोसियों की खिड़कियों से कुतूहल भरे चेहरे झाँक रहे थे। क्या हुआ? घर का दरवाजा क्यों नहीं खुल रहा? पति-पत्नी के बीच कोई तूफान तो खड़ा नहीं हो गया? या कोई और दुर्घटना...पड़ोस के घर से एक-दो लोग बाहर निकल आये हैं राघवबाबू की मदद के लिए। क्या बात है—गेट क्यों नहीं खुल रहा है? कौन-कौन हैं अन्दर? सिर्फ अर्जुना और सुधा देवी! ओह, आजकल ये घरेलू नौकर भुवनेश्वर में संकट पैदा कर रहे हैं। हत्या, डकैती...क्या कुछ नहीं करते। राघवबाबू मन ही मन खीज उठे। कौन कह रहा है इनसे बीच कूदकर शराफत दिखाने को? पड़ोसियों के इतने सारे सवालों का जवाब भी वे नहीं दे पा रहे हैं। वे जानते हैं अर्जुना उनके गाँव का आदमी है। उनके बचपन से है वह। उन्हें गोद में खिलाया है—शौच कराया है। वह कोई अपराध नहीं कर सकता। परन्तु दरवाजा न खोलने के लिए उन्होंने सुधा को निर्देश दिया है, यह वे बोल नहीं पा रहे हैं। यह बताने पर उसका कारण भी उन्हें बताना होगा। किस्मत अच्छी थी, अभी-अभी खिड़की खुली—खिड़की में सुधा का चेहरा दिखा। राघवबाबू चिल्लाये—''क्यों रे

अर्जुना...अबे बहरा हो गया क्या?'' अर्जुना सकपकाकर गेट खोलने दौड़ आया—बोला, ''साहब, आप ही ने तो मना किया था''...''चुप बे, जुबान चलाता है...'' गुस्सा अर्जुना पर उतारने के बाद दूसरे ही क्षण राघवबाबू लज्जित हुए। हालाँकि घर के भीतर वे अर्जुना पर चिल्लाते हैं, पर बाहरी लोगों के आगे उनकी आवाज कभी ऊँची नहीं हुई। क्या सोच रहे होंगे पड़ोसी? जो सोचते हों, सोचें। किसके घर में कौन दिमाग खराब नहीं करता गुस्से में? पड़ोसियों को धन्यवाद देकर गेट बन्द करके घर में घुसते ही सुधा पर बरस पड़े। सुधा ने ऊँची आवाज में कहा—''मुझे नहीं लगता कि तुम चार बजे से पहले कभी ऑफिस से लौटे हो। तुम्हारी ही बात मानकर हम गेट बन्द करके घर के अन्दर हैं। कॉलिंग बेल बजने पर मुझे लगा शायद पुलिस नोटिस लेकर आ गयी। नाहक ही क्यों अपना मुँह गन्दा कर रहे हो?''

राघवबाबू चुप हो गये। सुधा का दोष नहीं है, अर्जुना का दोष नहीं है—पड़ोसियों का मदद करने आना भी गुनाह नहीं है। उनका एकाएक गरम हो उठना भी उनका दोष नहीं है। दिनभर की जो मानसिक स्थिति है—सारा दोष उस पुलिस का है—पर इसमें पुलिस का भी क्या दोष? यदि किसी अनजान शव की जेब से उनका पता निकला तो पुलिस वाले उसकी शिनाख्त के लिए बुलाएँगे ही। सारा दोष उस बेरोजगार लड़के का है। जान नहीं, पहचान नहीं, उनका पता किसी से पूछकर जेब में लेकर घूमने की क्या जरूरत थी? और फिर आत्महत्या या हत्या का शिकार क्यों हुआ? कोई तो वजह होगी इसके पीछे...प्रेम सम्बन्धी हत्या या आत्महत्या भी तो हो सकती है। स्साले, जेब में छदाम नहीं, चले हैं इश्क फरमाने। सिर्फ जवान दिखने—सुन्दर होने से ही प्यार में सफल होने का समय अब नहीं रहा। तुम्हारे सीने में कितना बड़ा दिल है, वह प्रेम करने की योग्यता नहीं है, तुम्हारी जेब में कितने पैसे हैं, कमाई कितनी है, क्या नौकरी करते हो, यही है प्रेम करने की योग्यता। बेरोजगार युवक यदि किसी से प्रेम करता होगा तो प्रेम में असफल होकर आत्महत्या कर लेना या फिर प्रेम के प्रतिद्वन्द्वी या प्रेमिका के आत्मीय लोगों द्वारा हत्या का शिकार होना मामूली बात है। ईश्वर की लीला भी विचित्र है। जेब भले ही खाली हो, घर में खाने को दाना न हो—पर पेट की भूख, देह की भूख और मन की भूख का इससे कोई मतलब नहीं। यदि इनसान नाली के कीड़ों की तरह बच्चे पैदा करके रास्ते में डाल जाए तो हत्या, आत्महत्या, चोरी, लूटपाट, दंगे-फसाद होंगे ही होंगे। अभी भी असंख्य लोग परिवार नियोजन को पाप समझते हैं। सारा दोष है इन मूर्खों का।

गुमसुम-सी साँझ बीत गयी फोन के इन्तजार में। लेकिन पुलिस का कोई

फोन नहीं आया। शायद कोई मसौदा तैयार हो रहा हो उनके विरुद्ध। कल जरूर लाश की शिनाख्त का नोटिस आ पहुँचेगा...राघवबाबू रात को कुछ खा नहीं पाये। एक कप दूध पीकर बिस्तर पर लेट गये। हालाँकि शाम को गोभी के गरम पकौड़े खाये थे। अर्जुना को कोई चिन्ता-फिक्र नहीं है। भर प्लेट गोभी के पकौड़े लाकर साहब के आगे रखकर चला गया। अन्यमनस्क हो राघवबाबू ने सारा का सारा पेट में भर भी लिया। राघवबाबू बिस्तर पर लेटकर रोजाना की तरह झट न सोकर चित हो सीने पर हाथ उलझाये छत की ओर ताकते हुए कुछ सोच रहे थे। सुधा ने उनकी ओर देखकर दिलासा भरे स्वर में कहा, "चिन्ता की कोई बात नहीं। तुम्हें कोई परेशानी नहीं होगी। तुमने तो किसी का कुछ नहीं बिगाड़ा कभी। मैंने मन्नत माँगी है। सत्यनारायण की पूजा करेंगे। देखना कल अखबार में लाश का नाम-गाँव जरूर निकलेगा... !"

उस दिन सुधा के सो जाने के बाद ही राघवबाबू को नींद आयी। अच्छी नींद नहीं—बुरे सपने से नींद खुल गयी। सुबह-सुबह का सपना था। रातभर वही सपना। वह अनजान लाश अपनी छाती पर राघवबाबू का पता चिपकाये उनके सामने खड़ी है। अँगूठा दिखाते हुए कह रही है—"तुम्हीं जिम्मेवार हो, तुम्हीं जिम्मेवार हो। तुम जैसे सफेद हाथी ही समाज की तमाम हत्याओं और आत्महत्याओं के नायक हैं। समाज के अनजान शवों के भूत तुम लोगों के चारों ओर मँडरा रहे हैं। अपने स्वार्थ में तुम लोग इस कदर अन्धे हो चुके हो कि तुम्हें और कुछ दिखता ही नहीं। लेकिन एक दिन सारे भूत एकजुट होंगे और तुम लोगों का खून चूसेंगे। भूखे भूतों के चंगुल से तुम लोग बच नहीं पाओगे। खा-खाकर चर्बी जम जाने से किसी का खून गाढ़ा तो भूख-उपवास से किसी का पनिया है। दोनों मरेंगे। कोई नहीं बचेगा—यह दुनिया ध्वंस हो जाएगी। जब और कोई नहीं बचेगा—सिर्फ धुआँ और राख होगी—तभी जाकर समता स्थापित होगी। अब देर नहीं वह समय आने में। कहे देता हूँ, कोई नहीं बचेगा तुममें से।" इतना कहकर वह शव झपट पड़ा उन पर। उनकी छाती पर बैठकर उनका गला दबाने लगा। वे दर्द से छटपटाने लगे। जी कर रहा था सुधा को पुकारकर कहें भूत को छाती से उतारने के लिए। पर मुँह नहीं खुल रहा था—हाथ-पैर नहीं चल रहे थे। सौभाग्य से नींद में सुधा का हाथ राघवबाबू की छाती पर आ गिरा और वह भूत गायब हो गया। राघवबाबू की नींद टूट गयी। सीना काँप रहा था, देह से पसीना छूट रहा था। सुधा घबरा गयी। आजकल यह आधी रात को पसीना बहने वाली बीमारी जानलेवा भी हो सकती है। क्या डॉक्टर बुलाऊँ? राघवबाबू ने सुधा को मना किया। कहा—यह बीमारी नहीं, बुरा सपना था। सुबह होने दो, देखा जाएगा।

सुबह की चाय पीते हुए अखबार खोलकर कुछ ढूँढ़ रहे थे पति-पत्नी दोनों—जिस तरह बच्चों की परीक्षा का परिणाम ढूँढ़ रहे हों, उस तरह। सुधा को दिखी वह खबर। लावारिस लाश की शिनाख्त हुई। ''खटबिन साही की सड़क से मिली लावारिस लाश का नाम श्रीधर राउत है। वह हरेरामपुर गाँव का रहने वाला था। पिछले छह महीनों से वह यहाँ रहकर ट्यूशन करके गुजारा करता था। कुछ दिनों से नौकरी की तलाश में इधर-उधर भटक रहा था। जहाँ एक ओर पुलिस को यह शक है कि युवक ने निराश होकर आत्महत्या की है, वहीं दूसरी ओर खटबिन साही के लोग इसे प्रेम-सम्बन्धी हत्याकाण्ड कह रहे हैं। पुलिस ने शव को पोस्टमार्टम के लिए भेजकर एक आकस्मिक मौत का मामला दर्ज कर लिया है।''

खबर पढ़ते ही सीने से एक बोझ उतर गया। एक मामूली से गाँव का अवांछित बरोजगार युवक था। राघवबाबू उसे जानते तक नहीं। पर एक पूरा दिन कष्ट पाते रहे उसके लिए। किन्तु यदि वह राघवबाबू के पास आ गया होता तो क्या बच जाता! राघवबाबू ने खुद से यह प्रश्न किया, पर उत्तर नहीं मिला। ऐसे अनेक प्रश्नों के उत्तर नहीं मिलते। नहीं मिलने का अर्थ है जवाब तलाशने की ईमानदार कोशिश और फालतू समय किसके पास है? फिर भी झुण्ड के झुण्ड भूतों और असंख्य उत्तरहीन प्रश्नों के घेरे में राघवबाबुओं के जीवन स्वाभाविक रूप से गुजर जाते हैं।

राघवबाबू ने एक कप चाय और माँगी। सुधा ने कहा, ''आज ऑफिस से जल्दी लौट आना। आज ही कर लेंगे सत्यनारायण की पूजा।''

एक लम्बी साँस छोड़ते हुए राघवबाबू ने सोचा, भगवान ने सुधा की गुहार सुन ली—पर उस बेरोजगार श्रीधर नामक युवक की माँ की गुहार नहीं सुनी। बेचारा! न जाने किसका बेटा था...। सुधा ने राघवबाबू का गम्भीर चेहरा देखकर पूछा, ''चिन्ता तो खत्म हो गयी, अब क्या सोच रहे हो? चाय ठण्डी हो रही है।'' राघवबाबू ने कोई उत्तर नहीं दिया—वे अनेक प्रश्न पूछते चले जा रहे हैं खुद से, पर कोई उत्तर नहीं मिल रहा। आखिर क्या उत्तर दें सुधा को?

❑❑